魔椅

凌鼎年微型小說自選集

凌鼎年 著

目次

浮世圖繪

光怪陸離

五光十色

雜樹生花

各式人等

歷史觀照

另類筆法

題材集錦

附錄

佛門禪意

- 血經
- 了悟禪師
- 裴迦素
- 消失的壁畫
- 小鎮來了氣功師

血經

一九三七年的初冬，冷得格外早。風，把古廟鎮刮得昏天黑地。時而如野狼嚎叫，時而如老婦飲泣。

從昨晚起，廟裏就收容了不少從江邊鄉下逃來的難民。

難民們悲憤地哭訴著日軍登陸後的暴行，即便僥倖逃出的，仍一個個驚魂未定。

弘善法師開始還喃喃自語著「罪過罪過」。聽著聽著，他牙齒咬得咯咯作響，悲憤得血都要噴出來。

弘善法師每晚誦經念佛，超度亡靈，但依然難以排遣心中的悲憤。他知道，抗日游擊隊幾乎遍佈各地，他們正用青春與熱血在與日寇做著殊死的鬥爭，但佛家弟子不能殺生，弘善法師很是苦惱。弘善法師每每想起先哲顧炎武「國家興亡，匹夫有責」的格言時，胸中就產生一種衝動，覺得自己應該做些什麼。他想，抗日志士在為國為民流血，佛家子弟豈能一味憐惜自己的生命呢？

終於，弘善法師決定——寫血經！

他覺得只有也流點血，才對得起佛祖，對得起供他養他的善男信女。

說幹就幹，他每天清晨用針刺破手指，擠出一盆血來，用以抄寫《妙法蓮華經》，前後花了近一年時間，弘善法師抄完了鳩摩羅什的七卷譯本。

血經雖然抄寫完畢，然而日寇的暴行有增無減。譬如縣城有位道士經城門時未向站崗的日軍兵士鞠躬，竟被活活打死；更令人怵目驚心的是有個日軍軍曹獨自溜到毛家村，強行姦污了一名年僅十五歲的農家女孩，女孩的大哥發現後，邀集了村民痛打了這位軍曹一頓。不料第二天，日軍血洗了毛家村，其中有十一位年青人被綁在樹上，被日軍練刺刀活活捅死，血流滿地，腥臭多日……

血、血、血，弘善法師每日裏聽到的是日寇的暴行，是百姓的流血，弘善法師彷彿心尖在淌血。

《妙法蓮華經》的血色越來越淡，據說是採血寫經期間未絕鹽的緣故。弘善法師考慮再三，決定再寫一部血經。為表心跡，這回弘善法師決定破舌瀝血，為保證血經不褪色，他決定採血寫經期間絕鹽淡食。

廟裏上上下下都震動了。要知道，《大方廣佛華嚴經》共八十卷，六十多萬字。而舌尖之血，每天能採多少？即便是鋼鐵之軀也要垮的呀。但弘善法師主意已決，他向佛祖發誓：不抄寫成《大方廣佛華嚴經》這部血經，死不瞑目。

養真法師擔心弘善法師一個人難以完成此宏願，主動表示願與弘善法師兩人輪流採血，以供弘善法師抄寫血經。

每天清晨，弘善法師與養真法師兩人刷牙洗臉後，用刀片割破舌尖，讓舌尖之血一滴一滴地瀝在一只潔白的瓷盆裏，待瀝滿一小盆後，再加少許銀硃，然後用羚羊角碾磨，直至把血絲全部磨掉磨勻，方開筆抄寫。弘善法師每天堅持抄寫一千字左右。每個字都一筆一畫，恭恭正正。

舌尖採血後，一般要三四個時辰以上才能進食。逢到養真法師採血還罷，逢到弘善法師自己採血，他就得餓著肚子抄寫。

兩人舌尖上的老傷口還未長好，新傷口又添，以致後來，味蕾簡直快失去功能了。這倒算了，最令人難以忍受的是絕鹽淡食。十天八天也許忍一忍就過去了，一個月兩個月也許咬咬牙也能挺過來。但這是一場持久戰啊。春去春來，秋去秋來，弘善法師日見憔悴，臉白白的，瘦瘦的，毫無血色，他舌尖上的血已越滴越少，他抄寫的速度也越來越慢。他對養真法師說：「只要能完成血經，我就是死，也死而無憾了。」他每天求佛祖保佑他挺住，保佑他完成血經的抄寫。歷經六百六十六天，弘善法師在養真法師的配合幫助下，終於如願以償完成了這部以全部心血完成的血經。

當弘善法師抄完最後一個字時，他一下子癱了下去，連握筆的力氣也沒有了。他形似枯槁，但一絲欣慰的笑浮上他的嘴角。

了悟禪師

自了悟禪師到海天禪寺後，海天禪寺的平靜就打破了。

僧人們無論如何不明白，法眼方丈怎麼會要求了悟禪師住下來，更不理解他為什麼會容忍了悟的反常行為。

別的不說，這了悟自在海天禪寺住下後，竟從來沒掃過一次地，從來沒關過一次門。若輪到他值勤值夜，其他和尚總有些放心不下。

眾僧都不甚喜歡這位新來的了悟禪師。所謂先進廟門三日大，比了悟先進廟門的，自認為比他有資歷，也就不把了悟放在眼裏，時不時斥責他，罵他是懶和尚。了悟不氣不惱，一笑了之。過了幾天，眾僧突然發現了悟在門口貼了一副對聯，上聯為「空門豈用關」；下聯為「淨土何須掃」。

眾僧看得呆了，一時竟無法駁斥了悟的這種奇談怪論。有人去稟報了法眼方丈。法眼方丈聞聽後，微微頷首，面露贊許之色。他傳下話去：「了悟對禪的理解，已非你輩皮相之見，好好向他學道吧。」

僧人們都認為法眼方丈在偏護了悟，甚至認為他法眼有私，多少有些不服。

法眼方丈終於向眾僧們說出了壓在心底的一件事：那就是半年前的一個黃昏，他匆匆趕回海天禪寺時，因山雨剛止，河水暴漲，木橋已被沖毀，有一年輕山姑為無法過河正發愁呢。

法眼方丈見此，考慮再三，他捲起褲管，折一樹枝，以樹枝當手杖，一面探底，一邊趟過了河。法眼方丈想：男女授受不親，僧人戒色首先要遠離女色，自己這樣做，既給她做了示範，又不犯寺規，也算盡到普度眾生之責了。然而，那位山姑不知是沒有領會法眼方丈的暗示，還是膽小，依然站在河對岸乾著急。天漸漸暗下來了，一個山姑過不了河，那如何是好？正這時，走來一其貌不揚的和尚，和尚上前向山姑施禮後，就抱著山姑過了河，和尚把山姑放下地後，滿臉通紅的山姑一臉羞色地向和尚道了謝。和尚說了聲：「阿彌陀佛，善哉善哉！」就一聲不響地繼續趕路了。

法眼方丈忍不住上前問：「這位和尚，出家人應不近女色，你怎可抱一個姑娘呢？」那和尚哈哈大笑說：「我早把那姑娘放下了，你怎麼反而老放不下呢。」法眼聞之大慚，始悟遇到得道高僧了，就極力邀請了悟禪師到海天禪寺住下。

這件事對法眼方丈震動很大，他深感了悟禪師道行深厚，有心好好觀察，讓之熟悉海天禪寺後，再作打算。

不久，清兵南下，發生了「揚州十日」、「嘉定三屠」等慘烈之事，善男信女逃難的逃難，避災的避災，寺廟的香火一下冷落了許多。

海天禪寺落入清兵之手是早晚的事，膽小的僧人離寺避到了鄉下，了悟卻天天在大殿念經打坐，彷彿不知大軍壓境之事。

一個陰霾之天，清軍一位大鬍子將軍率軍士衝進了寺廟，其他僧人全逃了避了，唯了悟禪師依然不慌不忙，不緊不慢地念他的經，對大鬍子將軍的來到熟視無睹，大鬍子將軍見這和尚竟敢如此蔑視自己，火不打一處來，厲聲喝問：「好大的膽子，竟敢如此目無本將軍，你知道不知道本將軍殺人如刈草一般。」

了悟正眼也沒瞧大鬍子將軍一眼，朗聲回答說：「將軍你大概還不知道寺廟中也有不懼死的和尚吧，既然死都不怕了，還有什麼好怕的呢。」

本來大鬍子將軍想大開殺戒，燒了寺廟，但聽了了悟的回答，又從心底裏佩服這位和尚的豪氣與膽識，遂下令撤退。

海天禪寺就這樣免於了兵災。

法眼方丈因此有了把方丈之位傳給了悟的念頭，了悟聞知後藉口自己乃閒雲野鶴，執意謝絕了法眼方丈的美意，終於又雲遊四海去了。臨走時，他留下一偈語：「泥佛不渡水，金佛不渡爐，木佛不渡火，真佛內裏坐。」遂頭也不回地走了。

法眼方丈與眾僧們都默默念著這謁語，各人參悟著。

裴迦素

裴迦素從小就覺得佛很親切，她家的門前有兩棵古銀杏樹，一雌一雄，每到初冬，金燦燦的黃葉落滿一地，那棵雌銀杏上，掛滿了累累銀杏果。讀書之餘，裴迦素常愛一個人靜靜地看著這參天大樹的枝枝葉葉，感受著它倔強的生命力。最使裴迦素感興趣的，常有那些老頭老太與中年婦女悄悄地到銀杏樹下燒一炷香，磕三個頭，甚至帶喃喃自語說上一大通，不知是許願，還是還願，或者純粹是傾訴。看著他們一臉的虔誠，裴迦素特感動。有時，說不清是出於好玩，還是出於一種什麼心理，她也會放下書本，與那些大娘大嬸們一起焚香禱告，磕頭跪拜。

記得一位常來燒香的壽老太對裴迦素說：「迦素呵，你是有慧根之人，與佛有緣，前世修來的。」

裴迦素似懂非懂，就去問她娘。她娘淡淡地說：「也許吧。」再不肯多言。

後來，裴迦素從壽老太嘴裏得知：裴迦素的父親就是因為反對拆除紅廟而得罪了當地領導，以致長期受壓，鬱鬱而終的。知道了這些裴迦素才理解了父親為什麼堅持住在紅廟老廟基的房子裏，她甚至覺得自己這名字似乎也與佛有些什麼關係，要不一個女孩子咋起這麼古怪的名字。

裴迦素考大學時，正是金融類、經濟類專業最吃香的時候，在老師的力勸下，她報了財大的會計專業。她想得滿好，四年畢業後，在大都市的大企業當個白領麗人，成家後，當個賢妻良母，相夫教子，好好享受生活。然後，裴迦素萬萬沒想到畢業後會碰到一連串的煩心事。說出來也許讀者不信，這一連串的不順心竟都與她的名字有關。裴迦素永遠忘不了第一次去人才市場應聘的遭遇。那次她與一家大公司的人事主管談得好好的，可後來公司方面莫名其妙變卦了，追問之下，才知公司總經理說：「這大學生再好，也不能用。你們想想，她不但姓裴（賠），還要『迦素』（加輸），我們公司賠得起，輸得起嗎？讓她另擇高枝吧。」

後來的遭遇，幾乎是前面的翻版。裴迦素受此打擊後，一時心灰意冷，悄沒聲兒地回到了家裏，希冀調整一下自己的心態。

壽老太知道了裴迦素的不順心後，特地送了一幅自書的對子給她。聯曰：「石壓筍斜出，岸懸花倒生。」

裴迦素決意自己外出去闖世界。這一去就是三年，她跑到了西藏，並在那邊辦了軟體公司。工作之餘，她參禪拜佛，儼然成了密宗的弟子。

裴迦素回來後，去拜訪了壽老太，並贈送了一片貝葉，上書：「掬水月在手，弄花香滿衣。」

壽老太歡喜不已，驚喜不已，她對裴迦素說：「當刮目相看，你已悟道了。」

壽老太沉思片刻，援筆鋪紙，寫下了這樣一段禪語：「有形而最大者，莫過於天地；無形而最大者，莫過於太虛；包諸有無而最大者，莫過於自心。」

辭別壽老太，回到家中，裴迦素見她母親買了八隻螃蟹，說是要讓三年未歸的女兒嚐嚐家鄉美味。

裴迦素說：「好，我全數收下，謝謝媽！」這後，她竟拎了螃蟹出了門，在屋後的小河邊，獨自一個人念起了《大悲咒》，念起了《心經》，似乎這一念，欲殺生的罪孽就消彌了，被殺者對有過殺戮之念的人的仇恨也消失了。裴迦素用河水輕輕地灑在那八隻螃蟹身上，又柔柔地說了幾句後，把那螃蟹一隻一隻放入了水中。裴迦素回到家後才發現母親臉色很不好看。母親只說了這樣一句：「素兒，你知道，這螃蟹多少錢一斤嗎？」裴迦素拉母親到門前，指指那兩根古銀杏說：「這樹叫公孫樹，栽種者能見到今天這繁茂之景嗎？不能！但他卻種公孫樹，而不種月季花，這是信仰的力量啊……」

裴迦素母親抱住了女兒說：「素兒，你長大了，你父親沒給你白起這名字。」

三天後，裴迦素給母親留了一疊錢，在古銀杏樹下焚了一炷香，拜了拜毅然上了路。又去西藏了。她發誓，只要有了積蓄，她一定回來，重建紅廟，弘揚佛法，以慰父親在天之靈。

消失的壁畫

確切地說，小佛山的壁畫是四十年代中期發現的。是一位業餘攝影家發現的。這位業餘攝影家叫林三錫。他是因貪拍大漠落日風光，錯過了住宿，偏又逢突然間的狂風大作，暴雨如注，大漠中無處藏身躲雨方無意中闖進了小佛山的這個山洞。進山洞本也很平常，因他衣服濕了，想燒堆火烤烤衣服，這火一點燃，他突然瞥見了洞壁的壁畫，他舉起火把細看，竟有本生、佛傳、經變、供養人和建築彩畫圖案等，直把他驚得目瞪口呆，喜得連掐三次大腿，才敢相信這不是夢境。林三錫不是畫家，對佛教也談不上有多深的研究，但他畢竟是吃文化飯的人，他自然掂出了這些壁畫的價值，他決定把這些壁畫全拍攝下來，可惜的是膠捲已剩下了沒幾張，已不可能一一拍個遍。林三錫以他自己藝術鑑賞力，認為其中一幅《禮佛圖》最為精彩，他借用火把的光亮把這幅畫拍了下來。

由於洞內的光線較暗，拍攝的效果不是很理想，但小佛山《禮佛圖》壁畫照片一發表，依然引起了不小的轟動。專家根據壁畫的繪畫風格、人物的服飾等，初步考證為北魏時的作品，有識之士認為此乃國寶，當好好保護之。

林三錫作為小佛山壁畫的發現者，自然引起了社會各界的注意，有人通過轉彎抹角的關係來找他，要他帶路再去一趟小佛山。

林三錫已感覺到想去小佛山的，有真正愛好壁畫的，也有心術不正做著發財夢的。林三錫謝絕了某些所謂好心人的贊助，他決定傾其家財，再去一趟小佛山，好好拍一拍，爭取回來出本壁畫集。

誰知林三錫一切準備妥當，行將上路時，抗日戰爭爆發了。日本人的炸彈一響，就此炸毀了林三錫雄心勃勃的計畫。

解放後，林三錫從一篇報導中得知，小佛山的《禮佛圖》被美國人約翰根盜走了……

林三錫的心頓時如墜入冰窟窿中一般，他甚至生出了如果自己當年不發表那照片的話，說不定這小佛山壁畫依舊養在深閨人不識，《禮佛圖》也不會因此而被盜出國。一種內疚的感覺在林三錫心頭揮之不去。

林三錫寫了一篇言辭激烈的聲討約翰根的文章，痛斥他為無恥的文化盜賊，詛咒他子子孫孫將良心不安。

不知是否《禮佛圖》被盜一事刺激了林三錫，他決計把兒子培養成畫家，讓兒子有朝一日也畫幅傳世的《禮佛圖》。

兒子林清暉沒有按照他父親林三錫為他設定好的路走，林清暉迷上了藝術評論。這林清暉很新潮很前衛，他的評論裏那些「張力、語言的彈、話語權、語態、膨脹係數、思辨的穿透功效」等等，常令他老子林三錫腦子發脹發暈。這也罷了，更讓林三錫傷透腦筋的是林清暉時常會發表些離經叛道的怪論文章。最最讓他傷心的是林清暉在一篇〈藝術無國界〉的文章中談到要對斯坦因、伯希和、華爾納等英美文化盜賊的行為一分為二，說他們有破壞中國敦煌文物的一面，也有保護的一面。他還舉例說像小佛山的《禮佛圖》，因了約翰根的盜賣，現仍在美國的博物館保存得好好的，我們通過英特網就能近距離欣賞，真正成了全人類共同的文化遺產。如果不是約翰根的話，說不定這美輪美奐的《禮佛圖》在歷史的變遷中也就毀去。

這是什麼話？簡直是一派胡言亂語，林三錫氣得直想揍兒子幾下。怎麼生了這樣一個混賬兒子，說出這樣混賬的話來。可惜自己年歲大了，腿腳不便了，要不然無論如何要再去趟小佛山，再去看一眼小佛山，去拍一些照片，也好了卻自己壓在心底的一樁心事。

最近，林三錫偶然翻讀一位作家的遊記散文集，內中有一篇〈痛哉小佛山〉，讀了這篇散文林三錫才知道，小佛山的壁畫因畫有帝王、妃子、以及胡人等，在文革破四舊時被造反派用紅漆、墨汁等塗得面目全非，後來因沒人管理，任其荒敗。近年，文物值錢了，有些文物販子、文物盜賊就打起了小佛山壁畫的主意，僅一兩年功夫，小佛山壁畫已蕩然無存，僅空留一個個洞窟而已。

林三錫讀到此，氣憤而傷心地猛一拍桌子，那玻璃臺板也給他拍碎了，這一拍，林三錫想說的話還沒說出，頭向後一仰，帶著無限遺憾，去了。去時，兩隻眼睛瞪得大大的。

林清暉合了幾次也沒能把父親林三錫的眼睛合上。

小鎮來了氣功師

「鎮上來了氣功師。」口口相傳，不到一天功夫，幾乎傳遍了整個小鎮。

當今中國，自稱氣功大師的多如牛毛，但這次來的賈大師卻不同，他乃人天真功的創始人也，等於是道家的張道陵、佛家的釋加摩尼式人物。據說此功非佛非道，又勝佛勝道，是一套參天透地，人天本一，順乎自然的先天大法。

小鎮為之轟動，都想一睹賈大師的手采。

賈大師時間極為珍貴，各地邀請他去講課、去授徒，已排到一九九九年末，他之所以百忙中擠出時間來小鎮，實實在在是一種緣分。據賈大師透露：他車子經過小鎮時，感到了從未感到過的一種巨大氣功場，他推斷小鎮是個風水寶地，歷史上曾有高人居住，如今小鎮上有慧根者多多，故他當機立斷決定打破行程，來小鎮會一會有緣人。

這些話聽得小鎮人極為舒心。

賈大師決定農曆初八晚上八時在小鎮的益壽書場與大家見見面，對對話，門票每張八十八元。

這門票似乎貴了些，不少人猶豫著去還是不去？

不知誰傳出的，賈大師在其他地方，門票起碼一百元一張，賈大師一出場一講課，那氣場就來了，能治百病呢。這次是限制人數進去的，晚了就買不到票了，到時叫懊悔都來不及。於是購票者如撿了大便宜似的，踴躍了起來。

真可謂盛況空前，壽益書場擠了個座無虛席。有人在傳：這位賈大師甚是了得，在北京時有一百多位教授、專家向他提問，再高深、再奧秘的問題，都百問不倒。那些原本還心存疑慮的教授、專家後來只一個字：服！——這些資訊愈發撩撥得人心兒癢癢的，可賈大師遲遲不見出來。只有人拿來幾十張大至十寸的照片，照片都是賈大師在講課時、練功時拍攝的，照片上或出現佛光，或出現菩提鏈，有的照片上賈大師通體透明，靈光四射，看得到場的人都呆呆的，傻傻的，驚詫不已。因此而對賈大師生出了幾分敬畏之心，仰慕之心。

在經久不息的掌聲中，賈大師雙手合一，緩緩步入主席臺。若單論相貌，賈大師既無觀世音的莊嚴，也無彌勒佛的福相，但人不可貌相，此乃古訓，愈如此愈小覷不得。

賈大師對臺下百人百姓之心理洞若觀火，他旁若無人地講開了。賈大師一張口果真似口吐蓮花，震得臺下之人不敢妄言。

賈大師口若懸河，滔滔不絕。他說：「人天真功直指人心，以心傳心，以心印心，融古通今，隨機點悟，使有緣者大捨大得，頓悟本性，進而理事圓融，成為了悟宇宙人生之覺者。」

賈大師見善男信女一個個一愣一愣的表情，勁頭更足了，又繼續說道：「人天真功之禪理雖深雖奧雖秘，但諸位且放寬心，此功法不築基，不結丹，不意念，不瞑想，不供奉，不念咒語，直走法身修持之道，至簡至易，只要心誠，只要有緣，保證各位達到人不修自修，法不練自練的境界，在短期內可修到古人祈求幾千年也難以達到的高層次高境界。法緣慧接，轉大光輪，願與在座的有緣者同修煉，同探討……」

賈大師這一番話又使大家如釋重負，有多人當場表態願意終身追隨賈大師，一起親歷再造人間樂土，聚萬世神之靈於一身，道法自然，天人合一的最高聖境。有人一帶頭，彷彿有傳染性似的，表態者接二連三，會場氣氛一似沸了水的鍋，好不熱鬧。

賈大師面露笑容，他趁熱打鐵，又講故事般講述了在新疆治癒了癱瘓二十多年的買買提；在內蒙古治好了被多家大醫院判死刑的癌症病人烏雲其米格；在海南島還使一個已推進太平間的王姓姑娘起死回生……

此時，會場中有位戴眼鏡的中年人站起來說：「天人合一是中國古代哲學的最高境界，我未練過功，修過法，也不敢奢望達到天人合一的層次的，能不能請賈大師當場調動宇宙之高能量，把痛苦我多年的頸椎炎治一治。實踐是檢驗真理的唯一標準，那些邊遠地區的病例我們沒見過，也無法驗證，不過無妨，俗話說靈不靈當場試驗，請賈大師拿我來試驗，讓今天在座的都開開眼界，來個眼見為實，我想這對曾治癒過無數疑難雜症的賈大師來說應當是小菜一碟吧。」

賈大師一愣，這不是誠心將我軍，掂我份量嗎？

賈大師不愧是賈大師。他依然笑容可掬地說：「人天真功首先要有緣，第二要心誠，第三要無無欲，帶著功利的目的，不思奉獻，先求所得，這種人難以法緣慧接。我只能說聲遺憾。雖法輪常轉，亦因人而異，就看你慧根如何了，就看你緣分如何了……」賈大師談興甚濃，容不得眼鏡插話，他談看談就生發開去，思路天馬行空般疾駛遠去。他突然話鋒一轉，說：「無陰無陽為佛，半陰半陽為人，純陽為仙，純陰為鬼，只要一心向道，注意心性，功德修持，成仙成佛都有可能，區區小毛病何足道哉……」

眼鏡不知生性愚鈍還是仍不滿足於賈大師的這番教誨與點撥，依然倔強地說道：「凡事循序漸進，連這低層次都達不到，怎麼可能達到高層次呢？賈大師如果連我這點小毛病都天橋的把式——光說不練，叫我如何信這人天真功能調動宇宙能量，治癒多少多少疑難雜症絕症，為廣大學員，乃至百姓造福呢？」

賈大師臉上掠過一絲極為複雜的表情，但很快又靜定了下來，他歎口氣說：「信不信隨你，強求不得。看來你屬無緣之人，也難怪你問出這樣的問題。你沒修煉到這個層次，你無法理解人天真功的真諦。就像一個住底樓人他不可能看到登上摩天大樓的人所看到的景色一樣。我已一一看過今天與會之人，唯你一人為無緣之人，可惜啊可惜。我還要給你個個忠告，在今晚這樣高能量的資訊場、氣功場中，你作為唯一的異數，久待是有損真元的，為你著想，你還是速速離去為妙。」

賈大師很客氣，特地把眼鏡送出會場，到會場門口時，賈大師棉裏藏針地說：「佛家有諺救人一命，勝造七級浮屠；拆人臺階，自樹仇敵，更損陰德，個中哲理，請自思之，不送不送。」

眼鏡聞之，也暗藏禪機地說道：「上有蒼天下有地，是人總得憑良心。假的真不了，真的假不了。靠天靠地靠不住，求人不如求自己，賈大師也請好自為之。留步留步。」

文人軼事

- 茶垢
- 菊癡
- 畫・人・價
- 誤墨
- 法眼
- 藥膳大師
- 天下第一椿
- 第五竹

茶垢

史老爹喝茶大半輩子，喝出了獨家怪論：「茶垢，茶之精華也！」

故而他那把紫沙茶壺是從不洗從不擦的。因常年在手裏摩挲，壺身油膩膩而紫黑裏透亮。揭開壺蓋，但見壺壁發褐發赭，那厚厚的茶垢竟使壺內天地瘦了一大圈呢。

莫看此壺其貌不揚邋裏邋遢，卻是史老爹第一心愛之物。從不許他人碰一碰，更不要說讓喝壺中之茶了。

據說此壺乃傳之於史老爹祖上有位御筆親點的狀元之手。更有一說錄此備考：即此壺較之一般茶壺有不可同日而語的兩大特色。其一：任是大暑天氣此壺所泡之茶，逾整日而原味，隔數夜而不餿；其二，這也是絕無僅有的——因茶垢厚實，若是茶葉斷檔，無妨，白開水沖下去，照樣水色如茶，其味不改。

史老爹曾不無炫耀的說過：「如此豐厚之茶垢，非百年之積澱，焉能得之？壺，千金可購；垢，萬金難求。此壺堪稱壺之粹，國之寶……」

史老爹喜歡端坐在那把老式黃花梨太師椅上，微瞇著眼，輕輕地呷上一口，讓那苦中蘊甘的液體滋潤著口腔，然後順著喉道慢慢地滑下去。他悠悠然品著，彷彿在體會著所遺精華之韻味，簡直到了物我兩忘之境界。

去年夏天，史老爹在上海工作的小兒子帶了放暑假的女兒清清回老家探望老人。清清讀二年級，長得天真可愛。史老爹一見這天使般的孫女，自是高興不盡。大概他太喜歡這孫女了，竟破天荒地想讓孫女喝一口紫沙壺中的茶。哪料到清清一見這髒兮兮的紫沙壺，直感噁心。她推開紫沙壺說：「爺爺，你不講衛生，我不喝。」

「你不喝我喝。」史老爹有滋有味地呷著品著。

第二天一早起來，史老爹照例又去拿紫沙壺泡茶。誰知不看猶可，一看剎那間兩眼發定發直，腮幫上的肉顫抖不已，嘴巴張得大大的，如同傻了似的——原來那把紫沙壺竟被清洗得乾乾淨淨，裏面的百年茶垢蕩然無存。

僵立半晌後，史老爹突然發出撕心裂肺般的叫喊：「還我茶垢！還我……」

隨著這一聲喊，史老爹血竄腦門，痰塞喉頭，就此昏厥於地。

清清又驚又怕，委屈得直抹眼淚。

一陣忙乎後，清清父親趕緊用紫沙壺泡了一壺茶，小心翼翼地捧到老人面前。

恍恍惚惚中回過氣來的史老爹一見紫沙壺頓時如溺水者抓到了救命稻草，一把搶過紫沙壺，緊緊地貼在胸口。許久，他淚眼迷糊地呷了一口。哪曉得茶才入口，即刻亂吐不已。眼神一下子又黯然失色。手，無力地垂了下來，面如死灰似的。唯聽得他聲若遊絲，喃喃地吐出：「不是這味！不……是……這……味，不……是……這……味……」

菊癡

菊花品種累千上百，黃白紅紫，均有不勝枚舉之品種。唯綠色菊花極為稀少罕見，而綠色品種中，又以「綠荷」為花朵最大，綠意最濃，一向被認為是菊之上上品。

大凡名貴品種都嬌貴，「綠荷」也極難培植，只少數大公園才有此品種，因而其珍其貴顯而易見。

據說私人有「綠荷」品種的不多見，但老菊頭有。

說起老菊頭這個人，可算一怪——他一輩子單身獨居，仿宋代名士林逋「梅妻鶴子」，自謂「菊妻菊子」，愛菊愛到如醉如癡的地步。

他家屋裏屋外全是菊。什麼「帥旗」、「墨十八」、「綠刺」、「十丈珠簾」、「綠水長流」「楓葉蘆花」「鳳凰轉翅」、「綠衣紅裳」、「古銅錢」、「貴妃出浴」等等，簡直就是一個小型菊展。

數百品種中，老菊頭最寶貴的自然是「綠荷」。

也真有他的，那盆綠荷被他養得高不盈尺，枝不過三，棵壯葉大，底葉不焦，每枝一花，同時競放；花綠如翡翠，花大似芙蓉。遠觀，花葉難辨，綠溢盆沿；細瞧，蒼翠欲滴，綠意可掬——此乃老菊頭命根子也。

據傳聞：此綠荷品種出自清廷御花園，故老菊頭一向以擁有御菊親本、正宗綠荷而自傲。

老菊頭最煩別人要他參加什麼花卉協會，似乎一入會，綠荷名菊就難保了。

他腦子裏只有菊花，別的，對不起，他每見報上登有菊展消息，必自費前往。一到菊展，必先尋覓有無綠荷品種展出。若有，他必賞看再三，臨走必甩一句：「非正宗綠荷！」

於是，洋洋得意之情難抑。回家後愈發對那棵綠荷愛護備至。

老菊頭為了保存這棵正宗綠荷，可謂煞費苦心。這綠荷品種他每年只種一盆，絕不多種。他年年插枝，成活後選取一棵最壯實的保留，其餘的連同老根一起毀掉。以免謬種流傳，正宗不正。

老菊頭的這盆綠荷猶如郵票中的孤票、古籍中的善本，使得許多菊花愛好者垂涎欲滴，好多人千方百計想得之，但任是軟的硬的，一概碰壁碰釘子。

多少年來，他家的菊花只准看不准要，誰若不識相，開口向他要一盆，或想動腦筋分個根，剪一枝什麼的，那他必不給你好臉色看，隨你是什麼人，一律如此。

秋天的時候，老菊頭的侄女帶著一英俊瀟灑的青年來看望他。老菊頭向來把侄女當親女兒待的，見侄女有如此一表人才的男朋友自然欣慰萬分，於是不免多看了幾眼。這一多看，老菊頭發現這青年很面熟，想了很久，他終於記起來了，這青年就是曾勸他加入縣花卉協會最起勁的一位，對了，好像記得他是公園的什麼技術員，想到此，老菊頭立即警覺起來，連神經末梢也像長了眼睛似的，如防賊似的注意起了這青年的一舉一動。好啊，耍手段耍到我侄女身上來了。看來和我侄女談朋友是醉翁之意不在酒，有了這想法後，老菊頭對侄女也有了三分戒心。

有天半夜，老菊頭被風聲雨聲驚醒，他放心不下那盆綠荷，披衣到天井裏把綠荷搬進屋，不料因地濕，腳下一滑跌了一跤，老菊頭怕跌壞綠荷，倒地時硬是護住了綠荷，故而跌得好重，痛得爬都爬不起來。過後，檢查下來是尾骨骨折，需仆床靜臥。

於是，照顧老菊頭，照顧菊花的責任，義不容辭地落到了他侄女身上。

老菊頭對侄女少有的熱心生出了幾分懷疑，他怕有意外，索性叫侄女把綠荷搬到他床前。

慢慢地，這盆綠荷不如先前精神了。

第二年春上，雖然竄出了幾個新芽，但嫩嫩的、弱弱的，他侄女幾次提出搬到天井裏照照陽光，老菊頭終因放心不下，堅持不肯。等後來眼看這盆綠荷要活不成了，老菊頭才無可奈何地同意搬到天井裏。可他本能地感覺到侄女的那位男朋友也在天井裏，急得大叫搬進來，慌慌地細數著那僅有的幾根芽缺了沒有。

終於，綠荷一縷芳魂去矣。老菊頭傾注一生心血養之護之的所謂御菊親本、正宗綠荷就此絕種。

畫・人・價

陶少閑在婁城算個人物。

他是以畫蓮花為出名，其畫室自題為「愛蓮居」。

他古稀年紀，極少出門。每每興之所至，揮毫畫蓮。畫罷，筆一擲，捋著鬍子品上半天，似乎此畫不是他畫的。若有談得來的在身邊，就會談興大發。常常大講什麼齊白石的蝦、徐悲鴻的馬、黃冑的驢……言下之意，若畫蓮，則非他莫提，當今獨步。還自稱他畫的蓮花，畫盡周敦頤老先生筆下的意境。

然而，他從未參加過什麼級別的美協，也未參加過什麼畫展，更不要說發表、獲獎。

他畫得不少，留存的極少。往往過一段時間，他就把積下來的畫稿翻出來一一過目，細細比較，彷彿在檢查贋品，評判優劣。其結果，總有好幾幅被他判處死刑，一炬焚之。

陶少閑老妻每每見他燒畫，總要嘀咕幾句，「好端端的畫，一把火，罪過罪過。」他孫子更是不滿，「要燒掉不如賣掉。放著錢不賺，真是死腦筋。」

陶少閑鼻子裏泄出一聲「哼」，甚是輕蔑的樣子。

去年，省城有家《文化藝術報》的記者無意間在小城見到了一幅陶少閑的《墨蓮圖》，他見後讚不絕口，稱之為「大家手筆，至臻境界」。記者特尋訪而去。

陶少閑剛畫罷一幅《殘荷聽雨圖》，佇立圖前，沉醉其中。記者見此圖，眼都為之直了，連連說：「神品神品！」

兩人遂品茗長談，不覺暮色已至。陶少閑難得遇到如此知音，當場在畫上落款蓋章，鄭重相贈，並請雅正。

記者憑著他的眼力，已感到了陶少閑國畫的潛在價值。環視四壁，他發現屋牆上還有一幅《小荷出水圖》，更是寥寥幾筆，墨韻天趣，極是惹人歡喜。可陶少閑已慷慨相贈，怎好意思再開口討之。

躊躇再三，記者提出說想買下那幅《小荷出水圖》。

陶少閑聞此，笑吟吟說：「只怕你阮囊羞澀，阿堵物不夠。」

記者一愣，猶豫半晌後說：「我出二百。」

陶少閑擺擺手說：「若論個賣字，非千兒八百斷斷乎不能出手。」

記者有些尷尬，匆匆告辭。

記者心裏放不下那幅畫，再次造訪陶少閑寒舍。

陶少閑外出未歸，只他孫子在家。他一聽記者來意，立時來了勁，最後以五百元錢拍板成交。

陶少閑回來後，得知孫子自作主張賣了他的畫，氣得臉色刷白，腮頷之肉抖個不停。大罵孫子毀了他一生清貧之名，作賤了他的人品，降低了他的畫作身價。

老妻忙來勸慰，說：「總比白送人強吧。」

陶少閑聞老妻如是說，喟然長歎曰：「我若想靠畫賺錢，早可腰纏萬貫，不過那豈不成了畫匠。我的畫，尋常百姓幾人能買得起？五百，而今區區五百就定了我的價。我陶少閑還有何顏面畫出於泥而不染的蓮花？」

從此，陶少閑閉門謝客，幾乎不再與外界有什麼聯繫，有人說他封筆不畫了；有人說他日日作畫，日日焚畫。

孰真孰假，不得而知。但有一點可以肯定：記者走後，小城再也沒聽說誰求到過陶少閑的畫。

誤墨

婁城三老翰墨展上，少長咸集，群賢畢至。

開幕式上，應眾人之求，三老連袂揮毫獻藝。趙老不假思索潑墨畫出水上水下幾許荷葉，中有荷花含苞待放，煞是喜人；錢老成竹在胸，只寥寥幾筆，三兩游魚躍然紙上，一條條栩栩如生；孫老略一凝神，一株岸邊楊柳迎風搖曳，婀娜多姿。

孫老畫罷，回頭對趙老、錢老的高足說：「來，添一筆，助助興。」

不知是不敢在班門前弄斧，還是中國文人固有的君子之風，幾位門生都互相謙讓著，誰也不肯輕易落墨。這時，一位名不見經傳的後生毛遂自薦說：「我來獻醜！」不待應允，他從從容容拿起鬥筆，飽蘸濃墨，躍躍欲試。

三老都不認識這位不速之客，但對他的勇敢精神倒頗嘉許。市美協頭頭想阻止，三老見之，搖搖手，何必掃年輕人興呢，且拭目以待吧。

或許眾目睽睽之下，或許畫面上已有荷有魚有樹，不好落筆，這位年輕人手執斗筆遲遲落筆不下。場上的氣氛一時如凝住一般。突然，那飽蘸的濃墨滴了一滴下來，無情地落在畫面上。「呀！」年輕人一聲驚呼脫口而出。這輕輕地一聲如冷水滴入沸油鍋。

壞了壞了！一幅好好的畫眼看就此毀了。且場面上，大煞風景！好幾個人用慍怒的眼神瞅著這位不知天高地厚的年輕後生。

不期年輕人反倒鎮定了，他審視誤墨片刻，不慌不忙地在誤墨上略作加工，好啊，那誤墨竟化作一隻半空振翅的翠鳥，簡直補得天衣無縫，堪稱大手筆。

畫罷，年輕人輕輕地說：「慚愧，慚愧！貽笑大方。」

讚歎聲嘖嘖四起。三老也對年輕人刮目相看，謂之「後生可畏！」

翌日，市報上赫然登出這位年輕人的照片，有篇報導對他大加讚揚，似乎他是翰墨展主角。

市美協頭頭很欣喜也很自責，欣喜的是發現了這樣一位新秀，自責的是對這位新秀一無所知。他決定去登門拜訪這位新秀。不巧，唯有一位耄耋老人在家，老人不言不語，進屋捧出一大疊滿紙塗鴉的毛邊紙、宣紙來。市美協頭頭翻著翻著，懷疑是否自己的眼睛出了毛病——他簡直不能相信，所有的這一疊紙，幾乎都畫著翠鳥——從誤墨中化出的翠鳥。

法眼

近年，婁城的古玩市場開始熱了起來。每到雙休日，那文廟邊上的古玩市場就攤連攤、人擠人了。

初秋的一天，來了一位外地口音的黑臉漢子。此人年紀約三十來歲，說城裏人不像城裏人，說鄉下人不像鄉下人，憨厚中帶著點兒狡詐，精明中又透著幾分死性，讓人捉摸不透他。他擺出了宣德爐、墨盒、筆洗等幾樣古玩，開價都不算太高，很快就成交了，唯有一只斗彩蓮花蓋罐他開價八萬八千，並咬死說一口價，不能還價，還價免談。

齊三元是古玩市場上的大戶，他認準了的東西，如落入了他人手中，他會幾天幾夜睡不著覺。

齊三元這幾年在古玩市場上，藥已吃過多次，還在不斷付學費，不過，看得多了，也多少練出了點兒眼力，幾年來，也確確實實收進了不少好貨，讓收藏界同行眼饞得很呢。

齊三元那天一瞄到那斗彩蓮花蓋罐，眼就一亮，憑他目前對瓷器的鑑別能力，他一看那造型，那圖案，那色彩，應該是明成化年間的官窯產品，這可是好東西呀。如果說真是成化年間的官窯產品，八萬八千元這價太便宜了。如此看來，這黑臉漢子是個嫩頭，是個羼貨。從他剛才出手的宣德爐、墨盒、筆洗等，其價位都只是半價到七八成價。齊三元估摸著，要麼都是舊仿，要麼真是不識貨。要是碰上個不識貨的，那合該我發財嘍。

齊三元上前把那蓋罐看了一下，底下「大明成化年製」六個字分兩行豎排，字外有雙圓圈套著，這可是標準的成化年間的落款。再看那蓮花畫得拙拙的、土土的，色彩有紅有綠有藍有黃，怎麼看都有點兒俗，但齊三元知道，成化年間的斗彩瓷器就是這風格，與青花是不可同日而語的。齊三元掂著分量，用手指彈著聽響，看了外面看裏面，看了頂蓋看罐底，又用手摩挲了一陣。反覆看了一陣後，齊三元有點兒吃不準了，說是吧，似乎釉色太新了，用手摸沒有那種潤的感覺，說不是吧，又太像真的了。

齊三元拿八萬八千元出來是絕對拿得出的，但畢竟也不是個小數目，不能再吃藥了。他想到了婁城古玩鑑賞家楚詩儒，他可是法眼吶。齊三元一個電話打過去，楚詩儒倒也上路，一聽是成化年間的瓷器，立馬就打的趕了過來。

楚詩儒也不說話，先用手在罐內罐外順時針轉動摸了一遍，又逆時針轉動摸了一遍，然後取出一只特製的放大鏡，仔仔細細看了一遍。看罷，他說：「瓷是好瓷，仿得很到位，必是高手所仿，能仿到這個程度，無論怎麼說，也算是精品了，應該也值個一萬兩萬的。但恕我直言，以我的手感而言，這罐的仿製時間不會超過十年。」楚詩儒怕齊三元不信，讓他通過放大鏡看，果然，那毛刺都還在呢。楚詩儒說：「明成化距今五百多年。五百多年啊，一件瓷器歷經五百多年，怎麼說也火氣全消了，手感絕不應該有任何毛刺感，僅此一點，就足以證明這是贗品！」

楚詩儒在婁城古玩界的權威性是從沒人懷疑的，他此話一出，誰還會去買這件假貨呢。

齊三元連聲說：「謝謝，謝謝，要不然我今天又要吃藥了。」

黑臉漢子聽楚詩儒這麼一說，也萎了，自言自語說：「俺爹臨終時告訴我，這是貨真價實的成化瓷……」

他守著這蓋罐整整一天，再沒人來問津，眼見將收市了，黑臉漢子知道沒戲唱了，咬咬牙降到了四萬八千。

這時，有位拄拐杖的老者踱進古玩市場，他轉了一圈後，來到了黑臉漢子攤前。他告訴黑臉漢子他是專收藏成化瓷的，所以價也不還，爽爽氣氣地付了四萬八千現鈔，開開心心地走了。

齊三元想，沖頭總是有，連這古稀年紀的老資格也看走眼，包不準回去後要悔得吐血。他忍不住上前對老者說：「老先生，這是贗品，你上當了。」

老者見齊三元一臉真誠，很熱情地說：「走，喝茶去，邊喝邊聊。」

老者自始至終沒說他姓啥名甚，以前是吃什麼飯的，但老者關於斗彩蓮花蓋罐的一番話，使齊三元吃驚得半天回不過神來。

老者說：「看來你也是古玩行當的票友，讓你長長見識。這個罐絕對是真品，但為什麼會給人仿製的感覺呢，因為這是庫貨。」老者見齊三元一臉的惘然，知道他還不懂何為庫貨。

就解釋給他聽。原來這蓋罐是當時官窯燒製的，其中有一批瓷器被送到了報國寺，因為是皇帝的御賜，除了部分用掉，剩餘部分就封存在了寺廟的地下室裏，後來由於戰亂的關係，地下室的秘密就鮮為人知了。一直到一九六六年「破四舊」，紅衛兵扒廟時，才無意中發現了這地下室，結果就發現了好幾箱沒有拆封的瓷器，有瓷雙耳三足香爐，僧帽壺，青花盆、碗，有鬥彩瓶、罐等等，當時小將們乒乒乓乓一陣砸，這些價值連城的珍寶十毀八九。據說有人趁亂拿了幾件回家。我是在收古董時無意中聽當年參與過此事的紅衛兵講的，從此以後我一直在尋覓是否有庫貨遺存，沒想到會在這兒發現，天意天意呀。

老者還說這只罐自一九六六年被從地下室取出後，從沒用過，很可能放在箱子裏，換句話說這罐五百多年來還第一次見陽光呢，所以依然像剛出窯的新貨一樣。

「如此說來，這鐵定無疑是庫貨，是真傢伙了？那該值多少？」齊三元問了個不該問的問題。

「好，看你也不是壞人，真人面前不說假話，這件瓷器按目前行情，一百萬應該是值的。」老者說時掩飾不住滿臉的神采。

應該讓楚詩儒來聽聽，應該讓楚詩儒與老者見見面，對對話。但老者說：「免了免了。」喝罷茶，老者飄然而去。

齊三元衝著老者的背影嘆服道：「法眼，真正的法眼！」

藥膳大師

在婁城餐飲界，有個不成文的規矩：凡飯店開張的，你不請市裏的頭兒腦兒可以，不請場面上露臉的那些款爺富婆可以，但假如你不請戚夢蕭光臨，不請他說幾句好聽的，那我敢打賭，你這飯店的生意必好不到哪兒去。

為何？

難道說這戚夢蕭比市長還市長，比書記還書記？

嗨，你還真的說對了一半，戚夢蕭在餐飲界的知名度牛著呢，外號「美食家」。據說其祖父是清朝皇宮裏的御廚，其父親曾是上海國際飯店特聘掌廚，他本人呢，雖不是啥名廚，卻整理出版過一本《婁城歷代名菜譜》，還被《美食家》雜誌特聘為刊物顧問。連省電視臺攝像人員也專程到婁城為他拍攝《婁城美食家》的專題片。

由於他有如此知名度，婁城的那些老饕們自然十分注意他的動向，如果他不肯捧場的飯店，他們自然也就極少光臨。如果戚夢蕭在哪個飯桌上哪個場合說了某某廚師，或某某菜味道不錯，那必有不少人會慕名去嚐一嚐。影響最大的一招是戚夢蕭閒來無事時還會寫篇把千字文，或介紹一道傳統名菜、或介紹一道特色名點，文中間或還會批評、表揚一兩家飯店或起色了或滑坡了。這就使得戚夢蕭的一言一行在一定程度上影響著婁城的餐飲界。因此，賓館、飯店、酒家的老闆誰不巴結他，只要他一到，「戚老，戚老」、「老法師」、「美食家」之稱呼就不絕於耳，必上最好的菜，最靚的湯，讓他品評，請他指點，唯恐怠慢了他，得罪了他。

卻偏偏有不識相，不領行情的。這不，剛開張的大學士街的「王記藥膳菜館」，竟沒有請戚夢蕭。

據知內情人透露，開張前有人提議不請誰都可以，戚夢蕭是非請不可的，誰知菜館的總經理王一脈竟然大言不慚地說：「酒香不怕巷子深。」似乎對戚夢蕭不屑一顧。

「王記藥膳菜館」的反常舉動引起了媒體的好奇，他們很想知道菜館吸引顧客的絕招何在，就去採訪了王一脈。

王一脈告知記者：四百多年前李時珍來婁城拜訪其先祖王世貞時，請王世貞為《本草綱目》寫序，這本《本草綱目》在王世貞處一放就放了十年，直到一五九〇年王世貞臨死前才看完了全書，寫出了序言。其實有一個細節外人不知，王世貞請人抄錄了其中的藥膳部分，共有四百多個食療醫方呢，這個食療醫方成了他們王家的傳家寶。現在傳到了他手裏，他正是根據這些食療醫方才開這爿藥膳菜館的——哇，來頭還不小呢，老記者們一個個頓時來了興趣，要請王總經理詳談一下有關藥膳知識。

誰知這一問問到了王一脈的脈上，他侃侃而談起來，什麼「虛者補之」、「實者瀉之」

「寒者溫之」、「熱者清之」；什麼「肺宜辛，心宜甘，脾宜苦，肝宜酸，腎宜鹹」；什麼「春不食肝，夏不食心，秋不食肺，冬不食腎」……一套一套的，聽得見多識廣的老記者們也一愣一愣的。王一脈趁熱打鐵，邀請老記者們吃一頓便飯，嚐一嚐他的手藝，免得被人說「天橋的把式——光說不練」。

老記者們已被他說得口水都要滴出來了，都說：「你不請我們吃，我們也不走了。」

王一脈叫手下端來了玉米鬚燉龜、薑汁拌海螺、泥鰍鑽豆腐、百合鯉魚、天冬燉雞、陳皮扒鴨掌、杜仲腰花、荸薺獅子頭、枸杞汁薰麻雀，素菜類有琥珀蓮子、冬菇蘿蔔球、口蘑椒油小白菜、釀煎青椒、韭菜炒胡桃、葵花豆腐，還有竹蓀芙蓉湯與茯苓烙餅小點心，最後上了芡實粉粥與山藥粥各一盆。

吃得老記者們一個個都說：「味道好極了！」

王一脈呢在邊上介紹如何選料、用料、配料，如何掌握刀法、器具、火候，如何做到形、色、香、味俱全，還一口氣說了要「不偏不倚，不過不離，不韌不糜，不老不嫩，不堅不滑，不燥不寒，不澀不膩，不鹹不淡，不豔不暗，不大不小」，聽得老記者們個個目瞪口呆，其中一個專跑飲食線的老記者由衷地說道：「你王總才是真正的美食家，今天我們算是開了眼界，享了口福，飽了耳福。」

第二天，市報上一篇〈訪藥膳大師王一脈〉的專訪登了將近半版，還配發了照片。

電視臺則播放了一則《別具一格的藥膳菜》；電臺則播了《真正的美食家王一脈訪談

錄》；網站則把「陳皮野兔肉」、「田七雞雜燉鯽魚」、「東坡童子甲魚」、「綠豆湯西瓜盅」、「蟹黃魚翅」、「當歸枸杞雞」、「壯陽烏龜湯」等多盆菜的照片也上了網。

這股宣傳勢頭使得「王記藥膳菜館」一時名聲大噪，食客盈門。

戚夢蕭原本以為王記藥膳菜館早晚會請他的，但現在看來這種可能性很小很小，他有點兒坐不住了。他是個吃遍婁城皆上賓的美食家，現在如此美食品嚐不到，他渾身難受。從另一方面講，他也實在想去實地看一看、品一品，到底是名大於實呢，還是實大於名，可他又實在不好意思自己跑上門去吃。總算有人看出了道道，請了戚夢蕭去品嚐藥膳菜。

戚夢蕭去之前，特地翻了唐代孟洗的《食療本草》、南唐陳士良的《食性本草》、明代汪穎的《食物本草》等，以防到時出洋相。

無論怎麼說，戚夢蕭乃老吃客了，嘴早吃得極刁極刁，但當他品嚐了百花色肚、香酥飛龍、柳蒸羊羔、蝴蝶海參、鹵猴頭菌、燕窩人參羹等藥膳菜後，一語不發。席散後，他突然大喊道：「你們把老闆叫出來！」

請客者驀然一驚，怕戚夢蕭說出些不得體的話來，忙說：「戚老，你今天喝多了，走吧，走吧。」

哪能想到戚夢蕭堅持不肯走，非要見王一脈不可。

王一脈見是戚夢蕭，忙說：「失敬失敬！」

戚夢蕭也不客套，直截了當地說：「虛頭話不說了，拿筆墨來！」

筆墨拿上來後，戚夢蕭略一凝神，提筆寫下了「良廚猶如良醫，誠藥膳大師也」。落上款後，他筆一扔，頭也不回地走了。

天下第一椿

在婁城書畫界，鄭有樟是個怪人，他不藏字畫不藏玉，不喜瓷器不喜陶，他只對那些似石非石，似木非木的矽化石感興趣，他家裏有一塊不規則圓型的石臺，其實是一段古柏的樹幹，只是因為在數千萬年的演變中，樹幹的某些成分被矽酸鹽所置換，才逐漸變硬，成了這種介於木與石之間的矽化石。那樹的年輪清晰可辨，叩之有金石聲，撫之有清涼感。即便是小件，也沉甸甸的，絕無輕浮之感。

因為鄭有樟的愛好奇特，婁城又不出矽化石，所以鄭有樟在婁城收藏界露面不多，也談不上有多少知名度。

一個偶然的機會，鄭有樟從一個藏友嘴裏得知，翰林弄的阮大頭最近從安徽收到了一件好東西，號稱「天下第一椿」。

鄭有樟對樹樁沒啥興趣，也沒往心上去。

藏友見他如此，故意說道：「寶貝呀，少說也有六七千年歷史了，已半成化石了。」

這話像生了翅膀似的，一下飛進了鄭有樟的耳朵。他一把攥住藏友之手說：「走，去看看，馬上就去。」

阮大頭在婁城收藏界是另一個怪人，只要他看中的，砸鍋賣鐵他也會收下來，所以古玩市場上諧他姓叫他冤大頭，後來真名反無人叫了，其實阮大頭的學費早付夠了，如今他精明著呢。

鄭有樟一見那樹樁，就驚呆了，天下竟有如此好東西。但見那樹樁高一點八米，寬一點六米，因為上千年來被山泉湍流沖刷的緣故，那粗枝老根已被沖刷得百竅千靈，真可謂大洞套小洞，洞中有洞，有如天助般，借用了大自然這鬼斧神工的手藝，完成了一件透雕、深雕之作，真正是渾然天成，且在歲月變遷中，已有化石的性質了，但不像矽化石那樣粗糲，可能是水流的作用，無論是大洞小洞，沒一處不是溫潤滑溜，摸之手感極好。

鄭有樟前看後看，左看右看，發現無論從哪個角度觀之，都賞心悅目，更難得的是這香樟木樁香氣撲鼻，且香得柔和、高雅，鄭有樟凝視著這天下第一樁，不言不語，也不離去。

阮大頭已看出了鄭有樟的偏愛心思，不無得意地說：「我收藏幾十年，這是我最得意的一件藏品，今後就是我的鎮宅之寶嘍！」

鄭有樟命中缺木，故在名字中以木彌補，取名有樟，偏偏自己藏品中有松矽化石、有檜矽化石、有銀杏矽化石、有楠矽化石，就是沒有樟矽化石。而今，這古樁化石出現在眼前，這不是緣又是什麼？鄭有樟下決心非把這天下第一樁搞到手不可。

他很誠意地對阮大頭說：「君子本不奪人之愛，但我鄭有樟既然命中註定有樟，豈能錯過。您老成全我，割愛吧。您開個價，我鄭有樟保證不會讓您吃虧。」

阮大頭一聽，笑笑說：「想看，盡管看，想買，則免談！再說就傷和氣了。」

鄭有樟就這樣碰了個軟釘子。

鄭有樟不甘心，他實在太喜歡那天下第一樁了。以後的一段日子裏，鄭有樟吃飯想著這事，睡覺想著這事。想來想去被他想到了以物易物的主意。他打聽到這阮大頭搞收藏不在乎升值不升值，只在乎自己喜歡不喜歡。他突然想起前不久在浙江東陽見過一老藝人正在加工水滸人物根雕，印象中也是香樟木的，那一百零八將栩栩如生，唯妙唯肖，據說已雕了好多年了。對，買下來，送給阮大頭，他八成會喜歡的。

事不宜遲，鄭有樟第二天就開了小車趕到浙江那老藝人家，花了大價錢把那根雕買了下來，並雇了車運回了婁城。

果然不出鄭有樟所料，阮大頭一眼就相中了這根雕作品，請鄭有樟爽快出價。

鄭有樟很坦率地說：「明人不說暗話，我只想換你的樹樁。」

阮大頭沒想到鄭有樟來這一手，有點不快地說：「肯賣，價錢好商量。不肯賣，你抬走吧。」

鄭有樟也沒想到阮大頭如此固執，悻悻而回。

藏友見鄭有樟愁眉苦臉的，知道他還惦著那天下第一樁，就給他出主意。

藏友甲說：「阮大頭的獨生女今年二十六歲了，還沒嫁人，乾脆有樟兄娶了她算了，條件嘛，非天下第一樁做嫁妝不要……」

「缺德缺德，婚姻是兒戲啊。」鄭有樟一票否決。

藏友乙說：「派人冒充算命先生，憑三寸不爛之舌，說動他心甘情願出手……」

「損、損、損，騙他老人家，於心何忍。」鄭有樟依然不同意。

藏友丙說：「那你乾脆跪在阮大頭面前，求他，不怕他鐵石心腸。」

你們怎麼盡是餿主意，鄭有樟氣死了。

鄭有樟突然失蹤了一段時間，後來，藏友們才知道，他去了安徽，去調查瞭解了這天下第一椿的來歷，他還翻閱了當地的地方誌，回來後寫了篇〈流傳有序的天下第一椿〉。據鄭有樟考證，此樹樁是南宋末年一次山洪暴發後沖下山來的，先為安徽一博古齋收進，後為畫家閔雙城收藏。元代時為貴族王孫鐵木兒收藏；明代時，在安徽布政使及大收藏家華佰裘等多人手裏收藏；清代時，在桐城露過面，後來就不知去向。鄭有樟還收集了明代時有人吟詠此樁的詩文。

鄭有樟把這篇考證文章列印後，交給阮大頭斧正。

阮大頭沒想到鄭有樟竟對這天下第一樁有如此感情，做如此有心人，很是感動，他拉住鄭有樟說：「來，我倆在天下第一樁前留個影。」

三天後，阮大頭打電話給鄭有樟說：「啥話別說，你來把天下第一樁搬走吧。」

鄭有樟去搬天下第一樁時，他特地沐浴焚香，極為虔誠，出屋進屋前，還點了鞭炮、放了高升呢。

當時人群中說啥的都有，有說「神經病」的，有說「作秀嘛」，有說「文人怪癖」的……鄭有樟一點兒不惱，他樂呵呵地說：「我全當補藥吃。」

第五竹

第五竹是人名，複姓第五。《百家姓》排最末。

第五竹偏愛畫竹，擅長畫竹。他的「師竹齋」掛有自書的書法條幅「高節人相重，虛心世所知」。

他的庭院乃竹的世界，植有佛肚竹、湘妃竹、鳳尾竹、方竹、紫竹等，或臨窗一二株，或牆角三五竿，添雅滌俗，清韻滿院。

第五竹閒來，每每佇立竹前，凝神觀摩，竹韻竹魂竹情充溢於胸，爛熟於胸。

第五竹畫竹，或嫩筍新篁，勃勃生機；或枯竹殘葉，滿紙蕭颯。無法無格，全憑興致。圈內人私下裏說：「第五竹之竹，堪稱獨步。只是其詩不登大雅之堂，若能戒此積習，其畫必身價百倍。」相知相熟的，也曾當面提醒，但第五竹一笑了之，依然我行我素。

錢記者近年被經濟這隻看不見的手牽得東奔西跑，幹起了文化掮客的第二職業。他來找第五竹說：「你的竹，當今畫壇能望其項背的有幾人？但你名實相符嗎？說穿了，宣傳沒跟上，這事包我身上，我發動各報各刊、電臺電視臺來個全方位宣傳……」

錢記者見第五竹沒拉下臉下逐客令，知道說到了第五竹心坎上，膽氣陡增，他請第五竹準備《風竹》、《雨竹》、《雪竹》、《霜竹》《霧竹》、《露竹》、《晴竹》等十種圖，說是準備分送新聞界朋友。

第五竹朗然一笑，抓過一支狼毫筆，一氣塗抹，幾株風中之竹盡傳精神。

錢記者見之，甚喜，吟古詩贊曰：「舉頭忽看不是畫，低耳靜聽疑有聲……」

第五竹全然不理會錢記者說些啥，顧自在畫上題了即席吟就的打油詩：「竹本清高物，風吹又何妨，若為虛名誘，畫竹如畫錢。」

錢記者大失所望，說：「這詩一題，這畫怎麼送人？這畫價怎麼能上得去？」

「畫竹乃自評、自娛。誰言賣，誰言送？」第五竹頑童般開心而笑。

不久，錢記者又專程來拜訪第五竹。一進門就拱手作揖說：「恭喜恭喜！」

第五竹淡淡地說：「一介布衣貧士，何喜之有？」

錢記者很知心的樣子說：「政協鄔主席對你的畫推崇備至，說像你這樣的名流耆宿，應該安排個政協副生席。鄔主席如此器重你，你可不要小家子呀，畫幾幅吧，改日我來取。」

翌日，錢記者再度來訪。第五竹指指牆的《病竹》，笑而不言，但見畫面之竹枝枯葉殘，一派蕭殺。那一首題詩更使錢記者哭笑不得。詩云：「竹本山野物，天地任率性。若作富貴養，病枝又病根。」

假語村言

- 魔椅
- 《國王的新衣》第二章
- 發現第八大洲
- 誠信專賣店
- 最優計畫
- 長生不老藥
- 新「守株待兔」

魔椅

奇怪、奇怪，太令人奇怪了，或者說吃驚、吃驚，太令人吃驚了——B市海關關長已連倒了三任。第一任趙關長受賄罪，判了有期徒刑二十年；第二任錢關長走私罪判了死刑，已執行；第三任孫關長瀆職罪，巨額財產不明被判了無期徒刑。

查三任趙關長、錢關長、孫關長個個都年輕有為，前途無量，且都有過光輝燦爛的過去。一個個都根正苗紅，都屬業務骨幹、精英人物，怎麼一到這位子上就爛了垮了呢？

為了查明真正的原因，以警示後來者，B市成立了以市政法委書記掛帥的調查辦公室。

A調查員的調查報告上的結論是：壞就壞在女人手裏，紅顏禍水，千古使然，趙、錢、孫三任倒臺的關長都與一個或數個女人有著不正當的關係。情人也好，二奶也罷，都是伸手要吃要穿，敢於獅子大開口的貨，一掉進這所謂的溫柔鄉，那就難以自拔了，這洞是個欲望之洞、無底之洞、害人之洞、罪惡之洞，為了填這個洞，勢必會走上撈錢的岐路、邪路，長此下去，豈能不變，豈能不倒。

B調查員的調查報告上的結論是：金錢是萬惡之源。說到底，皆一個錢字在作怪作祟，金錢的誘惑力實在太大太強，誘惑得這一任任關長暈頭轉向，不辨東西，不辨香臭，成了錢的俘虜、錢的奴隸。眼睛裏除了錢還是錢，銅錢眼裏翻跟斗後，自然沒了國法憲法，沒了黨章黨紀，走歪路走黑路也就不可避免了。

C調查員的調查報告上的結論是：境外黑惡勢力的滲透，腐蝕拉攏了原來清廉正氣的幾任關長，資本主義無孔不入啊，他們為了在政治上、經濟上打開缺口，先從海關下手，先從關長下手，試圖打開缺口，打開國門，因此千方百計，百計千方，用了美人計、金錢計，什麼計什麼計的，使一任任關長掉入他們設計的陷阱中，從而達到他們不可告人的目的。

另有D調查員、E調查員等其他調查員的調查結果與A、B、C調查員的調查結果大同小異，或偏重這點，或偏重那點，或強調綜合因素，並無新意。

唯W調查員的調查結論與所有的調查員都不同，他得出獨家結論：千怪萬怪，要怪就怪關長的位子，或者說那把椅子不好，與人沒關係。換句話說，趙關長、錢關長、孫關長都是好的、棒的、優秀的，只因位子、椅子不好，才連累了他們。若換了李關長、周關長、吳關長、鄭關長也照樣會因位子因椅子的問題而出毛病，而爛掉垮掉！

——石破天驚！

一石激起千層浪——原來問題的根源在此，難怪一任接一任關長「前腐後繼」，一一倒下。

B市領導動用了警方的力量把海關關長的椅子嚴密看管起來，請了多所大學裏的教授進行科學研究，試圖從政治上、經濟上、物理上、化學上、地理學上、歷史學上、心理學、邏輯學、社會學上，多角度、多方位、多層次，宏觀的、微觀的，自上而下，自下而上地全方面來剖析這椅子的秘密，使有關方面有關領導真正瞭解這椅子的可怕之處危害之處，為什麼任你什麼好人好幹部好領導，坐到這位子上就會變壞變貪變質。

據最最最絕秘的消息透露，教授們的研究已經出來，那研究報告厚四百四十四頁，但因涉及到一級保密，不能向外透露。

筆者能知道的就這些，也就只能寫到這裏了。讀者諸君，抱歉了。

《國王的新衣》第二章

話說皇帝穿了那著名的新衣上街巡視後，被一個不知天高地厚的小男孩那聲喊攪局後，一肚皮的不快。他匆匆結束了原本極為浩大而隆重的巡視活動，氣呼呼地回了皇宮。

一回皇宮，他拍桌子，摔東西，大發雷霆，嚇得大臣與衛士一個個屏息斂神，不敢輕易發出一點聲音，哪怕放個屁也不敢。直等到暴風驟雨過去，皇帝累得赤呼赤呼靠在龍椅寶座上大喘氣的時候，幾位資深大臣匍匐於地，敬請皇帝息怒。其中首席大臣啟奏皇帝說：「那可惡的小男孩罪當千刀萬剮，因為他竟敢在大庭廣眾之下說假話，而且這假話涉及誹謗皇上，是可忍，孰不可忍！」

「對，凌遲處死那說謊的孩子！」眾大臣齊聲附和。

二號大臣痛心疾首地說：「皇上，您一再告誡我們臣民要說真話，不說假話，要實事求是，不能弄虛作假，可那魔鬼化身的小男孩不但說假話，還發展到光天化日之下說假話，此風不可長，此風不除，遺害無窮！」

三號大臣更是憂心忡忡地說：「皇上，我們在小學課本裏就讀『狼來了，狼來了』的故事，知道說謊的孩子是要被狼吃掉的。假如這小男孩不受到懲罰，今後臣民群起學他仿他，那豈不國無寧日，世風日下。懇求皇上下旨，把說謊的小男孩餵狼，以儆效尤！」

「應該，太應該了，立即把說謊的小男孩餵狼，餵狼！」眾大臣一致贊成。

皇上微眯著眼，聽了幾位股肱大臣如此這般一說，有點吃不準了，剛才街上的一幕竟變得模模糊糊。皇上竭力回想那小男孩的模樣，印象中似乎是個挺可愛的孩子，難道他會是魔鬼化身？皇帝不想妄開殺戒，錯殺無辜。皇帝說：「此事要調查個水落石出，否則，殺了小男孩，臣民不服。」

聽皇上這樣一說，大臣們稍稍猶豫了片刻，「這樣吧，皇上。我們進口一套美國最先進的測謊器，給小男孩測一測不就鐵證如山了。」二號大臣說。

「不，小男孩是魔鬼化身，測謊器對他不一定管用，我建議測一測我們朝中的所有大臣，如果朝中大臣說的都是真話，不正好說明那小男孩說的是假話。更重要的是借此還可以一測眾大臣對皇上是否忠心耿耿，豈不一舉兩得。」一號大臣顯得更老謀深算。

妙，此建議甚妙！皇上一拍桌子同意了。

測試開始了，一號大臣挺身而出，第一個接受了測試。接著二號大臣、三號大臣，一個不漏，逐個接受了測試。內容幾乎千篇一律，即對皇上的新衣的看法。大臣們一個個口吐蓮花，幾乎用盡了世上最華麗的辭藻，最美妙的比喻，讚美了皇帝的新衣，並一個個義憤填膺地聲討了小男孩無恥的謊話，都說不殺小男孩不足以平民憤。

測試結果很快就出來了，從資料分析，被測試者全部通過，沒有一個人有說假話的半點嫌疑。

皇帝將信將疑，問從美國哈佛大學特邀來的威廉博士會不會儀器不準或失靈。威廉博士斬釘截鐵地說：「這種第三代測謊器是最科學最先進的測謊器，在美國及世界各地已測試過百萬計的各民族各階層的人，其準確率達到百分之九十九點九九九以上，連那些受過特殊訓練的諜報人員也逃不過第三代測謊器的甄別。難道貴國的大臣比受過專門訓練的情報人員更有抗測性？」

皇帝想：「我可以不相信這些大臣，但我沒理由不相信科學呀。」他剛想拍板把說謊的小男孩餵狼，轉而一想：「不測試就處以極刑，未免太不公平，還是測一測吧，如果小男孩說的真是假話，死也讓他及他家屬無話可說。」

測試又開始了，皇帝突然覺得很害怕，因為測試下來的結果是什麼，似乎都不是件好事——他實在很怕很怕再穿那件備受大臣們讚美的新衣。

唉，他長長地額歎了口氣，像等判決似地等待測試的最後結果。

發現第八大洲

秋高氣爽，晴空萬里。

天藍得誘人，雲白得可人。空氣像是過濾過了，能見度出奇地好，連海水也似乎變得透明了。

在這樣的天氣裏，駕著自己心愛的私人飛機，翱翔在藍天白雲之間，自由地飛呀飛呀，這是何等暢快的事啊。

羅伯特的心情從來沒這麼好過，然而，在飛臨大西洋巴哈馬群島上空時，飛機突然出了什麼故障，儀器似乎失靈了，飛機拉不上去。羅伯特的好心情一下子全沒了，那緊張的心情隨著機身一起下墜下墜。

不過，羅伯特到底是經風經雨的人，他很快就鎮定下來了，開始了檢查，開始了自救，他穩住飛機，讓其慢慢地滑翔。在這滑翔的過程中，由於是超低空飛行，由於羅伯特特別注意海面與島嶼，無意中羅伯特發現清澈的海水底有著黑黝黝一片建築群，對，一定是建築群，十有八九是人工的，羅伯特奇怪了，在這荒蕪的島嶼海底，怎麼可能有人工建築呢？難道我眼花了，難道產生幻覺了？沒有啊，一切都是真實的。這麼說這海底可能蘊藏著一個人類未知的別的世界，或者說蘊藏著一個人類未知之謎？

不，不去想這些，當務之急是走出困境。

羅伯特虔誠地向上帝禱告了一遍，然而，試圖做最後一搏。奇蹟出現了，飛機的儀器竟一一恢復了正常，機頭拉起來了，羅伯特死裏逃生。

羅伯特生還後，整整休息了三天，思考了三天。三天思考的結果：一、自己看到的應該是真的；二、巴哈馬群島附近的海底可能有著驚人的秘密；三、飛機儀器的失靈很可能與這海底建築大有關係。

第四天起，羅伯特一頭栽進了國家圖書館，檢索查閱起了有關資料，奇怪的是有關巴哈群島的資料少得可憐，即便有些書籍偶爾涉及，但都與羅伯特要找的風馬牛不相及。一個月、兩個月、三個月，羅伯特在國家圖書館整整泡了半年多，還是收效甚微，他在考慮是不是要放棄。然而就在此時，柳暗花明又一村了，羅伯特無意間讀到了關於大西洲的報導。有史學家推斷：歷史上曾有過一個叫大西洲的洲，應該是地球上的第八洲，但由於目前尚不知的原因，在一萬多年前莫明其妙地消失了。史學家把大西洲定名為「亞特蘭蒂斯」，這就是困惑史學家兩千年的歷史之謎。

羅伯特如獲至寶，他開始了又一輪專題尋找，真是不查不知道，一查嚇一跳。這大西洲曾是個高度文明的地方，它有著先進的通訊工具，有著冶煉高純度金屬的技術，並且有史學家認為人類的字母文字就是起源於大西洲，亞特蘭蒂斯對人類的貢獻是無與倫比的，遺憾的是，它突然消失了，無影無蹤，無聲無息，以致令人懷疑它存在的真實性。

羅伯特的興奮是可想而知的，他決定不惜一切代價尋找消失的大西洲。作為一個億萬富翁，資金是不成問題的，羅伯特通過種種努力，專門成立了一個巴哈馬群島海底考古隊。羅伯特沒有驚動媒體，一切都悄沒聲兒地進行著。

羅伯特的設備是世界頂尖的，潛水員、考古隊員都是一流的專業人士。海底的考古很快有了重大的發現，根據儀器的參數，初步探明大約在方圓十六平方公里的海底，有著八座金字塔，還有著巨石陣，有花崗石的、有大理石的，且都基本保持完好。羅伯特決定與考古人員一起下海，實地看一看這神秘而誘人的水下金字塔，去探訪一下傳說中的亞特蘭蒂斯。

哇，海底的金字塔堪稱雄偉壯觀，其中有一座甚至比胡夫大金字塔還高大巍峨呢。在金字塔上，羅伯特還發現了有圖案的石頭，據專業考古人員辨認後，認為是一萬多年前的文字圖案，有極大的史料價值，可惜鐫刻在金字塔上取不下來。

突然，羅伯特發現了一大群似魚非魚，似人非人的生物向他們游來。一位考古人員驚叫起來：「這莫不是傳說中的人魚嗎？」

羅伯特想起來了，他曾讀到過這樣一篇文章，說人起源於海豚，其中一支走上了陸地成了今日的人類，一支依然生活在海底，進化為人魚。只是，從沒有誰真正見到過人魚，關於人魚，除了傳說還是傳說。難道說我羅伯特將成為世界上第一個與人魚親密接觸的地球人？他能不激動，不興奮嗎！但他又不免緊張，因為他不知其性是兇殘還是溫順，不知這群人魚是歡迎還是進攻？他剛下令舉槍以防萬一，但轉而一想，還是靜觀其變吧。

領頭的兩條人魚似乎上了年紀，它搖動著尾巴，拍打著雙鮎，嘴裏發出類似牛叫的聲音。羅伯特從它們的動作、聲音中判斷，是友好的表現，於是向人魚群揮揮手，以示禮節。

人魚在羅伯特一行周圍跳起了舞，似乎在舉行一種歡迎儀式。這後，那條領頭的人魚又帶著羅伯特一行穿行於金字塔與巨石陣之間，就像導遊領著來訪者參觀一樣。一路上，羅伯特看到了一群又一群的人魚，無不和睦相處，優哉遊哉的樣子。當他們看到羅伯特一行，無不興奮、好奇地前來觀看，大膽地還游過來，用尾巴在羅伯特身上輕輕拍兩下，以示親熱。

最後，領頭的人魚把羅伯特帶到一個祭壇似的地方，羅伯特看到了塊塊長方形的石頭，石頭上鐫刻著一行行奇奇怪怪的神秘文字。

正當羅伯特對這些石頭文字大感興趣，反覆觀摩時，一群又一群的人魚從四面八方集合到了祭壇四周，它們排列有序，像默哀又像是禱告，最後一個個舞動起來，羅伯特突然感覺好像是在進行著一種宗教儀式。

羅伯特在取得了一塊有文字的石頭後，就與人魚依依惜別，其中有一條雙乳肥大的人魚還大膽地上前吻了吻羅伯特呢。

羅伯特上岸後，即宣佈考古到此結束，並拒絕向媒體發表任何文字，還再三要求所有參加考古的人員一一發誓：「決不洩露大西洲的秘密。」

他不無感慨地說：「人魚生活得那樣平靜、安寧，我們有什麼理由去打擾它們，讓它們繼續安安靜靜地生活吧，這是一個尚未被污染的淨土，是一個世外桃源式的領域，我真為它們高興。」

由於羅伯特的堅持，關於大西洲的秘密，至今鮮為人知。

誠信專賣店

誠信專賣店在這個島國的出現，是造足了輿論，在許許多多島民的盼望中開張的。

因為在此店開張前，誠信專賣店的錢老闆通過電視臺、電臺、日報、晚報、網站，以及街頭派送傳宣資料等全方位宣傳，使這樣一個資訊幾乎家喻戶曉，即十二月二十八日那天前往參加誠信專賣店開張的任何一個人，不管是男人或女人，不管是老人或小孩，不管是當官的或平民，不管是大款或乞丐，都將發給一張誠信專賣店的貴賓卡，以後，憑此貴賓卡，如向誠信專賣店出售誠信，可按市價再加三成，反之，如向誠信專賣店購買誠信者可優惠百分之三十，即便宜百分之三十的價錢。

因為不是給現金或實物，故而想去領這張貴賓卡的人並不多。不過誠信專賣店的目的達到了，店尚未開張，島民都知道了：將有一爿奇特的商店要開張營業。

據說誠信專賣店開張那天還是挺熱鬧的，高官要員去了不少。錢老闆固然很誠信，說到做到，給每位蒞臨的官們每人一張誠信專賣店的貴賓卡。凡踏進店門的，不管張三李四王二麻子，也一概贈送一張誠信專賣店的貴賓卡，也不管你要還是不要。

開張儀式結束後，誠信專賣店店堂裏就冷冷清清了，因為店堂的櫃檯裏空空如也，這看不見摸不著的誠信如何買賣呢。只有店門外瞧熱鬧的人，很少有進店談生意的。

這樣開張了三天，竟一筆生意也沒有。但錢老闆似乎並不著急，一副穩坐釣魚臺的樣子。直到第四天上午，來了一位外國打工仔，說被老闆炒了魷魚，手頭急需用錢，想把自己的誠信賣給店裏。錢老闆說可以啊，但不知是買斷，還是暫當？打工仔一看買斷比暫當要多一倍的錢，就選擇了買斷。

錢老闆用一種專門的儀器在打工仔身上一吸，就算是成交了，很爽快地付了錢。哇，十萬元錢呢。不出一滴汗，不流一滴血，不掉一兩肉，輕輕鬆鬆就能換十萬元錢，這種好買賣如今到哪兒去尋呀。一傳十，十傳百，從第五天開始，來誠專賣店出售誠信的人越來越多，甚至排起了長隊。有位那天誠信專賣店開張之日領到貴賓卡的無業遊民果然比別人多拿到三成，賣了十三萬元錢呢。不少人懊悔莫及，都說誠信專賣店確確實實誠信。大夥兒對此店愈發相信了。

在不到半年的時間裏，誠信專賣店幾乎收購了百分之三十島民的誠信。

這後，這個島國幾乎無誠信而言，你虞我詐，勾心鬥角司空見慣，連父子之間，母女之間，夫妻之間，朋友之間，同學之間，戀人之間，上下級之間，都極少極少有誠，有信，都是你騙我來我騙你，以致弄得刑事案件不斷，治安極其混亂。其他國家的人再也不敢與這個島國的人打交道，做生意了，島國的經濟狀況一落千丈。

為了挽救島國，島國的最高當局出臺了幾條緊急措施，例如凡已出售誠信者，一律不得擔任公職，已擔任的，一經查實，立即開除；二，政府鼓勵贖回誠信，凡有誠信者，將優先考慮安排工作……

這後，來誠信專賣店購買誠信的人多了起來。暫當的還算好，錢老闆只加三成就肯讓其贖走；但買斷的，則對不起，價錢非翻番不可，要就要，不要拉倒。

有些島民憤怒了，責問錢老闆怎麼開誠信專賣店，卻沒有誠信？錢老闆說：我是做誠信買賣的，靠買賣誠信贏利的，對不起，我不是誠信老闆。此時，島民們才知道自己上當了。從此，那些沒有誠信的島民成了三等公民，他們發現沒有了誠信，簡直就成了行屍走肉，他們懊悔啊。他們恨死了錢老闆，也恨死了自己。只是後悔藥很苦很苦。

最優計畫

發生在西元二五〇〇年的故事——

西元二五〇〇年，整個世界，動物在減少，植物在減少，唯人類在無休止地增長，地球上人滿為患。

有識之士都在大聲疾呼：「要立即制止人口的無序膨脹！」

各國政府也為此憂心忡忡。經過無數輪緊急磋商，最後公選W國的公正博士出任「裁減人口，拯救人類」委員會首席總監。

公正博士走馬上任後，組織了一個精悍的工作班子，啟用了最先進的電腦，制定出了最科學的絕密計畫，其中核心的核心秘密是在全世界範圍內進行一次全民體格普查。每個人的普查資料都將輸入電腦儲存。普查的專案很多很細，諸如智商、外貌、體質、年齡、遺傳基因、個人特長、病患記錄、有無犯罪記錄……等等，每一項都由電腦分析後自動給分，凡總分不滿六十分者，則屬淘汰之列。所謂淘汰，說白了就是由機器人組成的執法隊將其從地球上清除。根據計畫，僅保留三分之一人種精華。

這個拯救人類的行動，一經宣佈，付之行動，立即在世界範圍內引起了軒然大波，因為機器人執法隊對所有的人都一視同仁，不管是達官顯要，還是大款富婆，機器人執法隊只認指令不認人。

公正博士辦公室的電話儘管是保密的，仍徹夜不息，他成了許許多多有權有勢，有錢有路，有本事有手段的人的追蹤目標。說情的、行賄的、要脅的、恐嚇的，軟的硬的，各式各樣，無非一個目的：要公正博士手下留情，放過某某某、某某某、某某某……

公正博士鐵了心，決心即使上帝來說情，也「我自歸然不動」。

然而，公正博士很快發現自己陷入了眾叛親離，四面楚歌的境地——手下有些助手或經不住「糖衣炮彈」、「肉彈」的進攻，或因不甘心親人被淘汰，竟瞞著公正博士，偷偷修改了對機器人執法隊下達的指令。公正博士決不姑息，決不手軟，一發現手下有舞弊行為，則先行淘汰。品行不端者，豈能算人種精華。智商愈高，危害愈烈。公正博士揮淚斬馬謖。

情緒壞透了的公正博士回到家，丈母娘劈頭蓋臉一頓臭罵，罵他狼心狗肺，竟連小舅子也不放過。妻子更是哭哭啼啼，說寶貝兒子只得五十九分，也屬淘汰之列，難道身為首席總監，連自己的親骨肉也不能救嗎？難道一分之差也不能通融通融嗎？至少可以變通變通吧？

公正博士一夜未眠，痛苦萬狀，思想鬥爭結果，公正博士決心公正到底，即使犧牲兒子也在所不惜。公正博士因將面臨喪子之痛，心情極為惡劣，無處排遣。正好情人瑪麗來電話約他，公正博士破例休息半天，準備去散散心，瑪麗不愧是超級尤物，在瑪麗的溫柔下，公正博士所有的煩惱全拋到了爪哇國。正在消魂之際，瑪麗柔柔地說道：「她母親也屬淘汰之列，望能網開一面……」

公正博士頓時從溫柔鄉裏醒來，但經不住瑪麗的情攻，在擋不住的誘惑下，終於鬆了口。雖然此事公正博士十二萬分保密，但真如中國老話說的「沒有不透風的牆」，不久，即有人探知了這足以致公正博士於死地的秘密，有人以此為要脅，要公正博士以此為例，否則，要捅給新聞界，要讓公正博士身敗名裂，前功盡棄。公正博士再也公正不下去了，他感到有一種難以抗拒的力量無形中扼住了他的脖子。

機器人執法隊依然不折不扣地執行著指令，只是指令有了偏差——那些被電腦判處為淘汰的人，不少依然活得好好的，而原本該保留的人種精華卻面臨著一場浩劫。

那些保留下來的所謂人種精華，眾口一詞頌揚公正博士有公正精神，開始公正博士羞愧萬分，甚至想一死以謝天下，但所到處，幾乎全是頌揚聲，慢慢地，公正博士麻木了，習以為常了，心安理得了。

補記

後世史家評曰：「計畫堪稱最優，然執法可說最劣。」

嗚呼，長歎息，長歎息！

長生不老藥

壽無疆一生的願望就是尋覓、研製長生不老藥。

他查閱過歷代典籍，確認世有彭祖，活到八百多歲，雖未達長生不老之境界，但也算有名有姓有史可查的長壽之人吧。他認為：那彭祖必吃過什麼長壽延年藥丸，只是史書未確切記載，徒留遺憾而已。

他甚至說過：「秦始皇乃一代帝皇，橫掃六合何雄哉！如此偉大，豈會無知到明知世無長生不老藥，而派徐福等人去蓬萊三島尋訪長生不老藥。」鑒於這兩點，壽無疆固執地認為：長生不老藥肯定是存在的，問題是要看誰有緣，誰方能找到。

後來，他又換了思路，既然找到大難，自己動手、豐衣足食總可以吧，他決定自行研製。

壽無疆先是發揚板凳要坐十年冷的精神，去查閱古今中外能查到的所有長生不老藥方子，一一抄錄。

譬如他在《荒唐言》一書中見到有一則方子：「救世堂一品鶴頂紅一分、回春堂砒霜五錢、長白山千年野山參一根、天山絕頂千年雪蓮一朵、南極億年寒冰一塊、北極萬年積雪一盆、頭胎童子尿一壺、原始森林野生鐵樹花粉一包、猴采白茶一罐……高溫猛火燒七七四十九天，再文火慢熬七七四十九天，熬成黃豆大一粒藥丸，戒色、清腸三日後，於立春日子時服下，必有奇效。」

壽無疆抱著不可全信，不可不信之態度，先廣為搜羅，多多益善，再去偽存真，去粗存精地篩選。

哪想到，方子越多，他壽無疆反而弄得籮裏挑花，挑得眼花。面對成千上萬的所謂歷代長生不老藥方，他已無從判斷無從選擇了。

那天迷迷糊糊中，他夢見自己來到了黃帝陵，見到了那棵相傳黃帝手植柏，竟已五千多年。如一道靈光閃過腦際，對，既然要研製長生不老藥，那藥材、藥引，都必需是壽命最長的。

壽無疆查閱資料後，圈定了刺果松、紅杉、紅檜、美國巨杉、日本柳杉、檜柏等十多種超過五千年的長壽樹，他準備高價搜覓，然後提取其長壽基因，最後研製長生不老藥。

計畫制定後，壽無疆開始周遊世界，爬山涉水尋覓起了這些長壽之樹，真真是功夫不負有心人，他真的見到了一棵又一棵五千年以上的古樹。有一次還親眼見到了一棵八千年以上的刺果松，只是你出再多的錢都無法說動當地人砍伐此樹，哪怕砍一枝條，挖一塊樹皮也難以辦到。

壽無疆許以長生不老藥研製成後，必贈送賣樹者，然沒人理他，沒人睬他。

無奈的壽無疆只能退而求其次，在樹下掃落葉，拾斷枝，以便提取長壽基因。

日復一日，年復一年，壽無疆翻山越嶺，總算收集齊了他計畫書上的那些長壽樹的枝呀葉呀，開始了提煉、熬製，可一次又一次失敗。

為什麼失敗呢？是缺了十萬大山中的長生不老青春泉水？還是少了原始森林裏巨蟒守護的赤色靈芝？壽無疆苦苦思索著。

他突然想起了缺少藥引子——這藥引子該是千年的王八呢，還是萬年的鱉？他還想到了水中國寶「桃花水母」，想到了古籍中偶然提到的千年不死，萬年不腐的「太歲」……

為了長生不老藥，壽無疆豁出去了，夜以繼日地守在老君爐旁，加柴旺火，熬呀煉呀。弄得自己吃沒好好吃，睡沒好好睡，人不人，鬼不鬼的。這種生活終於搞垮了他的身體，壽無疆的體質每況愈下。

堅持、堅持，快煉成了，一旦煉成，服下後就萬壽無疆了，這個信念支撐著他。

然而，一切都有個限度的，就在壽無疆認為「瞎子磨刀——快了」的時候，他意識到自己挺不下去了，他知道自己已等不到長生不老藥煉成了。回首往事，他一生全泡在了研製長生不老藥上。為了這藥，他沒結婚娶妻，沒生兒育女，甚至沒好好享受過生活。此時的他，悔啊。悔恨無比的他終於意識到長生不老藥誤了他，誤了他一生，他拚盡餘力，把所有資料扔進爐膛，眼見一生心血在熊熊烈火中化為灰燼，他怪笑一聲，長歎一聲，溘然而逝。

新「守株待兔」

宋家村地處偏僻，經濟向來落後，如何改變面貌呢？村領導那個急啊真叫是急，可除了急掉幾根頭髮，別無良策。後來，他們聽說縣城的幾個文人成立了金點子公司，於是就發動村民逮了幾隻野兔，由村支書親自出馬，前往縣城討教發家致富的金點子。

金點子公司真所謂金點子大大的有，經理一聽他們來自宋家村，一看那幾隻肥碩的野兔，腦子一轉，點子來了。他說：「中國有個成語叫『守株待兔』，幾乎家喻戶曉，婦孺皆知，據寫書的韓非子說：此事發生在宋國，而你們那兒正好是宋家村，何不來個移花接木，找段老樹柱，豎個『守株待兔處』石碑，到時候再請人寫幾篇遊記散文，說是新發現尋覓了兩千多年方才尋找到的守株待兔處，這種軟廣告其效果肯定不要太好呃。」

有人提醒經理：「《韓非子・五蠹》裏說的是宋國，他們是宋家村，古時不屬宋國，可說是風馬牛不相及……」

「迂！迂！」

經理正在興頭上，馬上打住了手下的活頭。他說：「你能考證出韓非子撰寫的這則故事是真實的？是虛構的？我可以斷定沒人能考證出。既然如此，是宋國還是宋家村又有什麼關係。

關鍵是要有個名頭，借了名頭好做事。倘若哪個古宋國的縣市要爭回守株待兔處原址權利，那好，打官司我們奉陪到底，這可是千金買不到的廣告效應。他有他的根據，我也會有我的理由。放一百個心，這類官司包贏不輸的，因為從生意角度講，贏是贏，輸亦是贏……」

經理興頭上來了，思路大開。他建議在「守株待兔」石碑附近建一養兔場，標明此乃正宗宋家村兔子，生意肯定興隆。還可聘請一兩位雜技團的馴獸師，專門訓練一批兔子，讓兔子當場表演撞樹柱的精彩節目，讓今人一飽眼福，票價定得高點又何妨呢？這當場撞死的兔子可以當場拍賣，說不定這又是一筆可觀的收入。

經理一時點子接踵而來，他還設想搞投注，比如每次放出十隻兔子，一至十編好號，觀眾可買彩票下注，看哪隻兔子會撞樹柱，這更是一本萬利，包贏不賠的生意。

宋家村的村支書被金點子公司經理描繪的燦爛前景鼓舞得萬分激動起來。他當即拍板，準備一回去就成立宋家村「守株待兔」經濟發展籌委會，並決定聘請金點子公司經理為顧問。

經理滿口答應。

經理在送村支書出門時，悄悄語之：「今天的諮詢可說是無償的免費的。這樣吧，我顧問的勞務費就算你們村將來的那個經濟發展委員會百分之二十的乾股吧。」

村支書頭一下發懵，昏頭昏腦竟重重地撞在了行道樹上。

行人把他送進醫院時，只聽得他反反覆覆地說著：「守株待兔處，守株待兔處……」

荒誕文本

- 留眼服上的眼影
- 貓家族內部新聞
- 正宗嫡傳伯樂第九十九代孫開設相馬資訊總公司的軼聞
- 獨領風騷在酒場
- 尋找真話基因
- 翁局

留眼服上的眼影

夢依娜對自己在世界選美大賽中名落孫山，憤憤不平，耿耿於懷。她斷定，那些評委不是老眼昏黃花，就是被重金賄賂了，再不就是這些評委對何為超級時代之美，恐怕自己都知之少而又少。

夢依娜不服。

夢依娜不甘心。

夢依娜決心要評委對她刮目相看。

夢依娜高價懸賞一種發明，這種發明叫留眼服。凡穿了這種衣服的女性，只要異性的眼光在上面停留三十秒以上，那眼之影就留在了衣服上，並且可以通過電腦來計算衣服上眼之影的總量。

在高額獎金的刺激下，不少科學家、準科學家、未來科學家都投入了這項偉大的發明，幾經失敗、幾經推敲，多次試驗、多次改進，終於成功地試製出了一種名為異性青睞留眼服。

夢依娜穿上這留眼服，去超市逛了一圈，回來用電腦一計算，乖乖，共有了三百三十三個眼影留在了這件特殊的衣服上。

常言道「沒有比較沒有鑑別」。夢依娜雇用了一位年輕小姐，邀請她同去出席一個大型生日派對。回來用電腦一計算，夢依娜衣服上的眼影要比那位小姐多了一倍以上。夢依娜請人出面發起了第二屆世界選美大賽。這次規定：進入複賽的小姐，必須以衣服上眼影的多少決出名次。

夢依娜志在必得。

夢依娜信心十足。

夢依娜精心打份後，十二分自信地走上了舞臺，她不斷用飛吻拋下觀眾席，可說是氣氛空前。

最激動人心的時刻終於到時來了，評委會宣讀了三等獎獲得者名單。

沒有夢依娜名字。

夢依娜認為應該沒有她名字。

評委會又宣讀了二等獎獲得者名單。

依然沒有夢依娜名字。

夢依娜認為仍應該沒有她名字。

最後，評委會主席密爾根拿了一只封好的大信封走上主席臺，他將宣佈唯一的一等獎獲得者的名單。

夢依娜已做好了衝上去擁抱密爾根的準備。她知道，非她莫屬。然而，還是沒有夢依娜的名字，夢依娜懷疑是否自己的耳朵出了毛病。

「不可能！不可能！絕對不可能！」夢依娜堅決要求公佈各自衣服上眼影的數字，以正視聽。

密爾根告訴她：「你衣服上眼影數確比別人多，只是你來看一下電腦上的眼影比較圖就明白了。」

在這次一等獎獲得者衣服上取下的眼影圖，一隻隻無邪無欲，欣賞於美、激動於美。而在夢依娜衣服上採下的眼影，一隻隻充著血，充著欲望，有的簡直如發情的公牛，連夢依娜自己也看得目瞪口呆，看得膽戰心驚。

夢依娜終於清醒了許多。

貓家族內部新聞

貓爺近來憤憤不平，牠氣憤於人們常拿貓家族來開涮。

你看看，一會兒報上登幅漫畫，什麼「貓受賄於鼠」；一會兒雜誌上刊一篇雜文，說什麼「貓怯於鼠」……

你想想，長此以往，貓家族還有什麼臉面在江湖上走動，昔日之威，豈不讓搖筆桿子的糟蹋殆盡！

不成，要反擊！

不，反擊太火藥味，如今不時興了。對，要改變輿論導向，加強宣傳貓的力度。

說幹就幹，雷厲風行，貓爺召開了第一百零八次貓族聯席會議，中心議題：如何改變形象？討論出奇地熱烈。

貓A說：「要改變包裝，如今喜歡貓的大款富婆有的是，傍一個，讓她出點血贊助個六位數七位數，咱裏裏外外來個全新包裝，看那些爬格子的小文人還敢小瞧咱九十年代之『時貓』……」

貓B說：「如此包裝哪還叫貓！別人還認得出我們是貓，還會不會承認我們是貓？形象是外在的，就像商標，『貓王』等於是咱的名牌商標，怎麼能隨隨便便改變呢，改變了就失去了優勢。咱要改變的是內在，譬如我們以前『喵嗚喵嗚』叫，我們現在改狗叫改雞啼。狗嘛，除了『汪汪汪』，還是『汪汪汪』，嚇唬嚇唬小偷而已。雞嘛，無非破曉司晨，公雞報曉這點小事不信學不來。狗會的我們也會，公雞會的我們也會，看誰還敢低看了咱貓族？」

貓C說：「此言差矣，咱貓族學狗叫學雞啼豈不是也成了雞鳴狗盜之徒，萬萬不行！咱貓怎麼能去向狗學呢，我們要與之競爭。貓抓鼠，不稀奇，沒有新聞價值，不好宣傳。狗抓鼠，就有新聞價值，就好宣傳，懂嗎？以前狗逮耗子屬多管閒事，如今世道變了，如今這叫特異功能。特異功能是社會熱點，越特越好，越異越靈，假若我們也開發出些什麼特異功能，還愁新聞媒體不爭相來宣傳我們，誰還敢說我們僅僅是『三腳貓』……」

貓爺頷首點頭說：「有道理呀有道理，大家動動腦子，咱貓家族有何特異功能可開發？」

貓D說：「常說貓有九條命，咱去幹替身演員，又能過過上銀幕的癮，又可大大宣傳一番，何樂而不為？」

貓E說：「好是好，只是替身演員多數是幕後英雄，誰肯花筆墨來宣傳默默無聞的替身演員，那些扒分的筆桿子哪個不盯住那些星，恨不得扒下那些星的衣服扒出些秘聞來也扒出些金票來。不如咱也培養幾個貓影星之類的……」

會議開了三天三夜，發言者依然爭先恐後，可謂各抒己見，暢所欲言。

最後，貓爺一錘定音。「新聞要有由頭，由頭就是咱們這次第一百零八次聯席會，咱發

『一〇八宣言』；新聞要有轟動效應，咱這『一〇八宣言』向世人宣告：貓家族從此不逮魚不吃魚，改為專逮烏龜王八橫爬將軍，專吃生猛海鮮。如今飯局上不是流行『雞鴨魚肉趕下臺，烏龜王八請上臺』嗎？好，看咱貓家族露一手，讓世人刮目相看，看你宣傳不宣傳？看宣傳了轟動不轟動？」

「嘩——」掌聲雷動。

「貓爺英明！」「貓爺萬歲！」臺下亂哄哄一片。

突然貓F冷不丁冒出這樣一句：「以前罵誰臭誰，總說，狗屎、鼠輩、牛皮、馬屁，如今怎麼都說是貓膩，這算什麼意思，咱這樣幹，算不算貓膩？」

一時，大家你瞅我，我瞅你，大眼瞪小眼，沒有一個回答得出。熱鬧的會場就如此潑了一桶冷水。

正宗嫡傳伯樂第九十九代孫開設相馬資訊總公司的軼聞

鞭炮如機槍齊鳴，高升競相爆響於晴空，大紅燈籠高高掛，彩旗迎風獵獵，各式轎車蜂擁而至，各行各業的頭面人物四面八方前來祝賀。祝賀「正宗嫡傳伯樂第九十九代孫相馬資訊總公司」開張誌喜。各路記者鑽天打洞各有各的絕招，以期採訪到有轟動效應的獨家新聞。閃光燈閃得人眼花繚亂，閃出了第二天各報頭版上的新聞照片：乾瘦如柴的正宗伯樂嫡傳第九十九代孫手執祖傳手抄本《相馬經》向各界致意的照片。

「相貌取人，誤也。別看他長得人不人，鬼不鬼，卻乃豬八戒喝磨刀水——內秀（鏽）」。有人感歎道。

「正宗嫡傳伯樂第九十九代孫的出山，將把野雞伯樂、大興伯樂一掃而光，快哉快哉！」有人由衷地高興。

「伯樂重生，伯樂再世，國之幸也，人才之幸也！」有人額手稱幸。

讚譽鵲起，輿論一邊倒。豔陽高照，喜氣彌漫。

公司開張第一天，開門大吉，不一會就門庭若市。熙熙攘攘的來客大約可分為這樣幾類：

一、自薦；

二、夫薦妻，妻薦夫；
三、父母薦子女的；
四、長輩薦孫輩的；
五、同學薦；
六、朋友薦；
七、師生薦；
八、情人薦；
九、親戚薦……

就是極少有同行薦、領導薦、子女薦父母、小輩薦長輩的。不知何故？

一星期下來，正宗嫡傳伯樂第九十九代孫已累得筋疲力盡，憔悴得要吐血的樣子。說句不雅的話，他連大小便的自由都失去了，即便蹲五分鐘茅坑，也有兩位數的客戶恭候在旁，可說須臾不離左右。

客戶的要求出奇的一致，無非是要求給所薦對象一份蓋有正宗嫡傳伯樂第九十九代孫簽名、相馬總公司蓋章的人才鑑定書。

來客一個個如吃了螢火蟲——心裏透底明——有了這份鑑定書，就是正宗人才、就是千里馬、就是國寶，猶如登了龍門，身價百倍千倍，前程頓時燦燦一片，輝煌耀目。

據回饋資訊告知：凡是已拿到正宗嫡傳伯樂第九十九代孫簽名、相馬總公司蓋章鑑定書的人，幾乎無不在三天之內被起用，被委以重任。或平步青雲，破格連升三級四級的；或高級職稱踏破鐵鞋無覓處，得來全不費功夫；或一夜間成名作家，遍地玫瑰花向他（她）微笑……

如此奇效，古來罕見。一而再，再而三的轟動效應，衝擊波震盪社會的每一旮旯兒。

一時間，大才、中才、小才、小小才、真才、假才、半吊子才、冒牌才，各式人物都被捲進了這鑑定熱，上上下下，沸沸揚揚，熱熱鬧鬧，全銜著那份沉甸甸的鑑定書而來。

正宗嫡傳伯樂第九十九代孫一看這鋪天蓋地而來的架勢，自感已無招架之力，三十六計，走為上策。然而，且慢，正宗嫡傳伯樂第九十九代孫已是新聞聚焦人物，千千萬萬雙眼睛都盯著他，看他往哪裏跑？

幸好鏢局，不，叫保安公司應運而生，於是乎，速速請來七七四十九名全副武裝的保安人員三班制為其二十四小時晝夜值班保駕。

人怕出名豬怕壯。保安人員能保護其生命，卻擋不住各式本事的來訪者。俗話說「八仙過海，各顯神通」。泱泱大國，人才畢竟有的是。看看，連最最嚴肅最冷血最鐵面無私的保安人員也奈何他們不得。正宗嫡傳伯樂第九十九代孫弄不清楚這些客戶是通過什麼途徑什麼方法前來的，只知道都是些不能不見，非見不可，有背景、有來頭的重要、重要、重重要的客戶。

來的客戶「各村有各村的高招」，或笑或哭或撒嬌或哀求或牽強附會攀親戚或圖窮匕首相威脅，至於送茅臺送五糧液，送中華門送萬寶路，送家電送金銀器送字畫送古玩，送外幣送美人，等等、等等，無奇不有。

送來的東西以幾何級增長著，有的已開始霉了爛了臭了壞了，害得整個公司從上到下、從下到上光整理、清理這些禮品就累得直不起腰來。正宗嫡傳伯樂第九十九代孫只得通知手下高掛免戰牌。公告：自即日起暫停營業，請各式人才稍安毋躁。「辨才須待七年時」；「天生你才必有用！」

然而，要停下來已大難——不知從何日起，社會上已流傳一條不成文的規定：以後用人，若無正宗嫡傳伯樂第九十九代孫的簽名、相馬總公司蓋章的人才鑑定書，任是奇才、天才、超級人才，一概不信，一概不用。

如果誰持有正宗嫡傳伯樂第九十九代孫的簽名、相馬總公司蓋章的人才鑑定書，不是人才也是人才，不用也得用，此處不用他處用。你不信他是千里馬？是曠世奇才？看來你是不相信伯樂。你不相信正宗嫡傳伯樂第九十九代孫的慧眼鑑定，還相信誰呢？除了說明你狂妄、目中無人，還能說明什麼呢？要麼是水平賊臭，本是庸才、蠢才，大大的不稱職。

不久，一批持有鑑定證書的人才陸陸續續被派進了相馬資訊總公司，有任副總經理的，有任辦公室主任的，有任資訊處處長的，到後來，光副總經理就二十多個——據說發現並鑑定人才的公司本身就應該是人才最集中最薈萃最人才濟濟的地方。

忽一日，正宗嫡傳伯樂第九十九代孫以總經理身份隆重召開記者招待會，向新聞界鄭重宣佈：自即日起辭去總經理職務。理由是自己並非是正宗嫡傳伯樂第九十九代孫，只是個歷史的玩笑而已。因此，以前自己簽名、蓋章的所謂人才鑑定書一律無效！

據說，在千夫所指，口誅筆伐中，正宗嫡傳伯樂第九十九代孫不多久就嗚呼哀哉，魂歸九泉。但由此而引起的混亂，持續了很長很長時間。

獨領風騷在酒場

人是會變的！

怎麼，你不信？

你瞧瞧這位夫子周，誰不知道他乃書呆子、老夫子。不會喝酒不會抽煙不會麻將不會跳舞，不會……總而言之，除了死讀書，讀死書，他幾乎無甚愛好，或者乾脆說連愛好也沒有。

有個成語謂「談虎色變」，夫子周呢，談酒色變。記得有一次，他與主任一起陪省局來的領導酒宴。來者個個久經沙場，可說人人海量。主任鬥酒不敵，情急之下，推出夫子周擋一陣。

夫子周大出意外，連連推卻，但身在酒場，由不得你潔身自好，為了解救主任於危難之中，夫子周無可奈何破了酒戒，放下飲料，端起酒杯，甚是悲壯狀，良久，很將軍很英雄地一飲而盡……

石破天驚這一回後，夫子周再也見不得酒了。那次他直吐了個胃底朝天，滴滴胃酸，全都嘔盡，真真是苦不堪言。從此，他視酒為敵畝畏。

或許是這次酒場上捨命保駕有功，或許是夫子周多年來沒有功勞有苦勞沒有苦勞有疲勞，總而言之，言而總之，他從秘書提升到了辦公室副主任。說起來副主任並不是什麼大官，但這角色陪客陪宴機會特多。大宴三六九，小宴天天有。這、這不是要夫子周的命嗎？

然而，世間許多文章都在「然而」後面——古語謂「士三日不見，當刮目相看」。現在你們再看看這位夫子周，在酒場上竟獨領風騷，喝酒之豪爽有如楚霸王再世、魯智深重現。誰也無法相信，所有的挑戰幾乎都發自他瘦小的身軀與乾癟的嘴唇。「乾乾乾！」一個高潮又一個高潮，一杯又一杯六十度大麴，夫子周如同喝白開水，令所有同席者瞠目結舌，甘拜下風。

變化如此之大，太奇太怪太令人難以置信。定有隱情定有秘密，我決心明察暗訪，搞個水落石出。

功夫不負有心人，蛛絲馬跡露出來了。我發現一個令人生疑的現象，每每酒興正濃時，夫子周要掏出一種藥丸，說是防心臟病的。瞧瞧，心臟本不好，然而為友誼為感情為關係照樣杯杯一口悶，捨命陪君子啊，能不令人動容嗎！面對如此赤誠相待的酒友，你還有什麼不能答應，還有什麼不能相信！

夫子周難得吃一兩次心臟病藥，我決不會犯疑，只是他每每如法炮製，必有他的理由，興許謎底就在此。

我的猜測竟然被我證實——原來夫子周因性命交關而逼出了一種獨家發明，他悄悄研製了一種解酒的藥丸，取名為「化酒健身丸」。

據說一丸下肚，效果立現。確切地講，一粒藥丸能在數分鐘內化解一兩左右六十度的白酒。更妙的是，此藥丸的功效在於能無形中把喝下的酒精蒸發了，從汗毛孔中悄然散發而去，而邊上的人則對不起，往往被醺醉。據講比自己喝酒還容易醉，比自己喝醉還難受，還不容易醒。

有了這秘密武器，夫子周自然「藝高人膽大」，在酒場上自然可「穩坐釣魚臺，任憑風浪起」。任你會勸酒會灌酒會罰酒，他夫子周照樣面不改色心不跳。藉此藥丸，他可力戰群雄不怯場，打遍天下無敵手。

沒有不透風的牆，夫子周的機密終於洩露了出去。尋根追源很可能是我在枕邊首先漏出去的。我對不起他，不，是我幫了他——夫子周因此發了，大發而特發了——求藥的人絡繹不絕。自然，沒有人會空手而來，即便是那些官大一級壓死人的頭頭腦腦也無不破例向夫子周說起了好話送起了禮。

開始是三天兩頭晚上有人來，悄悄地敲門；後來，幾乎天天晚上有來訪者；再後來，白天也開始應接不暇。

各種各樣吃的用的，已使夫子周能開食品店開百貨店了。他甚為害怕，推說已沒有此藥，推說此藥已用完，但沒用，一個個軟磨硬纏，不拿到藥丸不甘休。誰能絕情地謝絕送禮，把送禮者統統拒之門外呢。為此，夫子周終日頭暈，似乎終日酒醉樣。

膽子是嚇出來的。夫子周乾脆申請了專利，開了「酒後治療總公司」，自任董事長兼總經理。

據說為起這個公司名稱，夫子周煞費苦心，曾徵求了不少專家、學者、權威的意見，最後才拍板定名的。為什麼是酒後不是酒前，為什麼是治療公司而不是技術指導公司或吃酒資訊公司，這裏就大有奧妙大有文章，正因為是「酒後」，所以加個「治療」，正因為「治療」，就可歸入治病救人，實行革命的人道主義的範疇，就屬社會福利事業，就可享受免稅待遇。更要緊的是既是治療，就需藥物，即是藥物，就可享受公費，就可由「阿公」來報銷出帳。這一來，能不門庭若市，興旺發達嗎！

公司開張不久，廣告尚未做，全國各地各單位各企業來訂貨催貨運貨的，沒日沒夜，蜂擁而至，忙得夫子周一班人馬恨不得生出三頭六臂來。這些不細述，反正夫子周名利雙收了。

我嘛，當了個副總經理，主管生產。眼見原料供不應求，我只好下令減少一半，一半用代用品。可需求日長夜大。夫子周供貨合同一份份簽出去。我咬咬牙、狠狠心，跺跺腳，閉閉眼，關照手下將正宗原料減至三分之一，再減至四分之一……

夫子周再三向用戶申明：原料不足，來不及生產，實在來不及，請諒解請諒解！——沒用，全沒用，沒人聽此解釋，也沒人相信此解釋。

要貨！要貨！！要貨！！！

火急！火急！！十萬火急！！！

我別無選擇，只能代用品、代用品、代用品。

終於代出了毛病。

據說有一位政界要人過於相信夫子周的化酒健身丸，結果當場醉死在一次重要的酒宴上。一出人命，又是大官，事情就算鬧大了。

國家級的多部門組成的聯合調查組很快下來實地調查，收集證據。最終的結果不言而喻的——賣假藥，得逮捕、判刑！

夫子周是公司法人代表，是罪魁禍首。他自知法網難逃，一個人喝悶酒，誰也不敢勸。也許醉兀兀的他自知過量了，摸摸索索翻找出「化酒健身丸」吃下。這回，夫子周自食苦果，沒能化解過量酒精，醉酒而死，應了一句老話「瓦罐難免井邊碎」。

我給夫子周寫了悼詞，悼詞很難寫，真的很難寫。

尋找真話基因

鮑姆博士看著一份最新的調查報告，憂心忡忡。因為根據這份全球調查報告稱：在過去的半個世紀中，假話基因像流行性感冒似地普遍發病，其傳染率甚至超過了感冒病毒，更可怕的是真話基因日漸萎縮，開始還可與假話基因抗爭，後來，其抵抗力起來越弱，以致一敗再敗，如今簡直銷聲匿跡，難覓其身影了。

鮑姆博士是聯合國首席基因研究權威，他知道一旦真話基因真的絕種的話，假話基因的裂變、繁殖再也壓不住，到那時，假話基因就有可能成為人類的第一瘟疫，後果不堪設想。

當務之急是要尋找出一種有強大生命力的真話基因，通過復壯、強化培育，使其大規模裂變、繁殖，然後製成真話基因疫苗，由聯合國提供贊助，在世界範圍內每人一針，免費注射，以克制假話基因無敵手的局面。

鮑姆的報告引起了聯合國高層的充分注意，很快通過了決議案，成立了一個以鮑姆博士為首席顧問的研製小組，並招募了數百名義工，分赴世界各洲各國各地去採集可能遺存的真話基因。

現代化的通訊工具每分每秒都可與全世界任何一個角落聯網，保持聯繫。回饋資訊很快匯集而來：

亞洲，未找到真話基因；

歐洲，未找到真話基因；

美洲，未找到真話基因；

非洲，未找到真話基因；

大洋洲，未找到真話基因；

北美洲，未找到真話基因；

拉丁美洲，未找到真話基因。

鮑姆博士一下癱坐在了沙發上。最最擔心的事終於發生了，這可如何是好，這將是人類最可怕的悲劇。

鮑姆博士與手下的高參們緊急磋商後，把目光投向了那些深山老林或雪域高原，千百年來，不是一直有野人的傳說嗎，或許真有野人也說不定，假如真能找到野人，保不定就能提取到真話基因。這一絲希望又鼓舞起了研製小組成員最後的期盼。

然而，動用了衛星，動用了最先進的儀器，依然是沒有，沒有，還是沒有。

難道各國流傳已久的雪人、毛人、大腳怪等等只是不負責任的道聽塗說，不合生存規律的虛構假說？

當全世界的高山雪原，原始森林都像梳子似地梳過一遍後，大家都失望了，連一向萬分自信的鮑姆博士也有點動搖；產生了打退堂鼓的念頭。失望籠罩下的鮑姆博士做了個夢，夢見在大西洋海底生活著一群類人魚……

鮑姆一下驚叫了起來，也許這是上帝的指示。這後，搜尋的重點移到了海底，就在科研經費即將告罄的關鍵時刻，傳來了意想不到的好消息——在大西洋海底真的尋找到了類人魚的生活基地。鮑姆博士驚奇地發現這些類人魚似人非人，似魚非魚，但卻有著跟人類一樣的DNA，經個體研究，類人魚可能是人類的一個旁支，因此他們的身體裏還完整地保持著真話基因。

鮑姆博士為這個發現欣喜不已，研製小組夜以繼日地加班加點，經過無數個不眠之夜，終於試製出了真話基因疫苗，經臨床試驗，這是對付假話基因最有力的殺手鐧。

聯合國批下了巨額經費，建立了龐大的生產基地……

鮑姆博士摸著已全禿的頭頂，喃喃地說：「人類有救了，人類有救了！」

翁局

翁局長大名翁有為，但這名字在不少場合似乎不派用場，局裏局外都叫他翁局長，近來簡化或者說尊稱為「翁局」。

翁局已調過二位數的部門，屬萬金油幹部，雖無多少政績，亦無什麼大錯，他的「有為」之道是抓兩頭，一頭筆桿子，一頭方向盤。有了過硬的秘書，有了聽話的駕駛員，他這個局長就算有了手有了腳。

有人背後稱他為「混局」，此話傳到他耳裏，他不氣也不火，笑笑說：「誰人背後無人說呢，當頭的如果背後無人說，那就怪了。」大有笑罵任你笑罵，好官我自為之的氣度。有時淡淡一句：「混局，你來混混看。這麼好混，都當局長了。」

想想這話不假，上下左右，方方面面都要擺平，這容易嗎？

翁局算是混出了名，人緣越混越好。據他私下給老婆透露：其重要一條是注意「共同致富」。凡逮著名堂，他總設飯局，總遍請有關領導，有關兄弟單位平起平坐者，且總不讓來者空手，一條原則「高興而來，滿意而歸」。

「來而不往非禮也」。兄弟單位自然也總不忘他這位大名鼎鼎的翁局。

為應付這些宴請，翁局疲於奔命。但聯絡感情，增進友誼是大事，吃得再累喝得再苦，他翁局捨命陪君子，從來是寧傷身體不傷感情的。這點上，他聲譽之好，沒人能比。

多年下來，翁局的肚皮越吃越大。如果他戴個女人假髮套，側面看去，比孕婦還要孕婦。發福的將軍肚成了他一個沉重的負擔，翁局越發離不開小車。小車幾乎成了他的腳，他的腳幾乎就是小車。有一天，他突然發現下了車竟挪不動步。司機吃驚地發現翁局的腿已萎縮了，那腿呢？不見了，那腳呢，比三寸金蓮還小。那將軍肚幾乎塌到了地面上。司機費了牛鼻子老勁，才把翁局扶進了電梯，才算上了樓。那天好像是一個什麼公司開張的新聞發佈會，簽名的人竟排著隊，秩序出奇地好，原來簽名後每人可領一份禮品。翁局那退化了的小腳支撐不住那碩大的肚皮，只想早早輪到他簽名，偏偏那些簽名者好像書法比賽似的，蘸墨、運筆，都十二分認真，唯恐名簽小了，失了身份，字寫糟了失了面子。

翁局等得極不耐煩，想加塞，而他的將軍肚體積太大，加不進塞。一急之下，他的手驟然間變長，他那越伸越長的手，越過排在他前頭的一個又一個簽名者，一下伸到了最前面，他搶過筆，「唰唰唰」龍飛鳳舞簽好名，老實不客氣地抓過禮品。哇，真管用！從此後，翁局發現了自己的又一特異功能，好不沾沾自喜。

那天，當東道主盛情邀請他說幾句話時，翁局突然發現腦子裏一片空白。他急喚秘書，幸好秘書是出名的快手，三下兩下就擬了一個簡短的發言，使翁局得以應付過去。

這後，翁局覺得自己的腦子日趨混混沌沌，他不放心，去做了徹底的檢查，醫生診斷結果為腦萎縮。但他的腦萎縮與通常病人的病理性腦萎縮有所不同，乃用進廢退而致。

翁局是最近一次宴席上喝出麻煩的。那天，他照例又設飯局，宴請一位老朋友，兩人酒逢知己千杯少，直喝得不辨東南西北方甘休。不料，那天喝醉後就此一醉不醒，經有關專家鑑定乃基因突變後產生的新人種，極有研究價值，醫院想解剖研究。

然而由於家屬要價太高，解剖工作遲遲未能進行。據說如果能及時順利解剖的話，將來寫成論文，說不定能獲諾貝爾醫學獎呢。

浮世圖繪

- 秘密
- 此一時彼一時
- 永遠的蕭聲
- 夫妻雙雙把家還
- 過過兒時之癮
- 最後一課
- 罪人
- 拖鞋

秘密

退潮了，咆哮的大海收斂了它狂暴的脾氣，悄悄地退了下去。長長的海灘被沖刷得光溜溜的，所有的腳印，所有昨天的痕跡全抹去了，只偶爾留下大海的某些饋贈以及某些遺棄。

幾個漁家孩子在海灘上戲耍著。突然，他們鬧嚷嚷起來。

海妹子憑她的第六感官，意識到孩子們得到了大海的饋贈。

哦，是一只造型古怪而別致的紫色玻璃瓶，玻璃很厚實，看不清裏面有什麼東西。

海妹子記不得在哪本雜誌上讀到過漂流瓶的故事。這瓶裏裝著什麼呢——愛神？魔鬼？或者純粹是一個大海的玩笑。

玻璃瓶蓋得嚴嚴緊緊的，還用膠布封著，顯然是有意如此的，也許正因為如此，倒愈發添了幾分神秘感。

海妹子掏出口袋裏的零錢，換下了這個裝著問號的瓶子。

她懷著一種莫可名狀的心情，匆匆回到了自己的小屋，小屋的門關了很長時間。

一個消息在漁村在海邊暗暗地傳播著：海妹子得到了一件寶貝！

有人來找海妹子，說希望見一見那稀罕物。

海妹子沉默不理。她認為瓶內的秘密是屬於她的，屬於一個十八歲的漁家少女。

於是，消息升級秘密升級寶貝升級——海妹子騙取了孩子們的寶貝！好些人這樣說。

一說瓶內有一張巨額支票，是一外國佬海上遇難前拋下的。

一說瓶內有張百萬英鎊，是一個英國貴族青年海為媒的愛情聘禮。

一說瓶內有……

終於，驚動了漁村有頭有臉的人物。他們把海妹子找了去，思想工作做得又仔細又認真。

「一定要交？」

「一定要交！」

海妹子厭煩了他們的車輪大戰，在他們的陪同下，很不情願地取來了漂流瓶。

喔唷！多美的瓶子！這樣的瓶子理該裝著寶貝呀。

啥，還沒打開過？見著的人都傻眼了。

哦哦，寶貝還在裏面，在裏面呢！

打開！打開！！打開！！！

人們迫不及待。

人們期待著一飽眼福。

瓶子打開了，裏面是一張粉紅色的硬紙片，上面寫著幾行外文。

「快說，快說，是什麼意思？」

海妹子搖搖頭，她識不得這洋文。但這漂流瓶以及瓶內的東西給她帶來過豐富的聯想，帶來過少女的憧憬。

海妹子原本是不捨得打開的，不捨得秘密過早曝光，她要慢慢享受這份大海的饋贈。好不這容易請來了一個識得洋字碼的中學生，當他艱難地譯出來後，彷彿一瓢冷水澆在了人們頭上。

海妹子也用極失望極哀怨的目光看著這識洋文的中學生，悻悻地說：「還不如不譯出來好。」

誰會料到原來是這幾個字呢。

算了，不說也罷。

此一時彼一時

塌方發生得很突然，就那麼幾分鐘，阿鬍子班長、大馬、阿三頭、阿溫他們四個被堵在了採煤工作面。世界彷彿與他們隔絕了，在生命的最後時刻，上帝僅僅給了他們那可憐的十幾個平方米的空間。吃的，沒有；喝的，沒有；空氣，也越來越稀薄。

大馬像絕望中的雲豹，用鐵鎬發瘋般挖著塌落下來的石塊與煤屑。

「停下！快躺下，都給我躺下！誰再亂動亂嚷，我揍扁他的腦殼！」阿鬍子班長一聲斷喝，大家乖乖地躺在了煤屑堆上。

四人中，阿鬍子班長年齡最大，井下工齡最長，自然經驗也最足。此時此境，不聽他的聽誰的。阿鬍子班長要大家盡量少消耗體力，等待救援。四條漢子橫七豎八躺著，誰也不出聲。礦燈已被阿鬍子下令關了，裏面一片漆黑。除了彼此能聽到別人的呼吸聲、歎息聲與輾轉反側聲外，一切的聲響都隔絕了。這簡直是個讓人發瘋的空間。只聽阿三頭帶著哭腔說：「沒戲唱了。八是發，四是死。咱四個，等死吧。」

死神似乎在逼近，至少感覺上是這樣。阿鬍子意識到如果這樣下去，即使不餓死渴死，也會先精神崩潰，憋出毛病來。他故作滿不在乎地說道：「咱幾個愁個屁急個屌，上面那些當官的才真急真愁哩。放心，只當在此面壁修煉幾日，早晚會救我們出去的。來，說說心裏話，假如大難不死，活著出去後最想幹的事兒是什麼？」

這話題把沉悶壓抑的空氣撕開了個口子。

大馬來了勁。他說：「礦燈房的阿菊，真太他媽的有女人味，大奶子大屁股，胖乎乎的，叫什麼來著，性感，對，性感。憑什麼辦公室的『眼鏡』摟著她跳舞。我要向『眼鏡』挑戰，追不到阿菊我他媽的不姓馬！」大馬好似忘了是堵在井下，情緒高高的，想入非非，享受著精神上的勝利。

阿三頭為了結婚風光排場，從牙縫裏摳了又摳，省了又省，饞得他一想起吃就口水直流，他咂咂嘴說：「早知小命玩完存什麼屌毛錢。我要是留著這吃飯的嘴巴出去，非把銀行的錢全提出來不可，吃遍大飯店大賓館，粵菜、川菜、湘菜、蘇菜，統統嚐個鮮，吃個遍。再美美地吃他幾頓西餐，什麼肯德基、漢堡包、熱狗冷狗的，外國佬吃的洋菜洋點也品品味，咱當回美食家。錢，錢算什麼？結婚搞虛排場有什麼意思，哪有吃實惠……」

阿鬍子聽著聽著突然冒出這樣一句話：「早知這樣，吵什麼吵。想想真傻，兄弟倆為幾間破房子鬧到打官司，真犯不著，生不帶來，死不帶去，爭到了又怎麼樣呢。」阿鬍子很悔的口氣。

常言道「人之將死，其言也善」。沒想到冷鍋裏爆出個熱栗子。一向溫吞水般的阿溫說出了石破天驚的話：「忍忍忍，忍到閻王殿啦。結婚以來忍到現在，沒過上一天舒心日子。要是這回死裏逃生，上井第一件事：離婚！反正死都死過一回了，還顧那面子幹啥。佛爭一炷香，人爭一口氣，我也是男子漢大丈夫嘛。」

阿溫是出名的「氣管炎」（妻管嚴），在礦工中像他這樣怕老婆的幾乎找不出第二個。誰也沒想到身處險境的他會說出這番轟轟烈烈的心裏話來。

這樣七扯八扯，竟忘了時間的消逝，直到聲音漸漸低下去低下去。

當阿鬍子班長他們四人先後醒來時，發現已躺在了礦醫院病床上。不久，四人康復出院。一切又都恢復了老樣子——大馬還是原來的大馬；阿三頭依舊早先那個樣；阿溫呢仍是先前那副窩囊相。沒有人再提起井下的那些話，彷彿彼此都忘了一般。唯有阿鬍子班長悄沒聲兒地去法院撤了訴。

永遠的簫聲

月色淡淡，星光淡淡，所謂月朦朧鳥蒙朧的時候——一個很美的夜晚。更美的是，河對岸又傳來了委婉動人的簫聲，簫聲緩緩地傳來，聽得出，今晚的吹簫人心境很平和，吹得從容不迫，吹得抒情而輕快，那簫聲因了河水的滋潤，愈發有一種沁人心脾的感染力。

何簫簫放下了手中的書，聽得如醉如癡。這吹簫人是何許人呢？她轉彎抹角問過多人，所有的回答都沒能使她滿意，或者說所有的回答都沒能明確告訴她吹簫人是男是女，是老是少。

也許是個像《紅樓夢》中黛玉那樣的女子吧；也許是個退休的老人，藉簫寄情，打發那長長的寂寞；也許，不，應該是個年輕人，要不，哪能吹得如此美妙，如此震顫心弦？

這吹簫人也真奇怪，每到天一擦黑，那簫聲就從河對岸不請自來，幾乎從沒間隔。那簫聲既不哀怨，也不熱烈，好像只是在傾訴什麼。何簫簫不敢說自己是知音，不敢說自己從簫聲中聽懂了什麼，但她感受到似乎吹簫者在傳達心中的一種秘密。

倘若哪一晚對岸的簫聲無緣無故沉默了，何簫簫會覺得悵然若失。失什麼，她也說不清。難道自己喜歡上了吹簫人？不會吧，連面也沒見過，何許樣人也不知道，喜歡又從何說起呢。只是何簫簫不止一次在簫聲裏描繪過勾勒過吹簫人的模樣。在何簫簫的想像中，這位吹簫人一定很癡情很古典，一定有很深的文化底子……

後來，想一睹吹簫人的真容成了何簫簫心裏的一個結。有幾次，黃昏後，她有意無意地沿著河邊走向遠方的大橋，當她到了對岸，循著簫聲找啊找啊，終於找到那幢樓時，她又沒有勇氣上去，生怕驚破了一個美麗的夢，於是，又慢慢地回到了河的這邊。

再後來，她出國留學了，她離開了河邊，離開了家鄉。她，再也聽不到那低沉而悠揚的簫聲了。遠在異國他鄉的她，耳畔常常迴響起那熟悉的簫聲。簫聲，成了她永遠的回憶。

何簫簫甚至想，僅僅為了這縈繞於心頭的簫聲，學成後也要回到祖國，回到家鄉。

夫妻雙雙把家還

古廟鎮婁浜村是個交通不便的鄉下角落，是個被人遺忘的角落。早先日本人四周縣城都佔了，也未驚擾這個彈丸之地的死角落。

婁浜村的村民自古田裏刨食吃，濱裏舀水喝，安貧樂土，心靜如水。

婁浜村歷史上既無什麼大書特書的事件，也無可歌可泣的人物。據上了年紀的老人說，甚至連個秀才也未出過。

這無波無瀾平平淡淡的歷史終於因周家阿四而出現新的一頁。

阿四從小就迷書本，田裏活做不大像。村裏教訓孩子總拿阿四做靶子。「死坯，還不想田裏去，怎麼，想學阿四，抱著書本當飯吃？吃西北風去！」

阿四大概把這種種話一概當作補藥吃了，依然到處覓書看，依然田裏生活笨手笨腳。

阿四的書竟然沒有白讀，阿四竟然輕而易舉考取了北京的人民大學。乖乖！婁浜村破天荒頭一遭出了大學生！考取的還是天子腳下的大學，驚得整個婁城好一陣沒緩過神來。

好啊好啊，咱婁浜村亦是個藏龍臥虎的地方。村民們為出了阿四這樣一個大學生而自傲萬分。

更大的吃驚還在後頭呢。

阿四畢業後竟然被留在了北京，留在了國務院工作。據說那些中央大首長阿四三天兩頭能見到，並且還要與高鼻子藍眼睛打交道呢。

村民們議論阿四時，都自然而然換了一種口吻。

阿四工作後，只有信不見人回。有人說阿四忙，忙得生三頭六臂也對付不過來；有說阿四這工作保密的，不能隨隨便便跑到鄉下來。但村民們從心底盼阿四回來一趟，好一睹阿四的丰采，好向阿四表示表示早先的歉意以及今日的敬意，好聽聽阿四的京城見聞，長長見識，開開眼界……

阿四終於夫妻雙雙把家還，說是旅行結婚。消息靈通人士還透露：阿四娘子是某將軍的千金。阿四到村裏那天，是縣太爺的小轎車送來的，這份榮耀，婁浜村開天闢地誰人有過？

阿四在村人的眼睛裏，十二分地高大起來。大家以能與阿四聊上幾句為最大榮耀。

阿四到村裏的頭一天晚上，滿村人幾乎都擠到了阿四家的院子裏。一直鬧猛到下半夜才逐漸散去。

婁浜村向來有聽新房的舊俗。有幾個年輕後生等人一散，躲在了後窗下，想聽聽阿四這種有頭有臉的大學生與城裏來的千金小姐在新床上說些啥私房話。

阿四夫婦早累得精疲力盡，只想早點上床休息。

人剛散，阿四就趕快找腳盆倒了熱水，端到床前，對新娘子說：「鄉下沒浴室，將就點洗一洗，來，快點洗……」

啥，啥？阿四一個大男人，給小娘子倒洗腳水？

聽房的後生驚呆了，繼而像發現新大陸似的興奮異常。

「哈哈哈，北京工作的阿四，堂堂大學生，還不如我們鄉下捏鋤頭柄的，還要給小娘子倒汏屁股水……」

阿四高大的形象一落千丈。

昨天還一村彌漫的敬畏、仰慕，就此如颱風刮過，刮得無影無蹤。阿四熱頓時降溫。

阿四的這件軼事，成了婁浜村村民飯後茶餘的傳統餘興節目。時不時有人提起這話題。

「怎麼，想學阿四，給小娘子倒汏屁股水？」

戲謔的笑聲中村民們有了另外一種滿足，覺得大學生阿四北京工作的阿四也不過如此。

當然，在婁浜村以外，村民們像有什麼默契似的，從不提這事，半個字不提。在婁浜村外，大學生阿四北京工作的阿四仍是婁浜村村民的驕傲，為婁浜村爭光露臉呢。

過過兒時之癮

姬艮旺是抗戰時隨父母去美國的，這一去就是五十多年，再也沒回過故鄉，如今年歲大了，思鄉的念頭竟日重一日，他決心在有生之年無論如何回去一次，去看看故鄉的那石拱橋還在不在，那老房子還在不在，那老櫸樹還在不在？……

小孫女露茜聽說爺爺要去中國，吵著也要去。自從她在美國的唐人街民俗博物館見到了花橋、石磨、馬桶等，她奇怪得不得了，非要親眼看一看不可，否則，難以相信。

姬艮旺在家鄉已沒有什麼近親了，只有幾門表親。

開始姬艮旺不想驚動親戚，他在婁東大酒家住下後，準備帶孫女露茜隨便走走看看，走到哪兒看到哪兒。印象中，木拖鞋、蒲扇、火油燈、馬桶等家家都有的，小兒立桶、浴盆、老式躺椅、柴灶也是半數人家有的，石磨少些，但十家中總有一家有吧。還有像爆炒米花的、彈棉花的、釘碗補鍋子的、削刀磨剪子的，是稍轉幾條弄堂就能撞見的。

姬艮旺叫了輛出租，說：「去武陵橋。」武陵橋是婁城的中心地區，姬艮旺自認為熟門熟路。

到了那兒方知，老街早在老城區改造中拆了個一乾二淨，兒時印象中的舊貌已蕩然無存了。大所失望的姬艮旺不信邪，在住宅區尋覓了起來。轉了半天，腳也跑得酸了，汗已濕了襯衣，可要想看的一樣也沒看到。

姬艮旺怕問馬桶被人說，就問有沒有石磨，說想買一個，但問來問去都沒有了。有熱心人介紹說：「去鄉下看看，或許還能覓到。」

轉了一整天竟一無所獲。姬艮旺只好決定去鄉下找他的遠親。或許鄉下變化小些慢些，能見到點兒時的東西也未可知。

鄉下遠親見來了個美國表叔，很是當回事情，特地去買了可口可樂、藍帶啤酒來招待姬艮旺。

姬艮旺已瞧見那茶缸裏有現成泡好的佩蘭茶，這可是他兒時常喝的。推開可口可樂說：「來碗佩蘭茶，回家鄉來就是來嚐家鄉風味的。」

露茜喝了一口佩蘭茶後，說：「這是世界上最奇妙最解渴的飲料，勝過可口可樂十倍百倍。你們為什麼不開發這種飲料呢？」她建議爺爺投資搞一條生產佩蘭茶的軟包裝生產線，必賺錢。

姬艮旺不由心動。

鄉里聽說姬艮旺要投資開工廠，勁頭來了，關照要高規格接待好。

但姬艮旺謝絕了一切宴請，提出了幾個令接待者哭笑不得的條件：

一、要踏一踏水車；

二、放一放水牛；
三、推一推石磨；
四、穿一穿蓑衣，戴一戴草帽；
五、要帶一雙木拖鞋與草鞋回去；
六、挑回野菜；
七、捉回知了；
八、釣一趟魚；
九、吃回井裏的冰西瓜；
十、看看彈棉花、釘碗補鍋子等匠人的手藝活……

這可難倒了接待者。

幸好，水牛還有一頭，鄉里借用半天。蓑衣也總算找到一件，連同草帽、草鞋等，讓姬艮旺過了重播牛癮。

鄉里覺得，這十多個條件中，最好解決的是釣魚，因為常有市裏頭頭腦腦來釣魚。這有現成的魚塘，現成的釣具。麻煩的是釘碗補鍋子、鐵匠、箍桶匠等早幾年就不見了，彈棉花、修棕棚的倒偶爾能見到，只是一時三刻上哪兒去找。

巧的是，姬艮旺遠親家院子裏有一口井，用網兜把西瓜冰在井裏，拉上來吃時好爽口，露茜說：「口感比冰箱裏的西瓜好多了。」

最讓露茜難忘的是她竟然也捕捉到了一隻知了。

姬艮旺不要旁人幫忙，他自己動手做了只紗布網兜，綁在竹竿上，與孫女露茜去了院子後的竹園捕知了。那棵高大的樸樹上有好幾隻知了盡情亮嗓呢。姬艮旺童心勃發，雖手腳不便，還是給他逮住了兩隻，樂得他像十幾歲的頑童。

姬艮旺這次家鄉之行最開心的事是臨走那天，鄉里終於找到了一扇石磨。姬艮旺用這扇石磨與露茜一起磨了黃豆粉、磨了糯米粉。黃豆做了豆漿，糯米粉做了湯圓，吃著自己磨的做的，久違了的手製豆漿與糯米湯圓，姬艮旺激動得流下了淚水。

這次故鄉之行，雖然有諸多遺憾，但畢竟大慰平生，姬艮旺決定回去後就派人來洽談投資的事。

最後一課

當我從報上見到朱人傑教授病逝的訃告後，我再也止不住眼淚。朱老師啊，我已尋找你三十多年了，我要向你道歉，我要向你賠禮，請求你原諒。可是，這已不可能了，永遠留下了一份難以排遣的遺憾。

也許你已不記得我這個學生了，但我不會忘記你這個老師，特別是不能忘記你給我們上的最後一課。

回想起那次上課，我就內疚萬分。那時我真是太不懂事了。我的任性無意中多少傷害了你，也使我三十多年來每想起此事就更加不安。

記得那是個秋風正緊的早上，落葉紛紛，正是秋氣肅殺的季節。第一節課是語文，你比往常提早到了教室，依然是儀表不凡，連中山裝風紀扣也扣得好好的，你似乎刻意打扮過了自己，只是那眼睛有些紅有些腫，透出了某些不和諧。

上課鈴打響後，教導主任挾了講義來了，他一見你在教室，似乎很吃驚，把你叫了出去，隨即你們有了爭執，儘管你們各自把聲音壓得低低的，我還是隱隱約約聽到幾句。好像你口氣很倔地說：「不，我要上完這一課！我要與當面學生告別……」

教導主任無可奈何地走了。

按教學進程，應該講新課〈扁鵲見蔡桓公〉，但奇怪的是你跳過了這一課，而教朱自清的散文名篇〈背影〉。我偏愛古文，而且隔天預習了〈扁鵲見蔡桓公〉。於是我提出異議，堅持要你按課程教〈扁鵲見蔡桓公〉。你一愣，緩緩地說：「按理應該先上〈扁鵲見蔡桓公〉，只是老師有些不便向你們細說的原因，今天改上〈背影〉……」

「又不是做壞事，有什麼不好講。」我的倔脾氣上來了，竟說話沒輕沒重了。

你很為難，歎口氣說：「你們還小，有些事還不能理解。」

什麼，說我們人小不懂事。太小看我們了吧。我帶頭抗議，一時教室裏亂哄哄的。我儼然是個英雄，極是得意。

正在這時，校長與教導主任來了。校長把你叫了出去。這一去，你再也沒回來，只留下了黑板上的那兩個遒勁的粉筆字「背影」，以及你走過操場時的背影。

後來才知道，你被劃成右派，要下放到農村去。學校不讓你再上課了，但你執意要再上最後一課，與學生告別。你怕上〈扁鵲見蔡桓公〉內容涉及臣民向君王進諫而落下什麼把柄，所以改上〈背影〉。然而你的良苦用心，我當時一點不理解。就因為我的攪和，你的最後一課也未上成，也許你有許多活要與我們學生說，也許你把這最後的一課視作……

嗨，都怪我！

隨著年歲的增長，閱歷的增多，我越來越理解到了你當時的心情，因而我的內疚也越來越深。

以後我再也沒見過你，只聽說你到了一個很偏僻的農村。我試圖找到背負十字架的你，然而杳無音信，唯有你的背影仍定格在我記憶深處，使我常常因此而自省。

不知朱老師您是否原諒了我當年的任性、無知？

願老師您安息！

罪人

這是入夏以來最熱的一個星期天。

夏令時七點已暑氣逼人。稍動一動，汗就從每一個毛孔爭著往外鑽，彷彿也想出來涼快涼快。

去市裏的汽車上乘客們已擠得前胸貼後背了，司機還磨磨蹭蹭不開車，恨不得把車上所有的空間都擠滿塞足才肯啟動車子。

孫東去晚了，擠在車門口，上不上，下不下，真活受罪。

車下有位胖胖的女乘客還在往車上擠。

孫東受不了裏外肉牆的夾擊，衝著司機說：「好關門開車了，你看看，超員多少了，再上人，出了事故不得了。你承包開車，心也不能太黑……」

司機一聽這話，冷冷一笑，朝乘客揮揮手，像趕掉討嫌的蒼蠅似地說道：「下去、下去，都下去。超員了，這位師傅說的，要出事故的，不開了！」

說著車鑰匙一拔，下了車悠悠然倚車吸煙。

這鬼地方，去市裏就這一趟車，不擠這車還能跑去不成。

司機心裏透明透明，這叫給點顏色你們看看。

擠得臭汗一身的乘客有罵司機的，有勸司機的，更多的乘客則指責孫東，說他害得大家都走不成了。

那拚命往上車擠的胖女人一邊擠一邊對著孫東說：「怕擠回家歇著，有本事有票子去乘屁股後冒煙的，那才氣派哩。」

孫東沒想到自己的一片好心反遭埋怨，反遭搶白，心裏甭提有多窩氣，一氣之下他下了車。一種穩操勝券的神色在司機臉上浮現著，孫東有一種被嘲弄的心緒，他沒好氣地對司機說：「你昧心錢儘管賺，這車不出事才真見鬼呢。」

第二天，孫東從報紙上知道，這輛車在途中出了事故，一頭栽下河去，因嚴重超員，擠得如沙丁魚罐頭似的乘客逃不出來，一車人不死即傷，釀成一次特大交通事故。

第三天，市報記者找到孫東採訪，孫東如實講了自己所知道的全部情況。

第四天，市報上登了〈倖存者如是說〉。

第五天，孫東接到好幾個匿名電話，口氣極不友好。

第六天，孫東接到一疊信，都是指責他的，甚至有罵他的。

最使讀者及死傷者家屬反感的是孫東的「不幸而言中」。不祥的讖語出自孫東之口，而他安然無恙。他的口好毒，這是巫婆似的咒語，不找他找誰——悲傷過度的人們陷入了一種荒唐的思維定勢。

總而言之，孫東成了罪人，成了這次特大交通事故的千夫所指的罪人——因為司機死了，售票員死了，乘客大都死了，而他，倖免了——這樣的現實本來就有人難以接受。

而他，還如是說如是講。彷彿別人都傻到家了，都自己往死裏送，而唯有你孫東精明，唯有你孫東有神佑。你孫東既然知道要出交通事故，為什麼不堅決阻止司機開車，為什麼你自己獨自溜了跑了？

孫東的生活從此不得安寧，孫東的內心從此不得安寧。

慢慢地，他自己也認為自己是罪人了。孫東的心像刀扎針刺，他難過得恨不能替代了那些人去死。他甚至在日記中寫道：「那天，我悔不該下車！」

拖鞋

阿濃外號「拖鞋」。

說起這「拖鞋」的外號，還有段來歷呢。

阿濃人緣好，朋友多。新房裝潢、佈置，全是小兄弟幫忙。阿濃結婚那天，來的人一大幫一大幫的，用上海話說——新房裏擠得蟹也爬不進一隻。

新婚翌日，阿濃妻子小潔買回了六雙拖鞋，放在門口，她向阿濃約法三章：從即日起所有進房者一律換拖鞋方能入內……

阿濃頗為難，他不少朋友大大咧咧，隨便慣的。這，叫他如何向朋友講呢。但他太愛小潔，不願讓小潔掃興，不願破壞那種溫馨甜蜜的新婚氣氛。他照辦了。

阿濃的朋友很知趣，一見門口那一溜拖鞋，都識相地脫鞋換鞋，無須阿濃關照打招呼。不過有幾個相熟的有時會半真半假來幾句，諸如：「阿濃，拿吸塵器來吸一吸，讓我身上清爽得徹底點。」「阿濃，你家準備評三星級啊？」「阿濃，我脫出來腳臭，來點法國香水噴噴」……

阿濃只好這隻耳朵進，那隻耳朵出，或者乾脆當補藥吃。

有幾次，阿濃朋友來，一見那齊齊整整擺著的拖鞋，連忙收住那本欲跨進門的腳，立在門口匆匆說幾句就「拜拜」了。

阿濃覺得很對不起朋友。一頭是朋友，一頭是小潔，阿濃好為難。

來阿濃家的朋友漸漸少了，阿濃內心好似欠了朋友什麼似的。

有次，小潔出差不在家，阿濃邀了幾個朋友來家小聚，似乎意在彌補什麼。朋友們一出現在門口，阿濃就說：「算了算了，不換拖鞋了。」

朋友們一愣，隨即明白過來。大家因此很隨便，盡興而散，留下狼籍一片的房間。

等朋友走後，阿濃又是掃又是拖，還用了吸塵器，折騰了好一陣，才把所有的痕跡清掃乾淨。

乾淨真好！阿濃想。

誰知小潔回來後還是發現了有人未換拖鞋進來。阿濃自然大做檢討。

自這後，凡有朋友來，阿濃總是先打招呼：「幫幫忙，換一換拖鞋。」「不好意思」「對不起」……

也不知是那個最先叫的，見阿濃過來，喊了聲：「『拖鞋』來了。」自此以後，「拖鞋」這個外號竟叫開了，叫他阿濃的倒少了。

阿濃懷念沒有拖鞋的日子，阿濃也很欣賞有了拖鞋的家。

阿濃幾次想與小潔談談拖鞋的問題，但小潔柔柔一吻，即把阿濃所有的話都化解了。罷了罷了，其實小潔並不錯，小潔也是為了這個家呀。只是——叫阿濃說什麼好呢，他好幾次望著門口的拖鞋發愣。

光怪陸離

殺手

殺手秋在黑道上頗有點知名度，他以從不失手著稱。

初春的一個夜晚，在獨立廣場的長椅上，一位自稱叫瑪麗的女郎把一個紙袋交給了殺手秋。殺手秋拉開紙袋掃了一眼，見一疊百元美鈔，幾張照片，一張名片。殺手秋面無表情地說了句：「成交！」起身欲走。

「慢。」那女郎突然說：「你怎麼不問問為什麼要你去殺這個喻萬夫的。」

「不必了，我只是個殺手。我只知拿人錢財，替人消災，從不問為什麼，知道得太多，我或許下不了手，對一個職業殺手來說有害無益。」

「好樣的，果然沒看錯。」女郎飄然而去前留下了這樣一句話：「只要做得乾淨利索，事成之後，你的帳戶上還會多出一筆獎金。」

殺手秋接受任何一次買賣都胸有成竹。他根據女郎提供的照片，反覆把照片看了一整天，等他認為已把喻萬夫的形象刻骨銘心於腦海深處，就毫不猶豫把一疊照片一一化為灰燼，當然連同那張名片，這樣，除了那疊美金外，任何痕跡也沒有了。

殺手秋第二步開始跟蹤、踩點，以便確定動手的時間、地點。

第一天，喻萬夫泡了一天圖書館，似乎在查找什麼資料；第二天上午他參加了一個慈善活動，下午參加了拍賣活動；第三天逛了老半天書店，這後就關在屋裏敲打電腦，像是在撰寫什麼要緊文章。

殺手秋吃不準這個喻萬夫是幹什麼的，只有一個感覺，此人不像壞人，不像該殺之人。但這種念頭在殺手秋腦中只一閃而過。他知道，感情用事是殺手之大忌。該殺不該殺不是殺手該問的。殺手秋只追求最後的結果幹得漂不漂亮。

根據三天的跟蹤，殺手秋覺得這是個沒有多少防備的人，殺他就像捏死一隻螞蟻一樣，只需扣一扣扳機，頃刻之間即可送他上西天。只是像他這樣似乎沒有黑社會背景的人，莫名其妙被人槍殺，目標太大，容易引起人們猜疑。對，製造一起車禍。車禍每天都在發生，只要時間、地點選擇得好，誰又會懷疑一個死於車輪下的冤魂究竟是怎麼死的呢。

殺手秋騎了輛本田摩托車，跟蹤著喻萬夫的車子。他有把握，只要喻萬夫下車，他從後一竄而過，保證把喻萬夫撞得當場斃命。摩托車速度快，三轉兩竄就可逃之夭夭。

也是喻萬夫命該絕了，殺手秋準備動手的那天，喻萬夫的車開到了郊外。半道上，喻萬夫的車突然停了下來，他人從車上走了下來，天賜良機，天賜良機啊。殺手秋只要猛地發動油門，向前猛衝一下，那紙袋中的一大疊美元就從此歸了自己，說不定帳戶上還會奇蹟般地多出五位數或六位數。

正當殺手秋準備加大油門，實施計畫時，殺手秋突然瞧見公路上躺著一個受傷的女孩，看來肇事者早溜之大吉了。殺手秋萬萬沒有想到喻萬夫下車竟是把那滿頭是血的女孩抱上了車。

殺手秋由此想起了自己的寶貝獨生女兒，自己的女兒也是在車禍中受的傷，醫生說只因肇事者沒有及時把受傷者送進醫院，耽誤了最佳搶救時間，才造成了植物人的悲慘後果。為了醫治病床上的女兒，殺手秋面對無底洞似的醫療費，不得已走上了職業殺手的不歸路。

要是，要是當時也有一個像喻萬夫這樣的好心人，毅然伸出援手，把女兒送入醫院搶救，也許自己的女兒不至於變成植物人，自己也不至於淪落到做殺手的地步呀。

殺手秋第一次失手了。他沒能踩下油門，撞向喻萬夫。他跟在喻萬夫的車後，一直陪他駛向醫院。正這時，殺手秋的手機響了。瑪麗女郎說：「老闆對你很有意見，怎麼一點動靜沒有？是下不了手，還是沒這個能耐動手？」

殺手秋深知，殺手如果失手將是殺手最大的恥辱。

終於，喻萬夫的車在國際紅十字醫院門口停了下來，他抱著那受傷的姑娘，一路小跑向急救大樓衝去。

殺手秋知道不能再等了，素來冷靜著稱的他，此時腦子裏亂成一團。突然間，他猛踩油門，瘋了一般撞向喻萬夫的車子，隨著「砰」的一聲巨響，醫院門口燃起了沖天的火焰。汽車與摩托車被燒成一堆廢銅爛鐵。

事後當地報紙報導：「現場發現一具燒焦的屍體，身份不明，警方猜測是醉後駕車所致……」

壽禮

聞老闆是我一面之交的朋友，只知道他在揚州搞房地產搞得很紅火，是個重量級大款。

聞老闆雖是生意場上的人，但對文化人一向尊重有加。有人說他是附庸風雅。我想附庸風雅總比自甘惡俗要好吧。

八月份的時候，他打了個電話給我說八月八日乃他生日，準備熱鬧一下，邀請過去玩兩天，並說已包了揚州大酒家，還特地關照我，有文化圈內的朋友儘管喊來，十個八個絕沒問題，一切費用全由他包了。

我因與他不算熟，就推託說：「謝謝你的美意，只是我近來較忙，不一定有空。」

他一聽我這口氣，有點不快地說：「凌兄，你是不是看不起我這生意人，嫌我有銅臭。說心裏話，我是真心真意想交結你們這幫文化人，圓我兒時的一個夢。」

我聽他說得很誠懇，就說那我盡量來。

「帶你朋友來，多來幾個也無妨！」他再三關照。

第二天晚上，正好有個文友間的飯局，席間我說起了這事。趙記者馬上說：「去，為什麼不去，他代表先進生產力，我們代表先進文化，文化人不瞭解不接觸民營企業家，怎麼搞得好創作……」

被趙記者一鼓動，決定這一桌十個人一起去，去實地看看新興民營企業家的生活，不也蠻有意思嗎？

八號那天，我們借了輛麵包車，直駛揚州。

一進揚州飯店才知道，原來是聞老闆的五十壽宴，慶賀氣氛極是濃烈。

我們一行人一進門就有禮儀小姐把我們引到簽到處。這時，我才發現，簽到本邊上還有專人在登記壽禮。我這人眼睛不大，但視力不錯，我悄悄掃了一眼，乖乖，打底一千元呢。

壞了，我與朋友們毫無思想準備，原本大家是帶著來玩兩天的心情，桂花八月下揚州，全然沒考慮到參加聞老闆五十大壽宴會是要帶壽禮的。那一剎那，我與我朋友別說有多尷尬。

大家都看著我，彷彿我把這一幫文友給騙了給坑了。古語云「急中生智」，一急之下，我突然想起了「秀才人情一張紙」的老話來，於是走上前去，提筆在禮單上寫了「文章一篇」。

趙記者見此，心領神會，緊隨其後，寫了「報導一篇」。

同來的十個文友就此樂了，錢詩人寫了「賀詩一首」；孫書法家寫了「六尺宣壽字」一幅；李作家寫了「八字壽聯，即席吟誦」；周攝影家寫了「為壽翁拍特寫照一張」；吳篆刻家寫了「治印一方」……最絕的是小小說作家阿王，寫了「千字小小說一篇，少於千字用小品文補」。他還解釋說：「聞老闆一看便知我的小小說千字千元，這表明我們的壽禮也不低於他生意場上的朋友。」

我們十個人笑成一團。

正好此時聞老闆出來，見我帶了幾位文化人來歡喜不已，一看那禮單上的那所謂禮品，更是喜上眉梢，連連說：「有意思，有意思。好，好！比金錢珍貴，比金錢珍貴啊。謝了，謝了，謝謝各位的厚禮。」

看得出聞老闆說的是真心話。

我抹了抹頭上的汗，心裏在說：「下不為例。」

美的誘惑

在婁城攝影界，司無邪確實是個最有能量的人。別人拉不來的贊助，他能拉來；別人拍不到的題材，他能拍到；別人不知道的資訊，他總有渠道獲得；別人參加不了的活動，他總能七托八托地找到關係，正兒八經地參加。

這不，自然美人體大賽又邀請他了。整個婁城，一百多位攝協會員，僅他一人收到邀請，據說就算省攝影家協會也只收到幾份邀請信。不少攝影家千方百計想擠進這次大賽，可門兒都沒有。

原來，這所謂的自然美其實就是裸體，有內部消息傳出來：主辦者重金聘請了八位妙齡少女，屆時全裸亮相，讓精選、特邀的這上百位攝影家從多側面多角度全方位拍攝，讓攝影家們一次看個夠，一次拍個夠。

這可不是有個攝影家頭銜就能去的，也不是花得起錢就能去的。

司無邪在眾人羨慕的眼光下，帶足了器材，全副武裝地應邀而去。

司無邪回來後，個別喜歡攝影的發燒友開玩笑說：「司老師這回豔福不淺，大飽眼福，比之家裏的老婆，就像九天仙女比之老母豬……」

司無邪很認真很嚴肅地說：「褻瀆褻瀆！」

大概被問得多了，司無邪決定為全體攝協會員做一次講座。

司無邪告訴大家，這是一次真正的藝術活動，所有攝影人員，管你資格再老，名頭再大，後臺再硬，都不能零距離接觸女模特，必須嚴守規定，在紅線以外拍攝，誰超過紅線，將被逐出場外，誰觸摸女模特，將視作流氓行為，永遠逐出攝影界。

司無邪完全沉浸在那個美好的回憶中，他說：「那真的是叫美，除了美，沒有別的，性別已不存在，那些少女模特真是絕了，無論從哪個角度看，都美得讓人心醉，美得讓人禮拜。」

司無邪還利用多媒體，放了十多幅那次大賽上的得獎作品，那曲線、那造型、那神情、那氣質，簡直無與倫比。

有人傳紙條上去，要求看司無邪的作品，司無邪只好老老實實說，本來他準備了一幅《思無邪》參賽，無奈高手雲集，名家輩出，他名落孫山，他還自嘲說，雖敗猶榮，因為敗在一等一的高手手裏，他心服口服。

不久，有人從網路上下載了一張獲美國二〇〇三年年度新聞攝影大獎的照片《美的誘惑》，那位獲獎者搶拍了自然美人體大賽上的一個鏡頭，只見一個攝影師看著一位裸體少女，看得呆了，竟忘了手裏的攝影機了。關鍵是那人物的神情、驚愕，不，不全是，那是一種驚得目瞪口呆的表情。儘管是側影，但人們還是一眼認出了這不就是司無邪嗎？

司無邪萬萬沒想到自己也成了別人的攝影對象，更沒想到會上網路。據說他想告對方侵犯肖像權，只是不知他到底有沒有這勇氣告，更不知他能不能告贏。

洋媳婦

時間：一九三七年

在婁城，黃家算是個名門望族。翻翻族譜，黃氏一族歷史上出過不少有功名的祖先呢。只是到了黃石堅這一代，黃氏一族已不那麼景氣了。

黃石堅是黃氏一族中讀書最多的一個，族人把中興的希望寄託在了他的身上。誰料到，這年夏天，黃石堅竟自說自話攜了個黃頭髮藍眼睛高鼻樑的外國妞回到了婁城，說這位瑪麗婭是他的未婚妻。

荒唐，荒唐，簡直是天大的荒唐！

放著本鄉本土賢慧溫順的大家閨秀不娶，去弄個非我族類的洋妞為媳婦，這算哪碼子事。

黃家的長輩就如統一了口徑似的，個個反對，人人說不。

更令黃家長輩不能容忍的是黃石堅竟與那洋妞手挽手公然走在婁城大街上，這成何體統，成何體統啊！

是可忍，孰不可忍的事還在後頭呢。那洋妞先是穿著袒胸露背的衣服與短只及膝的裙子上街，後來索性穿著三點式的泳衣泳褲在水清水碧的鹽鐵塘做美人魚式戲水，引得岸邊不少人駐足觀望，成為婁城一大新聞。黃家長輩覺得這實在是有傷風化，把黃家的臉都丟盡了。最後商議出一個意見：要麼黃石堅即日起就把洋媳婦送走，從此一刀兩斷；要麼逐出黃氏一族，從此了無瓜葛。

黃石堅據理力爭，指出長輩們的守舊，指出長輩們的缺少民主精神……

這一來，更觸怒了黃家長輩，一致把黃石堅視為黃家的叛逆。

黃石堅憤而帶著瑪麗婭離婁城而去，據說去了瑪麗婭的家鄉。

黃家長輩把黃石堅的行為看做是黃家的恥辱，達成了默契，從此再不提起黃石堅，也不允許誰去打聽他的下落，讓他自生自滅，從黃家族譜上永遠消失，了無痕跡。

時間：一九九六年

黃石堅悄悄地回到了婁城，尋到了僑辦說想回鄉定居。

按規定外籍華人回鄉定居，家鄉必須有親屬方行，僑辦熱情地為之尋找。

黃家子孫聽說黃石堅從美國回來，欣喜莫名，極隆重地把他接了回去。

黃石堅說想歸宗認祖。

黃家子孫說：「你從來都是我們黃氏家族的驕傲。當年那些老糊塗們的話，誰當他們真。」

黃石堅這幾十年在海外也積蓄了幾個錢，回婁城後造了幢小樓，他準備安度晚年，頤養天年。

黃石堅太太平平日子過了沒多久，麻煩事就找到他頭上了。

先是一侄孫女要去美國讀書，請他找人擔保。這邊一個未辦妥，那邊又來了兩個，黃石堅一個也不認識，只知都是黃家子孫。留學總是好事，黃石堅也就盡量想方設法去辦。一時間，黃石堅幾乎成了黃氏族人出國留學的總代理。他弄不懂，怎麼讀了點書，不想如何報效國家，怎麼都光想往外國跑。當年自己出洋是迫不得已呀，這不，熱土難捨，又回來了。

黃石堅畢竟八十開外的人，自從老妻瑪麗婭病故後，他的身子骨也一天不如一天了。原想回國好好靜養的，哪曉得回來後煩心事更多。

近來更煩人。黃家子孫中有兩位二十來歲的大姑娘，結伴跑來找黃石堅，要他老人家做月老牽牽線，想嫁個高鼻子藍眼睛，去做洋人的媳婦。

黃石堅氣不打一處來，好好地在國內過日子不孿好，卻偏要嫁洋人，你以為當洋人媳婦這麼好當。不行，這事不行。你們父母知道不知道，知道了不罵死你們才怪呢。

兩個姑娘說：「你國外住了幾十年怎麼反不如我們思想解放？」

碰了釘子的姑娘不甘心，回家把父母、親公親婆都叫了來，一起來當說客，說服黃石堅看在一筆寫不出兩個黃字，讓她們嫁到美國去吧……

黃石堅疑是自己聽錯，他不知道該如何回答這些黃氏子孫。

老話說「六十年風水輪流轉」，難道六十年後，反倒是我的思想跟不上形勢了？黃石堅默默地問著自己。

遇險

弇山朝北的半山腰有個山洞，這是邢大膽與阿誠小時候玩耍時偶然發現的，當時發現了就發現了，兩人誰也沒細想什麼，由於洞太黑太深，就沒往裏去。

一晃十多年過去了，邢大膽與阿誠都成人了。邢大膽有次看電視時看到海外有個牧羊少年無意中發現一個山洞，結果發現了貝葉經等價值連城的寶貝。這觸發了邢大膽的記憶，他想起了弇山的那個山洞，說不定那裏也有什麼珍寶藏著呢。要是被我發現，豈不發大財了，我邢大膽的名聲豈不更大了。

邢大膽知道阿誠肚皮裏有點墨水，做事也細心，再說這洞當年是與阿誠一起發現的，於是他邀阿誠結伴同去探險。

阿誠果然心細，他不但帶了把斧子，還帶了幾份烙餅與一壺水。

兩人舉著火把，向洞中挺進，開始是一洞直行，再進去發現此洞比想像中的要大的多，用作家的語言，乃洞中有洞，洞中套洞。幸好阿誠是個細心之人，他用斧子一路做了些記號。

邢大膽與阿誠彷彿進入了一個洞窟陳列室，越往裏走，這景色越美，那鐘乳石千奇百怪，似獸非獸，似人非人，小的如拳，大的如象，高者如塔，多者如林，令人眼花潦亂，美不勝收。兩人越看越歡喜，阿誠說，這些奇奇怪怪，各式各樣的石頭就是金銀財寶呀，假如開發出來，每位遊客十元錢一張票，肯定有人來，一天來了一百個人，就有一千元收入，這可是源頭活水呀。阿誠與邢大膽越講越開心，不知不覺來到了一處有泉水的地方，邢大膽一看不太寬，就縱身跳了過去，哪知地潮濕極滑，邢大膽一滑摔了一跤，那腳踝子扭了，竟不能走了，再要跨回這道泉水溝更是不可能。阿誠試了半天也沒辦法把邢大膽背過泉水溝，如果這樣等下去，顯然不是個辦法。邢大膽對阿誠說：「還是你一個人先摸出去叫人吧。」阿誠開始不肯捨下邢大膽一個人走，但想想除此以外，別無他法，只好戀戀不捨地先走，阿誠為防萬一，把烙餅與一壺水以及斧子都留給了邢大膽，自己只帶了火把向洞口摸去。

或許是記號留得太少了，或許是走岔了一個洞口，阿誠轉來轉去，竟無法找到他進洞時做的記號，也找不到來時的路。他只能憑運氣在洞中轉悠著，試圖找到那斧子砍出的記號。

再說阿誠走後，邢大膽一個人開始感到了孤寂，那「滴嗒、滴嗒」的滴水聲，一聲聲都像在敲擊他的心房，他覺得時間凍結住了，他感到了山洞裏特有的寒氣，一種莫名其妙的恐懼感開始襲上他的心來。至此，邢大膽才發現自己這外號實在有點徒有虛名，他只希望阿誠快快帶人來救他出去。

等阿誠好不容易尋找到記號，摸出洞口，已是第三天早晨，一見到洞外的陽光，阿誠竟暈倒在洞口的地上。也是阿誠命大造化大，巧不巧有位採藥的發現了阿誠。

等阿誠醒來，帶領村民進洞找到邢大膽，已是第四天下午了。等找到邢大膽，但見他斜躺在洞壁，一把斧子仍握在手中，把他身邊的鐘乳石砍得斧痕處處，而邢大膽已沒氣了。

有人說邢大膽是餓死的，但那些烙餅應該夠他維持這幾天的，而且事實上還有兩個烙餅沒吃呢。最後經醫生鑑定，邢大膽是恐懼而死，絕望而死的。

硬漢與軟蛋

阮斯文是日本獨資企業黑丸電子有限公司的銷售部經理，因此出差是司空見慣的事，一年倒有一大半時間在外跑。

這不，這次總經理要阮斯文陪木村雄去A市，木村雄的任務是去催要對方公司拖欠的一百多萬元貨款。

對方公司一看是來要債的，就好吃好喝先穩住再說。晚上嘛，還陪了兩人去芭堤雅夜總會，才坐進去一分鐘，就有兩個風騷的小姐坐了進來。木村雄一見，興奮得滿臉紅光，他也不顧阮斯文在邊上，讓那穿露背衫的小姐坐到了自己腿上，那小姐剛坐上來，他就一隻手捏住了小姐肥碩的奶子。

小姐淫邪一笑說：「看你猴急的樣，慌啥，今夜保證讓你銷魂。」

木村雄剛想吻那小姐，他發現阮斯文站了起來說：「你玩吧，我先回了。」

「咳，咳，咳，你假斯文什麼，都是男人嘛，這十分正常。玩吧，沒人說你的，有什麼不好意思。」

阮斯文不習慣這樣，還是起身走了。

木村雄是過了十二點才回來的。顯然他的興奮期還沒過，他沒有一點睡意，他也不管阮斯文已睡下，衝著阮斯文說：「是不是你那玩意兒不行，可惜啊可惜。不過，不要緊，我給你去買偉哥，保你像我木村雄一樣雄起。」

阮斯文不想與木村雄多說，就懶懶地說：「我不喜歡這一口。」

木村雄在中國已待了幾年，漢語已很熟練，可以說是個中國通。他不以為然地說：「你騙誰呀，哪有男人不喜歡女人的，除非你軟蛋。」一說到軟蛋，木村雄來了勁道，他說：「漢字真是奇妙無比，軟蛋、放軟檔都是指硬不起來，英雄英雄就要雄得起來，所謂硬漢就是男根要硬……」

阮斯文聽不下去了，顧不得斯文說：「你不要軟蛋軟蛋地嚷嚷，有本事，我去買個馬錶，與你比一比到底誰雄起時間長，誰輸誰請客。」

阮斯文口氣一硬，木村雄反倒軟了下來，很謙恭地說：「我收回，我道歉！」

第二天晚上，木村雄說晚上又要去老地方了，問阮斯文去不去。阮斯文說：「你自便吧。」

木村雄走後不久，有人來敲門，阮斯文門一開，一位小姐一閃身進了門。阮斯文問：「幹什麼，幹什麼？」小姐說：「木村雄先生叫我來伺侯阮先生的，他已付過錢了。」

阮斯文哭笑不得，只得請小姐走人。

半夜，木村雄回來後，以一種很不屑的口氣說：「見了女人硬不起來，白活了、白活了！」

「誰硬不起來？」阮斯文來火了。不想木村雄已從心底裏小瞧阮斯文，他毫不掩飾地說：「你口氣硬有卵用，要下邊硬才真男子漢，懂嗎？」

阮斯文顯然被激怒了。他把臺上的兩瓶還沒喝的啤酒瓶拿過來，用繩子分別套住了那啤酒瓶說：「廢話少說，現在我與你每人一個啤酒瓶掛在勃起的男根上，誰先軟下，誰就輸。公平比賽，誰輸誰軟蛋！」

木村雄掂了掂那啤酒瓶的份量，見阮斯文一臉認真，知道他玩真的了，他估摸自己掛不住多少時間，只好認輸說：「算我輸，你硬，你厲害。」

第三天，對方企業還了一百萬，因為是現鈔，兩人一刻也不敢多停留，乘上高速公路的快客就打道回府。哪知車至半途，一胖一瘦兩個歹徒突然站起來說：「我們哥倆是山上下來的，今兒手頭有點緊，問各位老少爺們借幾個錢花花，希望配合，免得白刀子進，紅刀子出，大家難看。」

那密碼箱在木村雄手裏，木村雄嚇壞了，胖子一見木村雄如此，猜到他必油水足，就逕直走到他身邊說，乖乖地把錢拿出來，免傷和氣。若惹我動了手，見了閻王莫怪我心狠手辣。」

木村雄聲音也變了：「好……好漢，錢……錢在這……這裏，你……你全拿……拿去，千萬別……別動刀……刀子。」

阮斯文見木村雄要交密碼箱，譃地站了起來，大聲說：「要錢可以，有種先捅我幾刀，否則，你休想拿錢！」

歹徒沒想到這斯斯文文的小夥子敢站出來反抗，他揚起匕首說：「哥們又不是沒殺過人，還怕了你不成。」

阮斯文對那歹徒說：「我站中間，免得你傷及無辜。」阮斯文站到中間過道後飛起一腳踢中了那胖子的軟檔處，胖子「啊唷」大叫一聲，用手護著檔處，蹲了下去，阮斯文一個箭步上去，奪過匕首，朝那瘦子喝道：「蹲下，把手放頭上！」

那瘦子在阮斯文威嚴地命令下，竟然乖乖地蹲了下去，用手抱住了頭……

很快，巡警來了。一場快客搶劫案就此平息。

一車人都衝著阮斯文讚不絕口。誇他是英雄，是硬漢。

木村雄一言不發，羞得無地自容。

史仁祖

史仁祖的名字原本沒幾個人知道，多數人只知道他是婁城中學一位普通教師，見畫喊他一聲「史老師」，如此而已。

婁城老百姓真正瞭解他，或者說對他刮目相看，是去年年初省報「首屆雜文比賽」揭曉後，唯一獲特等獎的就是史仁祖。省報的編輯很地道，特意在史仁祖名字前加了「婁城」字樣。

婁城百姓就此震驚了一回。開始，好些人還疑疑惑惑，難道大名鼎鼎的雜文家史仁祖真是婁城人？

這史仁祖本事大著呢，翻翻報紙，三天兩頭能見到史仁祖的雜文、雜感、隨感、小評論等。有時從中央級報紙，到省報到市報，竟然都登載著史仁祖的言論稿。所言論的都是普通百姓關心的熱點問題，或呼籲弘揚杜會正氣，或抨擊、揭露不正之風，幾乎篇篇引起讀者共鳴。曾有人打聽過「史仁祖」為何許人也？有人說史仁祖是筆名，是上面派下來的寫作小組，共四個人，史仁祖這筆名就是「四人寫作組」的簡寫，諧音。還有人引經據典，說文革中「四人幫」手下有個寫作班子共十一個人，取筆名「石一歌」。婁城百姓以前一直是很相信這種傳說的。不期省報為婁城百姓揭了謎底。婁城人臉上生出了幾分光彩，覺得這位史仁祖老師不簡單真是不簡單。

自從婁城百姓視史仁祖為婁城驕傲後，來找史老師的不少，有的主動提供寫作素材，有的來拜師討教，有的來請求幫助打官司……

總而言之，婁城百姓中有不少人把史老師看作了他們的代言人，凡事希望史老師能為他們出出面。在市「兩代會」大會前，有人提議應該補選史老師為人大代表。不少教師還寫了聯名信，校方也很支持這事，把大夥兒的意見彙報了上去。

校方帶回的消息挺鼓舞人的，說上面領導很重視來自基層的呼聲，研究後再答覆大家。但研究來研究去，也就沒了下文。

打聽下來，據說有位領導講，教師的本職工作是教學嘛，就算寫，為什麼不多寫些詩歌呀散文的，怎麼老寫些挑刺的雜文。

這一說，也就一票否決了大夥兒的意見。好在史仁祖並不知道這些曲曲拐拐，也不在乎某些領導對他的看法，教學之餘只管寫他的言論稿，其觀點越來越鮮明、犀利，其文筆越來越老辣、洗練，讀者對他的言論稿越來越歡迎，婁城百姓選他為人大代表的呼聲也越來越高。

一天，史仁祖去家訪時，被一輛急駛而來的摩托車撞倒，幸好及時送進醫院，方保無生命之虞，卻嚴重腦震盪，腦海中常常一片空白，加之手臂粉碎性骨折，再也無法拿起他心愛的筆了。

這年開春，史仁祖終於被有關方面增補為市政協委員，市報還專門報導了中學教師、雜文作家史仁祖補選為婁城政協委員的消息。

遺憾的是，這以後，再無人讀到過署名「史仁祖」的言論稿了。

一個傳言的傳播過程

「江月紅要離婚了！」

「是嗎是嗎？」

「可惜可惜！」

「好啊好啊！」

「有意思有意思。」

迴響之強烈，比王菲緋聞更甚，傳播之快，也大大出人意外，沒幾天，這傳言就幾乎傳遍了S市的大街小巷，弄得快家喻戶曉了。

江月紅何許人，為什麼她的離婚有如此新聞效應？——說出來也不奇怪，她本身就是個媒體曝光率最高的人，她是S市的新聞主持人，她一年三百六十五天至少三百天以上要與S市的廣大觀眾在螢幕上見面。S市的老百姓已聽慣了她那悅耳的聲音，她那姣好的面容也深深地印在了每一個觀眾的心裏。

她江月紅要離婚，這太不可思議了。

離婚總是有原因的，江月紅為什麼要離婚姻呢？人們議論紛紛，猜測著，推斷著，排摸著線索，尋找著可能性。

江月紅的先生是市機關的一名公務員，有著旱澇保收的鐵飯碗；論長相，說不上美男人，但打個八十分還綽綽有餘吧。事業不算輝煌，總還有點吹牛的資本吧——這麼好的男人不要，這裏面可大有文章了。

俗說話「三個臭皮匠，頂個諸葛亮」，議呀排呀，分析出了三種可能性：

一、江月紅的先生不是真正的男人；

二、嫌她男人沒出息，不般配；

三、第三者插足。

有人說，現在「偉哥」登陸了，有助男人一展雄風，第一條可以否認。也有人說，第二條最多是個起因。最後一致裁定：江月紅十有八九有了外遇。

只是這外遇會是誰呢？

大家搜遍腦子的角角落落，非要找出些蛛絲馬跡出來。

議了半天，終於達成一個共識：

A——這個第三者如果不是很有錢，就是很有名或者很有權；

B——這個第三者應該就在S市；

C——這個第三者走出去要和她般配。

那這個人是誰呢？

張三？——不可能，此人太俗；

李四？——也不可能，此人太油；

王五？——更不可能，此人太花；

趙六？——還是不可能，此人太老。

……

排來排去，提出了一個又一個，可否定了一個又一個，掃興！

突然，有人提：「會不會是孔斯文？」

「啊呀呀，先前怎麼會沒想到他。對對對，就是他了，孔斯文最有可能了，這簡直是一定了。」

孔斯文目前是市書法協會的副主席兼秘書長，其書法作品入選過全國書展，S市的多家企業招牌出自他手筆。說他是青年才俊，沒有任何水分。去年他開了家「翰墨齋書畫苑」，專營名家書畫，據說生意不錯，成了文化人常去雅聚的地方。市報、市電臺電視臺多次報導過，怪不得江月紅在播報有關孔斯文的消息時特別聲情並茂。

有人回顧，曾在街上見江月紅停著自行車與停著摩托車的孔斯文在講話——這不是證據是什麼？

有江月紅同事想起這樣一件事，江月紅有次BP機響了，但竟沒回。一定是見辦公室有人，不好意思當場回。

這個細節激發了另一位同事的記憶力，他說曾有一封信，那信封上的字龍飛鳳舞，漂亮極了，不是孔斯文的，還會是誰呢？

至此，江月紅離婚是因了青年書法家孔斯文，孔斯文乃第三者也就成了鐵定不移的案子。

不久這消息就以幾何級速度在S市的大街小巷傳開了。

有次，孔斯文與幾個朋友小聚，其中有位喝多了，要孔斯文交待如何勾上了江月紅，使她離婚的？

孔斯文驚得目瞪口呆。

他說：「江月紅的第三者是我，是我孔斯文？」他摸著朋友的額頭說：「你到底是發燒說糊話，還是喝多了講醉話？」

朋友說：「我講的是滿大街都知道的事實罷了，恐怕全世界就你不知道。」

孔斯文忘了斯文，一拍桌子說：「我要起訴！」

可起訴誰呢？——是同桌的朋友，還是滿大街都知道的路人？

很少喝酒的孔斯文端起酒杯一口氣乾了個杯底朝天。嘴裏自言自語道：「我成了第三者？我成了第三者！……」

五光十色

- 鬥草
- 麻將老法師
- 祖傳名壺
- 漢白玉三勿雕
- 菖蒲之死
- 點「之」
- 大師的秘訣
- 獵人蕭

鬥草

農曆五月，民間俗稱惡月。因暑熱襲來，蚊蠅孳生，往往疾病流行，百姓畏之。因此在兩千多年前，即有到郊外山野去採採藥，以驅疾治病的習俗。後來演化為「踏百草」（即踏青）、「鬥百草」等。鬥草之戲因比較溫文爾雅，故南方盛於北方，漸成吳地民俗。

據地方誌記載：鬥草之風，婁城歷來盛行，乃端午期間的一民間活動。

古廟鎮有一孩兒王出身的阿埭，自小偏好鬥草。他出馬鬥草，不說百戰百勝，至少十鬥九贏。他的那一套訣竅，即便說給別人聽，別人也學不來。古人有「工欲善其事，必先利其器」，他阿埭鬥草用的車前草那根草莖是採自穿山之懸崖陡壁，你敢去採嗎？那可是有危險性的。

阿埭弱冠之年後，依然放不下他的鬥草，每年五月五日，他總要在古廟鎮外的婁江邊與人鬥草，有如設擂，謂之過過鬥草癮。

阿埭言明：輸者得為之揚名，贏者可罰他做事一樁。

那日，婁城不少女眷也難得到婁江邊來郊遊踏青。內中有一叫冉雲的姑娘見阿埭在玩鬥百草之戲，來了興致，說也來湊趣一鬥。

阿逮見來一城裏姑娘，自然半點不把她放在眼裏。在他看來，如此嬌弱的姑娘，與他身經百戰的阿逮鬥草，非讓她連鬥連敗不可。

誰知冉雲姑娘一點兒不示弱，竟然拔來了一根又粗又老的草莖，那架勢，志在必得。踏青之遊人見一姑娘家與鬥草王阿逮交戰，呼啦一下圍上了不少人，大家對冉雲姑娘手中的草莖嘖嘖贊之，簡直堪稱草莖王，也不知她是如何採到的。

阿逮瞄一眼冉雲姑娘手中的那根特大號草莖，不以為然地一笑，他故意挑了根又細又短的草莖，彷彿拳擊比賽中的重量級與輕量級，完全不成比例。

「冉雲姑娘贏，阿逮小子輸。」不少人心裏默默念叨，希望讓冉雲姑娘來挫挫這位常勝將軍的銳氣，不說出口惡氣，至少開心一番，樂一樂，笑一笑，讓阿逮在姑娘面前鬧個大紅臉。

比賽可說是速戰速決，開始阿逮擺出一副我自巋然不動，接受任何挑戰的樣子。兩人的草莖成十字相交狀，冉雲用勁拉了幾次都無法拉斷阿逮的草莖。如此三次後，阿逮似乎已很有紳士風度了，他開始反擊，只見他以極快的速度用勁一拉，冉雲手中那又粗又老的草莖竟然像放在刀刃上似的，齊刷刷地斷了。

觀者無不失望萬分，有人拿起阿逮那根草莖反覆看，這麼細的一根細莖，怎麼似老牛筋似的拉不斷。

其實遊人哪裏知道，阿逮的車前草莖都採自穿山，穿山以石為主，車前草要能在穿山生長，非有堅韌的生命力不可，特別是那些生長在峭壁上的，經風經雨，且得天地之精華，怎能與婁江邊肥沃土地上生長的車前草相比呢，一個富貴相，一個貧苦樣，但誰能吃苦，誰能耐勞，還用說嗎？

阿逮贏了，在眾目睽睽下贏了，不免有些得意。

「不服！」冉雲姑娘說。

「不服？」阿逮一愣。好，不服再鬥。

「手鬥我輸了，你敢不敢口鬥。」冉雲咄咄逼人。

口鬥就是各自報出各種花草的名目，類似對對子，對仗是第一要素，花草的質量是第二要素，就好似黃宏與侯耀文的小品《玩名片》差不多。

口鬥，阿逮曾與小夥伴們也鬥過，但他自知是弱項，可連應戰的勇氣都沒有，那豈不太失面子了，鬥就鬥，不信這城裏姑娘就識得那麼多野花野草。

阿逮自認為自己是擂主，讓冉雲挑戰。

冉雲決定先易後難。

「紅梅。」

「青萍。」阿逮張口便來。

「美人蕉。」

阿逮想了想說：「君子蘭。」

「車前子。」

「馬後炮。」阿埭脫口而出。

人們哄堂大笑。阿埭窘得無地自容。

冉雲心軟，說了個常見的「春風桃李」。阿埭稍動了動腦筋，就答了個「秋雨芭蕉」。

冉雲見阿埭緩過神來了，拋出一絕的「相思子」。

阿埭愣住了。嘴裏「相思子相思子」地念著，就是對不出。

「回去慢慢想吧，想到了再告訴我。」冉雲一笑，飄然而去。

阿埭變了個人似的，一門心思想早點兒對出相思子，他把他知道的花花草草一個名稱一個名稱地過濾著，篩選著。有天，他在古廟鎮一戶人家的後院見到一合歡樹，他突然省悟：合歡枝，對，一定是合歡枝。

相思子對合歡枝，有意思。我要去告訴冉雲，我阿埭對出來了，不，還要問問她，這是什麼意思？阿埭有些想入非非了。

冉雲是哪家的小姐呢？總不見得一家家叩門去問吧。

阿埭想得蠻好，靜靜心心苦讀一年書，明年端午正式擺擂鬥草，引冉雲再來復鬥，非贏她不可。

第二年端午，阿埭早早來到了婁江邊，呼吸著春天的氣息，踏著淺淺的青草，他自信：手鬥他阿埭可號稱打遍婁城無敵手。口鬥，經一年閉門苦讀，他如今也不怯場。他多麼希望冉雲姑娘再來與他鬥一鬥草，可冉雲姑娘沒有出現。

第三年，冉雲姑娘還是沒有出現。

或許冉雲姑娘再不會來了，留下了永遠的相思子與永遠的回憶。

以後，每年的端午，阿棣總不由自主地來到婁江邊，他也說不清這無望的等待怎麼會有如此的誘惑力。

麻將老法師

吳太玉土生土長的婁城人，屬遺老遺少一類人物。婁城典故、軼事，他肚皮裏有一本賬，人稱老法師。

吳太玉近年迷上了麻將，據他考證，婁城還是麻將的發源地呢。每逢人多，他就要吹一吹，吹起來一條理由又一條理由，聽的人不能不信。這後，不少麻友尊稱他為「麻將王」、「麻將專家」、「麻將老法師」。

不知哪根筋搭錯，他萌生了舉辦「國際婁城麻將大賽」的想法。他想得蠻好，麻友中有不少廠長經理、局長主任的，讓他們為弘揚麻將文化贊助點應該沒有問題。誰知這些在麻將臺上慷慨大方的主兒，一聽要他們出血贊助都如深秋的鳴蟬——啞了，弄得吳太玉老大沒趣。

後來有知己麻友對吳太玉說：「不是沒有興趣，也不是不肯贊助，而是怕上頭責怪……」老法師到底是老法師，他已聽出弦外之音。

於是，吳太玉起草了一份《關於舉辦國際婁城麻將節的設想》的報告，一下列印了幾十份，寄給了總工會、文聯、文化局、宣傳部等不少部門，可惜無一有回音。

這一步棋不行，他開始了第二步棋，去遊說有關領導。

吳太玉碰面了幾位領導，任他說得口乾唇燥，領導意見出奇地一致，通常都是不提倡，不宣傳，不反對。也有個別領導對麻將深惡痛絕，認為麻將早晚要禁，舉辦國際麻將大賽真是荒唐至極。當然，也有領導對麻將很有感情，只是認為舉辦這樣的國際大賽，鬧不好會遭輿論的譴責……

這輿論兩字提醒了吳太玉，對，我也先造造輿論，爭取輿論支持。於是，吳太玉閉門不出，寫了〈麻將起源婁城初考〉、〈麻將文化之我見〉、〈麻將的流傳路線與流傳範圍〉、〈麻將在海外〉等一系列有關麻將的論文與隨筆。不期這些文章大受各娛樂性報刊的歡迎，不但以醒目位置登出，還稿費從優。

吳太玉的這些文章，影響最大的是婁城是麻將的發源地，使不少婁城人知道了麻將為什麼叫麻將、麻將發明的過程，這極大地刺激了婁城人搓麻將的興趣。比如有外地客戶來婁城，主人會陪客戶來副麻將，會告訴他麻將的真正發明者是守糧倉的兵士。元明時，婁城是皇家糧倉儲存地，有不少兵士守糧倉，糧倉最忌麻雀。當官的就鼓勵兵士打麻雀，並且按打麻雀之多少，年底統一結賬領取賞賜，平時每打十隻麻雀可領一牌牌，這牌牌市場上不流通，年底是能兌現的，類似早先農村中的記工分。

守糧倉是件寂寞枯燥的事，兵士閒來無事就在地上畫格子，擺放小石子賭博，這些牌牌就成了籌碼。演化成麻將是以後的事，但麻將牌確確實實與打麻雀大有關係。例如打空槍叫白板；打中了麻雀出血叫紅中；古代只有獵槍，一桿槍為一筒，因此有一筒二筒；古代的槍準頭不行，打麻雀更與風向有關，故有東西南北風；那時十隻麻雀的腳為一串，相當於現今的十根老鼠尾巴，為代表消滅了十隻老鼠。這一串那時叫一束；因有輸贏，就有一萬、二萬、三萬等等；贏了自然就是「發」，因婁城土話稱麻雀為麻將，因此流傳下來叫搓麻將而不叫搓麻雀……

吳太玉的文章發表後，還吸引了好幾個外地的文化人、記者來婁城考察麻將文化呢。受此鼓舞，吳太玉準備採取逐步擴大的辦法來辦麻將賽。他自掏腰包悄悄地舉辦了一個民間性質的「麻將王杯」麻將賽。

吳太玉認為麻將是一種智力遊戲，比保齡球之類傻力氣活動要有意義得多。他說據他瞭解，目前世界上，有華人的地方就有麻將。麻將為什麼禁不掉，應了黑格爾一句名言：「凡存在的就是合理的。」

理論歸理論，真正較量還是在牌桌上。吳太玉已到了無一日不可無麻將的地步，已越搓越精，麻將老法師名不虛傳。

不過有時事情常常非常理所能解釋得通。自麻將賽以來，吳太玉手氣日背一日，摸來摸去，摸不到一隻想要的好牌。他腦子再好，人算不如天算，氣得他臉都青了。難道冥冥之中有誰真正存心與他過不去？不，不會的。否極泰來，好運必不遠了，他相信。所謂心想事成，臭牌連連的他竟然來了副清一色。麻將老法師終於可一掃霉氣，揚眉吐氣了，他把牌一推，喊一聲：「清一色！」

或許是興奮過度，樂極生悲，吳太玉竟然腦溢血猝然而去。

吳太玉的喪事，是幾位麻友辦的。墓碑是麻將狀一塊石碑，與麻將的白板無兩樣。據說此乃吳太玉遺囑上寫明的。他說生前有「麻將王」、「麻將專家」、「麻將老法師」之口碑已足矣，留白板墓碑一塊，是也非也，任世人評說吧。

祖傳名壺

日本人池田來古廟鎮辦合資企業，意向書簽後，池田這兒逛逛，那兒轉轉，據說是做可行性調查研究。池田調查得很細很細。

簽約前，池田提出要見見小鎮的耆宿吳醉鷹老先生。鎮長不敢怠慢這位東洋趙公元帥，馬上把清瘦的吳老先生請了來。

池田一見吳老先生，畢恭畢敬地鞠了個躬。弄得吳老先生與在座的人都莫名其妙。

池田說：「東方人一向有敬老習俗，吳老先生是小鎮德高望重的耄耋老人，焉能不敬！」

池田與吳老先生談得很是投機，把一屋人都晾在一邊。池田先生說認識吳老先生實乃三生有幸，與吳老先生一席談有勝讀十年書之慼，遂提出要宴請吳老先生。

鎮長念念不忘的是合同。

池田似看透了鎮長的心思，淡淡一笑說：「明天是黃道吉日，明天簽。」

鎮長吃了定心丸，心情大好。

宴席上，鎮長與池田開懷暢談。池田還頻頻向吳老先生敬酒。

池田等酒菜上了桌，對吳老先生說：「在貴鎮數日，聽說吳老先生有一把祖傳紫砂壺，不知能否一飽眼福？」

吳老先生一驚，酒醒了一半。他面有難色，沉吟不語。

池田一時頗尷尬。

鎮長見此，知道吳老先生的倔脾氣上來了！意識到非自己這個父母官出場不可了。他客氣地對吳老先生說：「池田先生想欣賞一下，就讓他開開眼，弘揚民族文化嘛。」

吳老先生還是不吭聲。

鎮長又說：「有我在，你有什麼不放心的。去拿來吧，一睹為快嘛。」

吳老先生很不情願地回家去取了紫砂壺來。

池田捧著這把古色古香的紫砂壺，愛不釋手，他的眼睛盯住了壺蓋背畫的「大享」兩字，如粘住了一般。他取出放大鏡，又細細看了許幾半晌，池田先生鼓足勇氣說：「不知吳老先生能否割愛，至於價錢方面好商量。」

吳老先生一聽，臉色立變，伸手搶過紫砂壺，斷然說道：「不賣！給金山銀山也不賣！」說完攥壺拂袖而去。

池田臉色煞是難看，推說身體不適，提前離席，宴席遂不歡而散。

池田因身體原因，第二天登機返國。簽合同之事也就耽擱了。

數日後，來了池田先生的代理人，說簽合同之事須等池田先生身體康復後親自來辦。又說池田先生實在太愛那壺，並非要奪人之愛，請轉達對吳老先生的歉意云云。

合同不簽，意向書就是一紙空文，鎮長急得坐立不安。

鎮長原來想得蠻好，池田先生投資此企業，至少能解決小鎮上數百人的就業。投產後，每年將有幾百萬的利潤。而今，為了一隻小小的紫砂壺，煮熟的鴨子又飛了，他豈能心甘，豈能甘休？

鎮長親自出馬做吳老先生的思想工作，曉之以理，動之以情。希望吳老先生為小鎮騰飛著想，為一鎮人的利益著想，做些犧牲，割愛那把紫砂壺。

吳老先生固執如牛，針插不進，水潑不進。

面對著吳老先生冥頑不靈的倔脾氣，鎮長只好請出吳老先生的兒子、孫子做說客。

吳老先生桌子一拍，勃然作色道：「賣壺，休想！除非我死了！」

口口相傳，小鎮人幾乎都知道合資企業要黃了。黃的原因是吳老先生不肯出手那把紫砂壺，得罪了東洋老闆蹶腚走了。

年輕一輩的憤憤然之情溢於言表，大罵吳老先生是「守財奴」、「死腦筋」、「阻礙小鎮發展的罪人」……

那些本來有希望進合資企業，如今遙遙無期的小年輕，更把一腔不滿全發洩到吳老先生身上，到後來，甚至吳老先生一家老小都陷入了孤立、受人指責的窘境。

在外無端受氣的子女，頗多怨言，怨老人拎不清。認為索性開個高價，「斬」池田一下，有斬不斬豬頭三。若池田他不肯多出血，怨不了咱不賣。

吳老先生滿臉嚴肅，沉痛地敘說了關於紫砂壺的一段故事。

抗戰時，日本人知道吳家有清代製壺名家邵大享手製的紫砂壺，四處搜尋，逼小鎮人交出。小鎮人為了保護此壺不落入日本鬼子之手，千方百計保護吳醉鷹一家。有次小日本鬼子竄到小鎮，叫人指認吳醉鷹，小鎮人沒一個肯出賣良心。惱羞成怒的日本鬼子臨走時，一把火燒了十幾間房子呢。

想不到如今，唉——罷了罷了。吳老先生覺得為了這把壺欠小鎮鄉親們太多了，他終於決定忍痛割愛。

那天，吳老先生特意掛出了他爹的遺像，供了果，點了香，叫一家老小挨個向祖宗磕頭請罪。

吳老先生難過地說道：「醉鷹不孝，醉鷹無能，祖傳名壺，將要易手，愧哉！請列祖列宗寬恕！」

鎮長聽說吳老先生回心轉意，心頭之石落地，匆匆趕到吳老先生家。

正這時，一塊房板磚從椽子間掉下，不偏不倚正好砸在紫砂壺上，當場把祖傳名壺砸得粉身碎骨。

鎮長連連跺腳，急火攻心，差點氣暈過去。

吳老先生不驚不乍，心靜如水，吶吶自語道：「天意，天意，此乃天意也！」

漢白玉三勿雕

胡局肖猴，故他對猴向來敬畏有加，奉若神明。

你想想，如今都什麼年代了，可他家的那一幅書法對聯還是「金猴奮起千鈞棒，玉宇澄清萬里埃」。他客廳裏最引人注目的是出自名家之手的《百猴圖》，至於泥塑的猴子，竹雕的猴子，石刻的猴子，不少呢。

胡局有次多喝了點酒，有點管不住自己的舌頭了，他帶著酒意說：「這猴子是神獸，孫悟空能做到齊天大聖呢。我這屬猴的，做不到齊天，齊縣齊市總可以吧……」

胡局這局，是個有權力的衙門，想討好巴結他的人多著呢。有人摸準了他這路數，投其所好，故胡局家裏有關猴的各種工藝品足足可以辦個展覽。

前不久，市收藏協會與文化局聯合舉辦了一個婁城民俗藏品展。開始胡局根本沒當回事，這關他什麼事。他請柬收到了也沒出席開幕式，叫辦公室主任去應了應差。不料辦公室主任回來告訴他，展覽會裏有一尊三隻玉雕猴子，惹人喜愛著呢。觀眾對這展品極有興趣，評價不低。

胡局來了興致，立即驅車前往。這三隻玉雕猴子果然有意思。在一塊連體漢白玉上雕出的三隻坐姿猴，一隻捂著嘴，一隻捂著耳，一隻捂著眼，那神態憨拙而滑稽。胡局雖看不懂什麼意思，但極是歡喜。

胡局一打聽，這玉雕猴的主人是位陸姓退休的老教師，據講這是祖上傳下來的。

胡局決心把這可愛的玉雕猴買下來。沒想到陸老師毫無餘地地一口回絕。胡局有些不快地想：什麼非賣品，還不是想多敲幾個錢，行，就多給他幾個錢，誰叫我喜歡上了。

辦公室主任拿了錢去卻碰了釘子，胡局大為惱火，心想，你敬酒不吃吃罰酒，那就走著瞧吧。他關照辦公室主任查一查這陸老師的背景與社會關係。辦公室主任心領神會，他知道，只要姓陸的有子女，有親親眷眷犯在他們局的管轄範圍，就有好果子給他吃。

陸老師很生氣地說：「什麼玉雕猴玉雕猴的，屁都不懂，還想佔有，虧他好意思開這口。」

這天下午，市博物館的老館長來參觀，他一見這玉雕猴，彷彿眼前一亮。脫口道：「三勿雕！」

這是展出到現在，第一次有人準確地報出這玉雕的真正名稱，陸老師就像碰到了知音一樣。說實在，陸老師也只知道這玉雕的名稱乃三勿雕，到底為什麼叫三勿雕，他也說不出個所以然，不想老館長給他解了謎。

老館長告訴陸老師說：「捂眼猴謂非禮勿看，捂耳猴謂非禮勿聽，捂嘴猴謂非禮勿講，此典出《論語》，所以俗稱三勿雕。」

陸老師到底是個讀書人，一點即通，他想了想說：「《論語》中還有非禮勿動呢，應該是四勿才對呀。」

老館長笑笑說：「勿動不好表現嘛。再說中國人喜三不喜四，就出現了三勿雕。」

老館長還告訴陸老師，這種三勿雕在山東地區較多，特別是盛產滑石的萊州，此石潔白如玉，因石質細軟，不派大的用場，但其石粉卻有神奇的止血功效，因此以前大戶人家或多子女家備一個滑石三勿雕，萬一小孩出血，可當場刮粉止血。」

陸老師聽得發了呆，這老館長果然一肚皮學問。他不解地問：「可這是玉雕的？」

老館長把那三勿玉雕放在手裏反覆看後，欣喜地說道：「這是塊老玉無疑，已無丁點火氣，潤得很，估計是明代的。你姓陸，又是地地道道的婁城人，說不定明代玉雕大師陸子岡是你祖上，如果經鑑定此物出自陸子岡之手，那就價值連城，非同一般。」

陸老師的家譜早在「文革」中燒了，他已鬧不清陸子岡是否他祖上。陸老師覺得有些神聖起來，他對老館長說：「等展覽結束，你請專家來鑑定一下，如果是先祖陸子岡的遺物，我一定捐贈給市博物館！」

老館長緊緊地緊緊地握住陸老師的手。

胡局長聽說陸老師執意不肯開價賣給他，而要捐贈給市博物館，氣得臉色都變了。嘴裏嘟嘟囔囔地說：「你不要有事犯在我手裏，你若有事犯在我手裏，哼，走著瞧。」

菖蒲之死

江百川是山水畫家，師法自然是他的追求，故每年都要外出一兩次采風。說采風，其實就是或逛名山大川，或深入到邊陲邊寨，去寫生作畫，這一去，少則十天半月，多則一兩個月，他自己也說不準到底要走多少地方多少時間才會回來，全看自己興致與收穫。

江百川每次外出，唯一放不下的就是那十幾盆菖蒲，這是小菖蒲品種，很珍貴的，特別是其中兩盆金邊小菖蒲，更屬稀罕品種，這些盆景是江百川的案頭清供，他喜歡著呢。

每次外出，江百川都要再三再四囑照妻子盛春花照顧好這些盆景。還會不厭其煩地告知：春遲出（免受風雪霜凍）；夏不惜（繁盛期不惜修剪）；秋水深（秋季時要多澆水）；冬藏密（霜降後要移入室內）。盛春花則心不在焉地聽著，有時還會冒出一句：「知道了，都耳朵聽出繭了，這些是你的心肝寶貝，要侍候得像皇帝老子那樣，該滿意了吧。」

確實，江百川該滿意了，那十多盆小菖蒲盆盆長得烏油滴翠，綠溢盆沿。

江百川的不滿意是從去年秋天那次雲南之行回來開始的。雲南回來，江百川發現那十幾盆小菖蒲都失去了原先的青綠，蔫蔫的，萎萎的，黃葉條一根又一根，盆土都發白了，顯然很久沒澆過水了。這可是以前從來沒有過的。江百川見心愛的菖蒲盆景奄奄一息，很是心痛，有點兒不快地問妻子：「你看看你，叫你照管好這些菖蒲，可現在都變得半死不活的。你到底在……」

「你眼裏怎麼只有你的菖蒲，也不問問你老婆怎麼了，難道你老婆還不如一盆草嗎？」說著把門「砰」一關就出了門。

妻子很晚回來，看樣子是喝過酒了。

第二天江百川才知道，妻子待崗了，待崗後她在一家私營公司打工。

江百川對妻子說：「待崗就待崗。我每月多賣掉一兩幅畫不全有了。」

「我可不想讓你養著。」江百川發現妻子說話有點戧。

這後，盛春花常常很晚回來。問她，她只一句話：「我是在打工，打工得聽老闆的。」

江百川發現妻子變了，原來她精心伺候的菖蒲，現在她連看也不看一眼，她只關心自己的髮型，自己的服飾。

江百川竭力挽救著菖蒲盆景的生命，但還是一盆接一盆地枯死。

傷心的江百川會對著那一盆盆枯死的菖蒲，半天默默無語。

他決定與妻子好好談談。

盛春花很不以為然地說：「你也不必猜了，我是與老闆在一起，他請我上星級飯店，請我去夜總會，請我跳舞，給我買時裝，這些，你給過我嗎？你只有你的畫，只有你的菖蒲，你去跟你的畫過，跟你的菖蒲過吧。」

等那十幾盆菖蒲全部魂歸西天時，盛春花正式提出了離婚，理由很簡單：夫妻感情已死亡！江百川知道，再勉強也沒啥意思，就簽了字。

據說盛春花離婚後說過這樣一句話：「江百川太不瞭解女人了，而老闆又太瞭解女人了。」

離婚後的江百川重新上盆了十幾盆小菖蒲，他要試試靠自己一個人，把這些草本小精靈種綠種盛。作畫之餘，他常常一個人呆呆地凝視著這些菖蒲盆景，也不知他到底在想些什麼。

點「之」

點「之」是古吳地民俗。

家中有人仙逝，設靈臺牌位以祭之悼之。其牌位上「×××之位」的「之」字大有講究。按老輩傳下之規矩，必請德高望重者點「之」，謂之可壓邪。

民國初年，婁城耆宿王文豹騎鶴西去。王家祖上曾官至禮部尚書，富甲一方，到王文豹這一代，已無昔年之鼎盛貌，然爛船尚有三寸釘，王家依然是婁城數一數二之殷實富戶。

王家子孫極為重視老爺子的後事，欲風光一場。這只要有錢都好辦。唯點「之」事，人選難覓。古有翰林點「之」說法，可見點「之」者非能耍筆墨者均可隨便應卯的。排來排去，最合適的人選乃前清遺老陸詩儂。陸詩儂乃名魁天下的榜眼，道德文章均屬一流，特別是其書法，那一筆顏體，金鉤鐵畫，人稱「當代顏真卿」。只是王陸兩家乃世仇，從不往來，婁城有「王陸兩大姓，世代不通婚」的說法。然而，堂堂王家，假使請個名不見經傳的窮酸文人來點「之」，老爺子九泉之下也難以瞑目。

終於，王家長子拍板：「請陸詩儂！」王家主意已決，寧可多花銀兩，也要恭請到陸詩儂。要知道陸詩儂屬「文魁星君」之列。由他點「之」，夜叉小鬼也必敬畏三分，得此庇護，老爺子黃泉路上自然可保平安無事。

陸詩儂是有身價之人，沒有相當交情，他是萬萬不肯隨便點「之」的。即便銀兩再多，也是白搭。事情就是奇怪，越如此，陸詩儂的身價越高。倘能請得動陸詩儂點「之」，本身就是椿極榮耀之事。

王家長子親捧銀兩登門拜訪。他惴惴不安，唯恐陸詩儂拒之，不期陸詩儂一口應承，並堅持不收潤筆。

王家雖然請動了陸詩儂，心裏卻頗不踏實，似乎這結果來得太不費功夫了。這其中會不會有變有詐？王家上上下下，都隱隱有些擔心。

王家接陸詩儂去點「之」那天，排場上一點都不含糊，四人抬綠呢大轎，且有「回避」、「肅靜」開道，唯恐婁城人不知。上得門，即蔘湯伺候；片刻，又主人敬茶，四式點心，極為小心翼翼。

陸詩儂跟班把筆墨紙硯等文房四寶準備妥帖，只等陸詩儂舉筆。

陸詩儂眼神凝視在「德傳梓里，名耿千秋」的輓聯上，微微頷首。然後，焚香祝禱。俄頃，握管在手，彷彿以千鈞之力點下去。按程序，點罷，即把筆往後一拋，由跟班極俐落地接住，就算儀式完成。整個過程一氣呵成，簡單而肅穆。

不料跟班心裏有氣，心想：老爺啊老爺，難道你忘了王陸兩家祖上有過節，竟然如此無骨氣，令我等下人也無顏面見人。於是，跟班在本應配合默契的接筆一剎那，故意脫手，那枝堅竹鼠毫落在了地上，墨汁四濺。

王家子孫見此，一時劍拔弩張，氣氛極為緊張。

陸詩儂未料到跟班會來這一手，甚氣甚愧。為彌補，他向王文豹靈位跪下磕了三個頭，算是賠罪。

榜眼下跪於王家老爺子靈前，實乃大禮，王家子孫很為感動，遂握手言歡，不再追究陸詩儂跟班之失手。

出得門，陸詩儂對跟班說：「從來冤家宜解不宜結，謹記謹記！」

跟班悔之莫及。

大師的秘訣

放眼當今文壇，專寫武俠小說的有梁羽生、金庸、古龍、溫瑞安等諸位大師宗師；專寫言情小說的有瓊瑤、亦舒等等名家高手，至於一流之下，二流三流寫手更是舉不勝舉。然而，兼寫武俠與言情，集俠骨與柔情於一身，且兩個領域各有建樹，能自稱一流不臉紅的又有幾人呢？

細覓之，高寬鼎大概堪稱代表人物，屬武俠言情雙豐收的佼佼者。據說其自步入文壇以來，已發表武俠小說十八部，被評論界譽之為「俠不失情，情中有俠」。不久前，有一篇評論乾脆稱他的書為武俠言情小說，冠於他「武俠言情小說大師」稱號。

樹大招風，風必折之。自高寬鼎名列大師之位後，流言漸起，謗言四傳。

高寬鼎不做任何解釋，這使得小道消息越發有了市場。

突然，爆出一條新聞：高寬鼎將宣佈金盆洗手，從此告別文壇。為答謝多年來讀者對其厚愛，決定毫無保留當眾公開其寫作秘訣。

高寬鼎發佈的此消息經過輿論傳媒披露後，使不少讀者大感興趣，尤其是文學青年更是逢人即打聽：高寬鼎大師何時何地公佈其寫作秘訣？然而，沒人知曉。

又過幾日，海報滿城。大意是因要求一睹大師丰采，親聆教誨之人太多，難以接待。為讓大師的真正崇拜者、熱愛者，粉絲中的粉絲，高迷中的高迷，能不錯失良機，不造成遺憾，決定聽課者須攜帶高寬鼎大師的全套著作，以表明身份，權作進門之憑證……

這一招果然靈驗。不幾日，竟把各新華書店、各書攤署名為「高寬鼎」的所有書籍一掃而光。

大師講課那天，但見男男女女、老老少少，或捧或拎，無不攜書而至，成為少有之景觀。千盼萬盼中，大師終於出場。

「喂喂喂，是否搞錯了？這麼個其貌不揚的乾癟老頭竟就是名震文壇的高寬鼎大師？」見者無不目瞪口呆，大失所望。

就憑他這熊樣，能身懷絕技，武功超群？就憑他這窩囊相，能有催人淚下的愛情？笑話！笑話！天大的笑話！

大師終於開口了。

「諸位，請記住中國有句老話：『海不可斗量，人不可貌相。』」

「諸位，先告訴你們一個小秘密：不懂武功的人才能虛構出最迷人、誘人、惑人的絕世武功；沒有愛情的人才能想像出最動人、感人、催人淚下的曠世情愛。」

「李白未去過蜀道，卻寫出了膾炙人口、名傳遐邇的〈蜀道難〉；范仲淹未登臨過岳陽樓，卻寫出了千古傳誦的散文名篇〈岳陽樓記〉，何也？一言以蔽之——想像力！」

「嘩——」掌聲四起。

掌聲潮水般過後，大師又侃侃而談：「古人曰『文無定法』，斯言極是。然，無定法不等於無規律。規律往往隱於事物之後，就看你能否找出來。據講國外有個工程師去檢查一臺機器的故障，他只看一看，聽一聽，在機器上畫一線，工人按他畫的線，馬上找出了機器的毛病，修好了機器。老闆覺得這麼容易查出毛病，卻花了這麼多錢，太冤。工程師微微一笑後說：『畫這一條線，值一塊錢；知道這條線畫這裏，值一萬元。』」

「諸位，肉歸大碗，言歸正傳，下面我要告知聽上去似乎一錢不值的寫作秘訣。」

高寬鼎大師把他的創作秘訣用板書形式寫在了黑板上。

一、言情小說寫作法：

（一）一英俊青年邂逅一妙齡靚女，一見鍾情。或是男方或是女方有一方不同意（原因可有種種）——此為第一波折。

（二）兩人生死相許，終於感動上帝，反對者勉強同意這樁婚事，正光明燦爛時，男方或女方突然發生意外（或車禍或破產或官司或綁架）——此為第二波折。

（三）經種種磨難，總算柳暗花明，陰影消散。正當兩人欲永結秦晉之好時，不料節外生枝，冒出了或男方或女方的前戀人或前夫、前妻之類的人物，於是好事被攪——此為第三波折。

大師自評：「所謂一波三折，乃言情小說之基本規律，波折即變化，如何變化，其實萬變不離其宗，即眼看要成了，又不成了；眼看沒希望了，又生出新希望。如此成，不成；不成，又成，一折又一折。名堂任你想，花頭任你玩，想像力越豐富，篇幅就拉得越長。當然，要適可而止。因為要考慮讀者的閱讀耐心。最後，可來一個中國式傳統的大團圓結局（即有情人終成眷屬），或西方式的悲劇結尾（即此恨綿綿無絕期）。」

只聽得臺下「唰唰唰」一片筆記聲，不敢有其他雜響，連咳嗽、放屁都壓到了最小分貝。

二、武俠小說寫作法：

（一）主線：製造出一個貫穿全書的中心道具（或武術秘笈或秘藏財寶或千古名劍名刀之類），然後圍繞爭奪這東西展開武搶智奪，開始可以二龍搶珠，雙方爭奪；發展下去變三國鼎立，各不相讓；再演化下去，成四大家族，勾心鬥角；如果還嫌不熱鬧，還嫌篇幅不長，還可以來個五虎爭鬥，六親不認，七雄爭霸，八仙過海，九死一生。請牢記：務必山外有山，天外有天，一個比一個武功高強。你有你的法門，我有我的絕招。武術之道相生相剋，相剋相生。在演義過程中，人物設計要好人壞人各半，且壞人變好人。好人變壞人，雲譎波詭，撲朔迷離。

（二）副線：恩怨。家族的恩怨，門派的仇恨，或殺父之仇要報，或滅師之敵要除，或奪妻之恨要雪；或師恩欲報，或友情難捨，總之，恩中有怨，怨中有恩，相輔相成，割不斷，理還亂。通常上代有生死之仇，後輩卻男歡女愛。演繹家族仇恨，門派分歧，力求情節之中有情節，懸念之後有懸念，曲曲拐拐，錯綜複雜。

（三）副副線：愛情，永恆的題材。不一定三角四角戀愛，但一般遵循這樣一條規律方可出戲：即你愛他，他不愛你；你不愛他，他偏愛你。這樣，情節就有味有趣有意思有看頭了，就能抓住讀者的閱讀興趣，就能叩動讀者的心扉。

（四）結局：因所謂秘笈、財寶、名劍、寶刀等等本子虛烏有，所以結末，多數一無所有。所謂收穫，大抵或徹底悟道，或遁入空門，或愛情之果……所謂失之東隅，收之桑榆也。

掌聲如雷如潮。

此後，高寬鼎大師從文壇銷聲匿跡。

此後不久，自稱「小高寬鼎」、「高寬鼎第二」、「高寬鼎嫡傳門生」、「高寬鼎真傳弟子」、「正宗高寬鼎學生」……、等等寫的各類新武俠小說、新言情小說、新新武俠言情小說充斥於大大小小的書攤。

文壇似乎越發興盛了起來。

獵人蕭

當獵人蕭從睡夢中驚醒，慌亂中準備抵抗時，大勢已去矣。

昨天，部落的頭領把鹿兒姑娘賜給了獵人蕭，鹿兒姑娘是他心目中的神，得到鹿兒姑娘是他夢寐以求的，他高興得幾乎發瘋。頭領為成全他，夜來為他與鹿兒姑娘舉行了婚禮。婚禮上，獵人蕭開懷暢飲，直至醉倒在蒙古包裏。

這一晚，整個部落有一半人醉成一灘泥。

誰知三星歪斜時，耶律斡帶領手下偷襲了獵人蕭的部落。

雜亂的馬蹄聲、刀槍的撞擊聲，以及男女老少的慘叫聲，把獵人蕭從甜美的愛情夢中拽回來，他隱隱意識到大事不好，可眼皮依然沉得難以撐開，他才摸到弓箭，就糊裏糊塗當了俘虜。

滿臉殺氣的耶律斡命手下把獵人蕭部落的成人男性全部處死，女人則分給了他的眾兄弟。

獵人蕭見自己的新婚妻子鹿兒姑娘被耶律斡一把摟在懷裏，憤怒得眼角都裂開、滲血了，他拚著全身力氣喊道：「耶律斡，你敢動鹿兒姑娘一根汗毛，我做鬼也不敢放過你！」

正是這一聲喊，引起了耶律斡的注意。他手下告訴他，此人就是大名鼎鼎的獵人蕭。

耶律斡早就聽說獵人蕭馴鷹有一手絕活，而他最喜歡那種桀驁不馴的獵鷹，認為他手下的馴鷹師馴出的獵鷹總不能使他滿意。

耶律斡推開了掙扎著的鹿兒，對獵人蕭說：「你要救這姑娘可以，你必須為我馴一隻最好的獵鷹。」

「呸！夢想。」獵人蕭一口回絕。

「好，強得好！來人吶。」隨著耶律斡一聲喊，幾位彪形大漢來到帳前。耶律斡冷笑一聲說：「這姑娘賞給你們幾個了，拿去消受消受吧。」

幾位五大三粗的衛士見如此標致的娘兒讓他們受用，一個個如餓虎撲食般撲向了鹿兒姑娘，鹿兒姑娘發出了淒厲的叫聲……

「我答應為你馴鷹！我……答……應……你……！」獵人蕭帶著哭聲聲嘶力竭地喊著。一絲得意掠過耶律斡的嘴角。

獵人蕭提出必須放手讓他一個人馴鷹，以免干擾。耶律斡想有鹿兒姑娘做人質，不怕他不就範，終於答應了。

獵人蕭果然有一手，很快用特製的「圖熱沙勒」捕到了一隻碩大的獵鷹。獵鷹瞪著仇視的眼神，似乎隨時準備撲擊。

獵人蕭見得多了，任你多野性的鷹他也有辦法制服。獵人蕭把逮住的獵鷹裝入一籠子內，然後把那籠子掛在一懸空的橫木上，來回晃那籠子。就這樣一直晃了好幾天，把那隻原來滿眼凶光的獵鷹直晃得五臟六肺像倒海翻江似地難受，晃得牠眼也花了，頭也昏了，晃得牠力氣也沒有了，凶相也沒有了。牠只求快快饒了牠。經過這幾天的熬鷹，那隻獵鷹已野性大收，老實了不知多少倍。

獵人蕭見第一步達到了目的，就把獵鷹從籠子裏放了出來。他在手腕上帶上了玉臂韝，然後架著這鷹往人多的地方轉。再兇猛的鷹其實骨子裏也是怕人的，更何況晃了牠幾天，把牠的膽也晃小了，開始牠見了人特別害怕，眼也不敢睜開，但慢慢習慣了，也就不怕人了。

獵人蕭見這隻獵鷹已不再對人有恐懼感了。就開始了第三階段訓練。他把兔肉、羊肉之類拋向空中，讓獵鷹飛起來自己啄食，吃完了即把鷹叫回來。叫回來了，再拋一塊肉，再叫獵鷹飛起來吃，如此反反覆覆地訓練。幾天後，獵鷹就適應了這種吃法。到這時，獵人蕭又把剪去一截翅膀的活的沙雞或鴿子放飛，再把獵鷹放出去捕捉。因沙雞與鴿子被剪了翅膀的羽毛，自然飛不遠，獵鷹很快就能逮住牠的獵物。等訓練到不剪翅膀的鴿子放飛後，獵鷹也能輕而易舉地逮住，並且能馬上帶著獵物飛回來，這獵鷹就算訓得差不多了。

獵人蕭架著馴服的獵鷹，準備與耶律斡一手交鷹，一手交人。

耶律斡見那威武壯實的獵鷹，歡喜不已，他守信用地命人把鹿兒姑娘的鐐銬鬆了。獵人蕭見鹿兒姑娘已憔悴得不成人樣，心痛得不得了。被鬆了鐐銬的鹿兒姑娘對獵人蕭說：「你竟然為仇人馴鷹，你能苟活於世，我卻無顏面活在這個世上。」說罷，一頭撞向粗大的栓馬樁上……

獵人蕭想拉已來不及了，他猛撲向鹿兒姑娘的屍體，失聲痛哭起來。突然，他用手指放嘴裏，一聲長嘯響遏行雲。那獵鷹聞口哨聲猛地振動翅膀向藍天飛去，不一會，又箭一般射下，直撲耶律斡而來。耶律斡猝不及防，竟被獵鷹一下抓瞎了雙眼。混亂中的獵人蕭奪過一衛士的劍，欲刺殺耶律斡，但終因寡不敵眾，身中耶律斡衛士數劍，滿身是血，轟然倒地，臨死前的獵人蕭，拚盡最後一點力氣，向鹿兒姑娘的屍體爬去、爬去……

那獵鷹在空中盤旋了好幾圈後，才向草原深處飛去飛去。

雜樹生花

- 道具
- 傳話遊戲
- 紅玫瑰
- 讓兒子獨立一回
- 再年輕一次
- 相依為命
- 飛機上下
- 房租
- 猴哀
- 請請請，您請
- 難忘的方蘋果

道具

劇作家鍾守一沉寂數年後，終於重新出山。當年鍾守一曾因寫多幕話劇《彩雲歸》而紅極一時，故而他這次「重出江湖」，新聞界朋友頗感興趣。他新作尚未問世，他本人已在報紙上亮了相，電視上露了臉，頗有點春風得意的樣子。

當地文化部門準備在元宵佳節搞臺晚會，苦於無壓臺戲。局長想起鍾守一，遂當場拍板：壓臺戲交給鍾守一，多幕劇、獨幕劇由他自便。

鍾守一在「薑還是老的辣」，「老將出馬，一個頂倆」的捧場鼓勵話下，應承了下來。題材他很快想好了，劇名《舞臺上下》，寫主角與配角之間的關係，喜劇形式，大家樂一樂。

待到要動筆，鍾守一發現尚未找到合適的貫穿全劇的道具，他苦苦思索而不得，幾度提筆又放下。節前應酬太多，一拖再拖，到元旦只寫了個開頭，眼看春節轉眼就到，元宵節跟著也到，他不免有些著急，他苦坐家中，面對稿紙，腦中一片空白。正在這時，電話鈴響了，又是請他出席飯局，說某大作家這次回家鄉來過年，非得鍾守一這樣有知名度的劇作家作陪，才不致降了檔次。

飯前，先是小客廳見見面，互相聊聊，人齊了，又一起集體合影。集體照拍好後，有人拉作家合影，有人拖鍾守一合影。鍾守一知道，人家是把他當個人物，才一茬茬與他合影的，儘管嘴裏說：「免了免了。」心裏還是有幾分快慰的。

突然。有個靚女站到鍾守一邊上，笑嘻嘻說：「鍾老師，借你當道具用一下，拍張照留念。」

鍾守一聞之一愣，表情有些尷尬，這尷尬的表情因「哢嚓」一聲而定格。

他頓悟，道具有了。

傳話遊戲

工會組織的傳話遊戲馬上要開始了。

活動規則如下：三十多人分兩排坐定，需在規定的時間內，由兩排排頭的第一個人把同樣內容的活，一個挨一個傳下去（要咬耳朵悄悄地傳，先傳到為勝）。

我問了一下內容，原話是：小芳與大方談戀愛，小芳的爸爸沒意見，大方的媽媽不同意。

「開始！」——只見一個個嘴咬耳朵，耳朵湊嘴，彷彿電影裏的疊加的蒙太奇鏡頭。

「停！」——甲組正好傳到最後一人，傳話結果是：小芳的媽媽不同意與大方的爸爸談戀愛。

乙組傳到最後第二位，答案是：小芳與爸爸談戀愛，大方的媽媽沒意見。

主持人宣佈原話內容後，眾人哄堂大笑，好幾個幾乎笑岔了氣。

我也大笑，大笑之餘，我陷入了深思。

紅玫瑰

千不該萬不該，那天我不該去寧一海家。

千不該萬不該，那天我不該帶紅玫瑰去。

我去南方開筆會回來，正是小城飛花的日子。回來後聽說文友寧一海病倒了。

我與一海兄是腳碰腳的朋友。他寫詩，我寫小說，算是同道。

一海兄天生的詩人氣質，他妻更是海派。

我決定去看望他。空著兩隻手去不像。我剛從南方回來，理應帶些南方特產。但一海兄的脾性我知道。若帶糕點水果，他會一字譏之：土！若帶香煙老酒，他一字評之：俗！

或許是受了些南方新潮文化的薰陶吧，我去花店買了一束鮮花，這該不土不俗吧。真奇怪，那天只賣紅玫瑰。藍夢花屋的那位小姐還朝我一笑，那一笑近乎神秘。

晚飯後，我手持紅玫瑰叩響了一海兄家的門。

開門的是一海兄妻子藍清芬。她那天的打扮清麗脫俗，那種成熟美，別有韻致。彼此很熱，自然不必客套。藍清芬甚為驚訝的說：「沒想到你會送花來。」

我一時心血來潮，學一海兄很詩人的樣子行了個英國紳士禮把紅玫瑰舉到藍清芬面前，我還故作瀟灑地說：「怎麼樣，夠浪漫吧？」

藍清芬好像很意外，接過了我的花，情不自禁聞了聞。那會，她臉色緋紅，像紅玫瑰一樣，楚楚動人。

我不是柳下惠坐懷不亂的角色，但向來嚴肅有餘。可能來的路上我潛意識裏就有讓一海輕鬆一下的思想，故而那天我一反平時的嚴肅相。

藍清芬見我如此，很感慨地說：「沒想到你比詩人還詩人。」是嗎是嗎，人家叫我老夫子的，看來得平反昭雪，我好開心。

「一海兄貴體無恙吧？」我的關切文縐縐的。

藍清芬瞥我一眼說：「他出差了，你又不是不知道，明知故問。你們男人啊——」這「啊」字的內涵太豐富了。不過上天作證，一海兄出差我真的不知道。

這麼說一海兄貴體康復了。看來我這束紅玫瑰是正月十五貼對子——晚啦！不過，無妨。給藍清芬留一份芳馨，不也很友情嗎。

「紅玫瑰送你了，喜歡嗎？」我說。

「一海不在家，你——」藍清芬欲言又止。這時，我才真正察覺到藍清芬神情有些慌亂，那神態與平素有些異樣。是我唐突了她？抑或她……

我慌慌起身，匆匆告辭。藍清芬怔在那兒。

街市上，但見夜色如水，霓虹燈如夢如幻，那拐角處的黑天鵝酒吧門口，一塊廣告牌上醒目地寫著：「黑天鵝提醒您，今天是情人節！」

喔喲，今天是二月十四日，西方的情人節。如今西風東漸，中國人也洋起來了。

我想起了那束紅玫瑰，想到了藍清芬那尷尬的表情——天哪，她一定是誤會我了。

要是一海兄知道了，不知他會怎樣想？

至今，我再沒去過一海家。去了，怎麼講呢，講得清嗎？

我不知道。

讓兒子獨立一回

兒子真是爭氣，以全縣高考總分第三名的好成績被上海財經大學錄取。史工程師比當年自己考取大學要高興得多，滿臉的陽光，滿臉的春色。望子成龍，是中國人的傳統。這些年來，兒子他媽真是費盡了心血。真可謂兒子讀一年級，她也讀一年級，年年這樣陪著讀陪著復習。

如今兒子是如願以償考取了大學，他媽卻病倒了。病床上的她念念不忘的是兒子開學在即，自己將不能親自送兒子去大學，這叫她如何放心得下？她堅持叫丈夫無論如何要把兒子送到大學，安頓好了才回來。

史工程師更放心不下妻子，與妻子商量說：「讓兒子獨立一回吧？」

「不行！沒娶媳婦總是孩子。哪能讓兒子一個人去大學。再說這孩子你也知道，他能行嗎？」

妻子的擔心不是沒有一點道理的。兒子長這麼大了，沒買過一回菜，沒燒過一頓飯，沒洗過一件衣，沒拖過一次地，就連床也都是他媽鋪的。自小到現在，從未單獨出過一回門，就像雛雞似的從未離開過母雞翅膀的保護。而現在，猛一下就叫兒子一個人去經風雨見世面，她一百個放心不下。

史工程師開導妻說：「兒子是去上海讀大學，又不是去非洲探險去神農架考察野人，不會有什麼事的。想當年，我十七八歲時不去長征大串聯嗎，家裏誰跟我去了？你在兒子年紀時，不是報名去了黃海邊的建設兵團，你爹媽送你到了海邊？沒有吧。常言道，到啥山，砍啥柴。讓兒子獨立一回有好處……」

幾乎是磨破了嘴皮子，好說歹說，妻才十分勉強十分不願意地不再持反對票，但她拖了一句：「就是我同意，兒子也不會同意的，人家父母都送，他父母不送，多沒面子……」

簡直是出乎意外，兒子很平靜地說：「早該讓我獨立了。」

兒子去大學前一天，史工程師關照了又關照，諸如碰到意外情況立即找員警，安頓好後，先打電話回來，再寫封詳細的信……

兒子去了三天，沒有電話，兒子去了七天，依然沒有音信。史工程師夫婦急了。妻子要史工程師無論如何親自去一趟學校。

正當史工程師準備去上海時，兒子的信來了。夫婦倆不啻接到福音書，迫不及待地打開。不料隨信紙帶出的是一疊發票，共有：

婁城至上海中巴車票一張。

上海計程車票一張。

大三元酒家餐費發票一張。

新華書店購書發票一張。

另附紙一份，上註明：

付搬運費、服務費、冷飲費若干……

買飯菜票若干……

乖乖，不連學雜費，光這些額外開支，就一千多。

看了兒子信才知道，兒子這回過了下獨立的癮。他去上海時，不坐公共汽車乘中巴；到了上海後，打的去學校；到了學校後，花錢請人搬行李，乃至掛蚊帳鋪床他都未自己動手。為了搞好關係，他買了一箱霜淇淋，凡那天在他宿舍的，不管是同學教師，還是同學的父母、朋友，一概由他請了。第三天，他又請同宿舍的到大三元酒家聚了聚……

史工程師看了信和發票，愣在那裏，不知說什麼才好。他妻子看了，一顆十五個吊桶七上八下般的心總算放了下來。她很欣慰地說：「我這兒子，是做大事的料！」

史工程師沒有接嘴，他大概正在為如何為兒子回信而傷腦筋呢。

再年輕一次

對妻子的死，陶也明並不感到突然，他已欲哭無淚。

妻患的是癌，查出已是末期了。

他木然而坐，不言不語。昔日的那種遇事不慌不亂，指揮若定的氣度不知跑到哪兒去了，憔悴得彷彿變了一個人。

幸好礦辦公室副主任黃杏紅出面張羅他妻子的後事，大小事情安排得滴水不漏，真難為了她。

這女人工作能力真強。陶也明暗自想道。他沒說謝，但他心裏深深地感激黃杏紅，儘管黃杏紅攬手這事是代表組織出面的。

妻子死後，陶也明的生活平靜了，平靜得寡淡寡淡。妻子住院時，他要上醫院探望，要托人弄藥，要設法弄些適合病人吃的食品，要接待以探望他妻子名義而上門上病房的各種各樣的人……現在，至少這攤子事沒了。有時平靜並不是好事，近來，他感到有一種不太妙的預感，到底是什麼，他還未捕捉住。

只是過了好幾個月後，才通過曲裏拐彎的渠道，傳到了他的耳朵裏。傳聞是可怕的——說他忘了年歲，竟然動起了黃杏紅的腦筋。當然，也有說是黃杏紅在誘惑他。

黃杏紅是老處女，三十好幾了。有人說：「姓黃的為什麼遲遲不結婚，原來謎底在這兒。說不定兩人早有私情了……」不知是誰最先傳的，反正越傳越離譜。

陶也明跌坐在沙發上，他萬萬沒想到會有這種流言。檢點平日言行，與黃杏紅除了工作上的接觸外，並無什麼出格的呀。儘管自己對她的印象一直不錯。再說，自己五十五了，整整相差了十幾歲，怎麼可能呢。

真真委屈了黃杏紅，她畢竟是個女同志。不知她是否知道那些沸沸揚揚的傳說？陶也明心裏很不是個味，心裏覺得一百個愧對黃杏紅。

闢謠？——不，這太蠢了。人們會說這是要「此地無銀三百兩」的把戲。

把黃杏紅調離辦公室，隔斷接觸？——更不行！他為自己突然有這種想法而慚愧而內疚，黃杏紅工作幹得好好的，你有什麼理由調離她？

黃杏紅來找陶也明聊。她默默地站在礦長辦公桌前，眼神裏似乎有一種哀怨。

陶也明知道她必有要事找他。他想問，又不敢問，只無聲無言地看著黃杏紅。眼前的這位辦公室副主任，已過了女人的黃金年齡，不過那種豐滿那種成熟那種氣質那種風度，又似乎比少女更具魅力。

黃杏紅終於掏出了一份東西，鄭重地放在了陶也明面前，是一份請調報告。

請調的理由簡單又簡單——「我待不下去了！」

為什麼待不下去，她沒說——這還用說嗎？

「我知道你很委屈。我很想幫助你……如果你一定要走……不過，也許你的決定是對的。人言確實可畏啊？」陶也明長長地歎了口氣。

突然，黃杏紅哭了起來，彷彿一肚子的委屈要傾倒出來。陶也明有點不知所措了。他笨手笨腳地掏了塊手帕走過去想勸她不要哭。正這時，有人推門進來。當他回轉身，推門者已無影無蹤了，也不知是誰。

陶也明為此有了塊心病。

果然，又一陣風刮遍科室，這回言之鑿鑿，說是陶也明在辦公室調戲黃杏紅，黃杏紅哭得眼都腫了。

礦紀委書記悄悄地找黃杏紅瞭解情況。

黃杏紅吃驚、憤怒。鬱積在心頭的那股氣猛地沖瀉而出：「陶礦長死了愛人就不能再戀愛再結婚嗎？難道我連談戀愛嫁人的自由也沒有了？就算我們兩個談上了，要結婚了，又有什麼不可以的呢……」

「噢，好事好事！我們等著吃糖呢。你消消火。你這一說，事情不就清楚了。」紀委書記馬上轉了口。

有幾個先得到風聲的科室聞風而動，湊起了份子，準備在礦長大喜日子送禮呢。

陶也明煩躁得直想摔東西。這是怎麼回事呀？

他知道自己不是那種柳下惠坐懷不亂的角色。自從黃杏紅這形象被輿論與自己牽扯到一塊後，這形象終於闖進了他的心底他的生活。

黃杏紅叩開了陶也明家的門。陶也明很吃驚她的來到，把她請進屋卻不敢開門。

兩人相對而坐，相對而視。終於，黃杏紅紅著臉說：「我反覆想了好久了，我們結婚吧。」

陶也明感到有一股青春的血在脈管裏奔湧，但他冷靜得很快，「我老了，你還年輕——」

「再年輕一次嘛！」

再年輕一次！多大的誘惑啊！

陶也明決定了：再年輕一次！

剎那間，他覺得自己有了使不完的力量，青春彷彿重新回到了他身上。

相依為命

小農是個不幸的孩子，小農的不幸，他本人是無法選擇的——他上一年級的時候，父親被銬走了，據說罪名是反對文化大革命。小農不清楚父親為什麼要反對文化大革命，也不清楚父親是如何反對文化大革命的。他只朦朧知道，反對文化大革命是一個大得嚇人的罪名，是可以判刑，可以槍斃的罪名。

父親被抓上車時，他衝著小農喊了一句：「小農，讀好書！」這話，深深地深深地烙在了小農的腦海裏。父親被抓不久，母親為了劃清界限，寫了厚厚一疊揭發信，並宣佈與小農的父親離婚。

母親改嫁後，小農就與奶奶一起過了，兩人相依為命。

奶奶七十歲了，歲月在她的臉上刻下了一道又一道痕跡，看上去比她實際年齡要老得多。

奶奶非常愛小農，常把小農摟在懷裏，摟著摟著，眼淚就淌下了。有一次還淌在小農嘴角，小農感到有一種鹹鹹的澀澀的味道。

奶奶不止一次地對小農說：「你爸爸是好人，只是讀書讀多了。」之後，就是長長地歎息。

小農始終弄不明白，奶奶嘴裏的「讀書讀多了」是啥意思。不過，父親關照他的「讀好書」，他是聽懂聽進了。

小農想父親，可父親判了刑，見不著。

小農想母親，可是奶奶說小農的母親是個壞女人，不值得想。

小農見不到父親，母親又不能來看他，這世界上最親的親人就是奶奶了，可奶奶的退休金才十九元錢，兩個人過日子是夠緊的，不說一個錢掰成兩個用，至少花一分錢都得算了又算，除了油鹽柴米醋外，其有的開支都只能牙縫裏省下來。

小農見同學有書包，他不眼熱；小農見同學有鉛筆盒子，他也不眼熱。他只想有一本《新華字典》。他想了很長時間了，但他沒敢在奶奶面前說。他知道，要省一元錢買《新華字典》，太難為奶奶了。

記得有一次課本上讀到「香蕉」兩個字，小農問奶奶吃過香蕉沒有？奶奶嘖嘖嘴說：「像我們家怎麼吃得起香蕉，這輩子恐怕是沒閒錢買香蕉吃了。」小農注意到奶奶說這話時那嘴一動一動的，就像在品著香蕉的滋味，小農雖然也未吃過香蕉，但他發誓，等有了錢，一定買一串香蕉給奶奶嚐嚐。

只是錢在哪裏呢？

要知道，那年月，想額外賺十元八元多難吶，就是一元兩元也不好賺。

奶奶偷偷養了隻小母雞，奶奶盼星星盼月亮地盼小母雞快快下蛋，以奶奶眼裏，母雞屁股就是個小銀行。

終於，積滿了三十個雞蛋，奶奶不聲不響提著去了菜市場。她算過了，一隻雞蛋五分錢，三十個雞蛋一元五毛錢，可以給小農買那本他想了很久很久的《新華字典》了，小農睡夢中的夢話，奶奶一直記著呢。

奶奶剛到菜場，人還沒有立定，戴紅袖章的就上來了，說奶奶販賣雞蛋是投機倒把，是走資本主義道路……

奶奶文化不高，可那些大道理她懂，她不敢爭辯，只是「嗚嗚嗚」地哭。她不是哭雞蛋，是哭小農的《新華字典》又買不成了，哭自己沒用，連買一本《新華字典》的錢也拿不出。

小農原打算每個星期天到野外去挖野薺菜，採摘杞頭，拿到菜市場上去換些小錢，攢夠了就給奶奶買串香蕉。但奶奶在菜市場的遭遇，嚇得小農也不敢冒險了。他知道自己父親在吃官司，如果自己犯點事被紅袖章逮住，罪加一等不說，可能還會連累奶奶，小農實在不願奶奶再為他多操心了。

也是天不絕人，賺錢的機會竟然送上門來了。附近的食堂想請人剝毛豆，奶奶問也沒問剝一斤多少錢就把活攬下了。剝毛豆不算重活，可長時間坐著也累人，腰酸背痛的，指甲就更痛了。小農很自覺，功課一做完就幫著剝。這活雖單調，但奶奶想著小農的《新華字典》有了著落，小農想著可以讓奶奶嚐嚐一輩子沒吃過的香蕉，也就不覺累，不覺腰酸背痛，不覺指甲痛了。

一個月下來，竟然拿到了十一元錢。十一元錢對小農家來說不算是個小數目，奶奶與小農驚喜得想哭又想笑。

第二天，奶奶想去買《新華字典》時，來了一份電報，說小農的爸爸病危……

奶奶當場就暈了過去，醫生說是中風。

小農把錢寄給了爸爸，他猜想，病危中的爸爸可能比他們更需要錢。

奶奶的病，一天重似一天，彌留之際，奶奶努力想說啥，可說不上來，小農哪裏知道，奶奶還掛念著他的《新華字典》。奶奶終於走了，她沒吃到香蕉就走了，這成了小農一生中最大的遺憾。以後，每當祭奠奶奶時，小農總不忘買一串又大又黃的香蕉供在奶奶的靈前。

飛機上下

紅燈、紅燈、還是紅燈！

真是急死人！飛機還有一小時左右就要起飛了，按規定起飛前一小時就不讓登機了，你說能不急人嗎？

等阿定氣喘吁吁衝進飛機場時，離停止換登機牌只剩下五六分鐘了。他心急火燎地換好登機牌後，才發現保險未買，雖然阿定是第一次乘飛機，但關於保險他還是多少知道一點的。假如登機前買一張十元錢的保險，萬一出事，可賠好幾萬呢。買，還是不買？阿定猶豫著。

不買不買，保險賠款再多，萬一飛機真出事了，一傢伙報銷了，到時自己一分錢也用不上，買了又有何用！何況妻子已幾次提出要離婚。難道我死了，一大筆保險金留給她，好讓他再投入別的男人的懷抱？不行，不行，不買！

但阿定又一想，離婚管離婚，女兒總是自己的。真有一大筆保險金，留給女兒將來作嫁妝不也蠻好嘛。想到此，他又想去買，不就是十元錢嗎，實在是毛毛雨。

阿定想想真好笑，自己好好的，難得乘趟飛機，卻滿腦子盡是出事呀，死呀，保險金呀，太不吉利了，不想，不想這些晦氣的事。

阿定七想八想的，腦子裏混混沌沌的，呀，來不及了，再不上飛機要停止登機了。阿定只好朝買保險的視窗望了最後一眼，匆匆登機。

波音七三七飛機似乎已有些陳舊，不過駕駛員看來很老練，飛機飛得很平穩。吃過早餐，喝過飲料後，阿定開始昏昏欲睡。突然，飛機像害了瘧疾似地打起抖來，且越來越厲害。人被晃來晃去，行李架上不時有大包小包震落下來，砸得人腦袋生痛生痛，怎麼回事，怎麼回事呀？乘客無不驚惶失措，連空姐的臉色也變了。這時，傳來播音小姐緊急通知：「飛機遇到了強氣流，現在顛簸，請各位旅客系上你的安全帶，不要隨便走動……」

「完了，完了，今天八成是完了。」悠忽間，阿定睡意全無，緊張得已聽得到自己一顆心在砰砰直跳。常言道「是禍躲不過，是災逃不了」。我阿定怎麼這樣不走運，第一次乘飛機就攤上這種倒楣的事。乘輪船能往海裏跳，乘汽車還能往窗外逃，可這飛機，只有聽天由命，只有等死。早知這樣，乘什麼飛機。早知這樣，上飛機前緊趕慢趕，趕什麼魂，竟然趕來送死，阿定悔得血吐得出，懊悔萬分中他又想起了那未買的保險。阿定大罵自己混賬、笨蛋、十足的傻瓜，竟然沒花那十元錢買保險。要是買了即便死，至少還有幾萬塊保險金。倘若以後有機會乘飛機，這保險非買不可，龜孫子不買！

飛機劇烈顛簸一陣後，慢慢趨於平穩了。播音小姐欣喜地告訴大家：「飛機已飛已衝出氣流，請各位旅客放心！」

所有的乘客都長長地舒了一口氣，儘管還有人驚魂未定。

下飛機了。

此時，阿定那顆剛才差點跳出胸腔的心算是放了回去，他的心情像飛機場的陽光一樣燦爛起來。「Bye bye，飛機！Bye bye，保險！」他甚至覺得自己要比那些買保險的旅客精明得多呢。

房租

阿衡下飛機已幾個小時了，仍沒有從時差的不適應中恢複過來，依然昏沉沉的。面對美國這塊陌生的土地，他真切地感受到了「家」這個概念的親切與溫暖。

「我想有個家！」阿衡想起了在國內常唱的那熟悉的歌。

阿衡是來美國陪讀的。小瑜理解阿衡的心，知道作為丈夫來美陪妻子讀書，本來就有些心理不平衡，她不願新婚的丈夫太委屈，咬咬牙帶了阿衡去找兩人的棲居之處。

房東是個頗有紳士風度的老人，很大度地開了兩百美元的價。

這是一個完整的單元，有臥室，有書房，有廚房，有衛生間，兩百美元的房租是打著燈籠也未必能找到的低廉價，當阿衡還在皺眉時，小瑜已爽快地答應了下來，並當場付錢，似乎怕房東反悔似的。她知道當地房租的行情，她決意不受阿衡情緒的影響。

阿衡簡直無法忍受這房子裏散發出的那股黴氣臭味，更令人噁心的是牆壁上留有多處嘔吐物的遺跡，也不知這房子早先是派什麼用場的。

「阿衡，將就一點先住下，等我取得了博士學位，一切都會改觀的。麵包會有的！」小瑜想幽默一下，但那聲調聽起來有些淒涼。

阿衡面對著這個家，大失所望，想想國內的那個家多漂亮啊，單位裏的同事哪個不誇自己審美情趣高雅脫俗。可眼前這個家，能稱家嗎？

小瑜讀書去後，阿衡沒有去打工，他要露一手，讓小瑜瞧瞧，讓房東瞧瞧，瞧瞧我阿衡的手藝。

說幹就幹，阿衡開始了大掃除，那陳年隔宿的東西清出了幾車子。阿衡用帶洗滌劑的水沖了好幾遍，才把那股令人反胃的怪味沖洗掉。一天幹下來，阿衡除了牙是白的，整個人像從垃圾箱裏鑽出來的，累得他賊死，身子好像散了架。

貼牆紙、鋪地毯這類事對阿衡來說是拿手好戲，他一個人忙上忙下，終於使房間煥然一新。當小瑜再次來到這單元時，她簡直不敢相信這就是原來那個又髒又臭又破的房子。

房東前幾天只是默默靜觀，並不作聲。這會，他踱了進來，一進門，驚訝得他半天沒說出話來。房東當場掏出五百美全，執意要給阿衡，說感謝阿衡使他的房子恢復了青春。

阿衡說啥也不肯要這錢。他覺得房東的吃驚，房東的欣賞，是對他的最高獎勵。

小瑜笑笑說：「記住，在美國任何勞動都體現貨幣價值。完全沒有必要推卻，這是你勞動所得嘛。」

阿衡覺得美國人真有意思。

轉眼搬進新房一個月了，當阿衡交第二個月房租時，房東很客氣地告知：「房租已上升到每月五百美金了。」

「什麼，這簡直是敲詐！」阿衡氣憤至極。

房東聳聳肩，覺得阿衡的態度不可思議。他平靜地說：「你們中國人不是有句老話叫一分價錢一分貨嗎？」

小瑜懊惱地說：「看我，怎麼把這給忘了。該死，我竟忘了這是在美國！」

猴哀

金毛猴一身金毛，無一雜色，在陽光下，那毛色鋥亮鋥亮，牠形態魁梧，動作敏捷，那屁股紅得燦燦耀目，金毛猴的形象確乎威風凜凜。牠已成為猴王的有力競爭者。

猴王老了，只是牠的威勢還在，一時還沒有誰敢向牠貿然挑戰，牠知道金毛猴早晚會向牠挑戰，所以牠一直防著金毛猴一腳，牠怎能甘心自己的那幾位美豔動人的嬪妃成為金毛猴寵倖的妃子呢。

牠知道金毛猴唯一不如牠的是閱世尚淺，由於森林的大片被砍伐，猴子們覓食的領地越來越小，已餓了整整一天的猴群，在猴王的帶領下四處尋找著可以果腹的東西。

「找到了，找到了！」有一隻小猴子突然高興地大叫起來，原來前面大樹底下有只大鐵籠，籠子中有一隻美麗的雌猴正在獨個兒享受香蕉呢。牠見來了一群猴子，快活地招呼大家去享受。

與獵人打過無數次交道的猴王憑著直覺感到了隱隱的殺機，牠知道機會來了。

猴王故意以過來人身份說：「天下哪有這樣的好事，不可輕舉妄動。」

籠子中的猴子不但自己大嚼大嚥，還甩出一兩隻香蕉來，引得餓了一天的猴群愈發饑腸咕咕直叫，誰也不肯離開。

按猴子的慣例，這時候必需有一隻猴子挺身而出，身先士卒去冒一冒這個險。猴王算定了，金毛猴是不會放過這樹立形象機會的。

果然，被猴王猜中了，金毛猴覺得我不冒險誰冒，總不能讓群猴面對美食而餓肚子吧，牠以迅雷不掩耳之勢衝進籠子，抓一串香蕉就退了出來，結果平安無事，金毛猴再次進了籠子的時候，有一隻膽大的猴子也跟了進來，誰知剛去，那原來在籠中的猴子把繩子一拉，籠門突然落下關死了——就這樣，金毛猴與另一隻叫阿膽的猴被逮了。

金毛猴看到籠外的猴王嘴角掠過一絲冷笑。

至此，金毛猴才發現中計上當了，不但中了獵人的計，還受了自己族類的騙。

金毛猴與阿膽被捕猴人賣給了耍猴人，耍猴人開始了馴猴，耍猴人先是把金毛猴與阿膽活活餓了三天，餓得牠倆肚子前胸貼背，有氣無力後，耍猴人一手拿鞭子，一手拿芭蕉，開始馴猴，他命令「蹲下！」若不照著做就抽兩鞭子，若照著做，就給一隻香蕉，開始阿膽跟著金毛猴抗命不從，結果被抽得猴毛四飛，阿膽抗不住打，又受不住香蕉的誘惑，屈服了，成了隻乖猴子，金毛猴則被打得遍體傷痕，阿膽對金毛猴說：「認命吧，跟著耍猴人過吧，要不，不被打死也準餓死。」

金毛猴想想也是，便假意順從。

金毛猴確是隻聰明的猴子，牠學得快，學得像，還會動腦筋創作一些小噱頭來博觀眾一笑，比如耍猴人命牠與阿膽「不准動，舉起手來！」牠不但舉起手，還裝出發抖的樣子，引起觀眾大笑，牠常常未等耍猴人「砰」一槍就先躺在地上裝死，讓觀眾忍俊不禁。

耍猴人開始喜歡上了金毛猴，把牠看作了生財的好夥伴，耍猴人放鬆了對金毛猴的看管。

金毛猴瞅準一機會，叫阿膽與牠一起逃走，誰知阿膽說啥也不肯逃跑，他說與其回到森林中忍饑挨餓，不如這樣過過也滿好，至少吃喝不愁了。金毛猴見阿膽不願回森林，只好隻身潛逃。

經過千辛萬苦，金毛猴終於回到了原來的森林，只是牠十分憔悴，十分疲憊。

金毛猴激動得熱淚盈眶，牠想對著森林大喊：「我終於逃回來了！」

突然，牠聽到一聲喊：「金毛猴是奸細！牠早被馴猴人馴服了，成了餌子，大家要警惕！」隨著猴王這一聲喊，群猴如驚弓之鳥般離開了金毛猴。

金毛猴再怎麼苦苦解釋，可沒有猴子相信，一隻也沒有。

從此，金毛猴成了一隻孤獨的猴子，過著到處流浪的離群生活。

請請請，您請

鄭厚德是作家，正兒八經的作家，二十世紀九十年代中期就已經是中國作協會員了。

他自己也沒想到，作協領導會安排他去掛職，一掛就掛了婁城市的市長助理。自從他到任上班後，幾乎所有的人都對他改了稱呼，再不叫他「鄭作家」、「鄭大作家」或「鄭老師」了，異口同聲喊他鄭市長，從沒有一個喊他鄭助理的。

這也罷了，不習慣歸不習慣，畢竟不影響別人啥，他也就默認了，如果逢人就說不要叫我市長，我是市長助理，或者說還是喊我鄭作家、鄭老師吧。那別人一定認為他矯情、作秀，反會被人議論。

不過，當了這市長助理後，還真有幾件事讓鄭厚德不習慣的，譬如上下汽車，不管是大車小車，總有人對他說：「鄭市長，您請，您先請！」他不上車或不下車，別人就不好意思甚至不敢上車、下車。

還有上電梯也是這樣，一到電梯門口，哪怕電梯門開著，其他人也不進，非等鄭厚德先進不可，還一個勁說：「請請請，您先請！」

有一次，因為請請請，結果電梯門關了，開了上去，只好再等。偏後來又來了一幫人，他們不認識你鄭市長賈市長，只管往電梯裏衝，弄得等了好一會兒才上樓。

鄭厚德說過好幾回了，誰先誰後沒關係的，何必弄得這樣等級分明，大家都不自在呢，可鄭厚德說了也白說，大家還是按他們的一套做，這無形的規矩真大，要改也難。

那天，鄭厚德與部委辦局的一把手下鄉鎮去現場辦公，乘的是一輛考斯特麵包車，上車時照例又是：「請請請，您先請。」鄭厚德知道推讓也是白推讓，就第一個上了車，上車後，他對大家說：「我給大家講個小故事。」這些部委辦局的領導一聽鄭厚德要給大家講故事，一個個來了興趣，做出洗耳恭聽狀。

鄭厚德繪聲繪色地說開了：常言道十月懷胎，一朝分娩。但在英國，有位婦女懷孕一年了，還沒生下孩子，到醫院檢查，一切正常，而且醫生還說是雙胞胎，兩胎兒的心率與胎位都正常，孕婦與孕婦家屬也就稍稍放了點兒心，靜候著孕婦的產前徵兆，如陣痛、宮縮等，可這一等又是一年，還是沒有任何臨產徵兆。這就奇怪了，這不符合十月懷胎的規律啊，會不會死胎了。可一檢查，醫生堅持說胎兒雙雙正常，絕無異樣，孕婦不放心，又轉了幾個醫院檢查，結果所有醫生的結論都一樣：胎兒正常。就是所有的醫生都搞不懂為什麼懷胎兩年了，還生不下來，這簡直就是醫學界罕見的特例了。後來，經反覆研究，在征得家屬的同意後，決定實施剖腹產手續，可能因為此事經媒體報導後，已引起方方面面的關注與興趣，英國皇家電視臺決定現場直播剖腹產的過程，讓英國百姓一睹在母親子宮裏整整生活了兩年的一對雙胞胎到底是啥樣兒。

剖腹產很順利，誰也沒想到剖腹產的結果讓所有的人都大吃一驚，那位主持剖腹產的婦產科醫生更是驚得目瞪口呆，因為剖腹後，但見一對雙胞胎都穿著燕尾服，極有紳士風度地說：「請請請，您先請。」誰也不肯先出來。

喔，原來這樣。就因為兄弟倆你請我請地一請就請了兩年，要不然，都兩歲的孩子了。

鄭厚德說完這故事，車廂裏竟鴉雀無聲。

不一會兒，車子到了。這會兒，再沒有人說請請請了，一個個自覺地下了車，下車後，大家忍不住哈哈大笑起來。

難忘的方蘋果

難道時間也自殺了不成？

袁魯谷教授透過破敗的小窗，看著夜空已很久很久了，那稀稀疏疏的星星似乎都被釘死在了那兒，沒一顆在巡行，沒一顆在眨眼。

袁魯谷教授第一次感覺到時間的步伐是這麼慢，這漫漫的長夜真是難熬啊。他知道，明天，或許又是批鬥，又是交待，他實在不懂，那些造反派為什麼要如此逼他，看來，他們不把他逼瘋逼死是不會甘休的。

其實，袁魯谷教授的心已經死了。對他來說，事業是高於一切的。如果這輩子不能進行研究了，那生命還有什麼意義呢？他曾不止一次地想像過，突然有一天，有人跑來對他說：「袁教授，對你的結論搞錯了，你平反了！」然而，這只是幻覺，幻覺而已。他真正聽到的口號是：打倒資產階級反動學術權威袁魯谷！……他看到的標語是「踏上一隻腳，讓袁魯谷永世不得翻身。」、「袁魯谷死了餵狗，狗還嫌臭！」

袁魯谷痛苦地閉上了眼，唯覺得心口一陣陣隱隱作痛。他想既然不能尊嚴地活著，就選擇尊嚴地死吧。他無限留戀地又一次凝望著夜空。這時，寂靜的夜空有一顆流星劃過天幕。袁魯谷已決定自己該怎麼做了。

他把床單撕成一條條，然後搓成繩，沒想到搓繩並不容易。最後他只能用結辮子的方法，把布條弄成繩子狀，等繩子編好，天已亮了，他知道，白天是死不成的，只能再受一天罪了，但不知為什麼，這一天造反派好像把他給忘了，沒有人提審他，沒有人批鬥他，甚至沒有人送飯給他。直到傍晚的時候，視窗出現了一個小女孩，顯然小女孩腳下墊著什麼，要不然，她的高度搆不著這窗口。小女孩七八歲了，她用好奇地眼神打量著這平時不許人靠近的小屋，注視著這被關的老人。她像突然發現了什麼說：「爺爺、爺爺，你講個故事給我聽好嗎？我媽說你是最有學問的人。」

袁魯谷沒想到會從小女孩嘴裏聽到這樣的話，一激動眼淚就下來了。

小女孩一見，連忙說：「爺爺、爺爺，你不要哭。我給你吃蘋果。這是我考試得第一，媽媽獎勵給我的。」說著小女孩就拿出蘋果往窗戶的鐵柵欄裏送，但鐵柵欄窄，整個蘋果傳不進去，小女孩就用盡氣力往裏推，經過一番努力，那大大的紅紅的蘋果總算進了鐵柵欄，只是原本圓圓的蘋果，被鐵柵欄切掉了兩邊的部分，看上去好似方蘋果似的。袁魯谷走過去，拿起那個方蘋果，一時激動得不知說什麼好，眼淚又一次流了下來。

正這時，造反派突然來了，小女孩在造反派的叱喝聲中被攆跑了，臨走時，她對袁魯谷說：「爺爺，你還欠我一個故事。」

袁魯谷反覆端詳著這方蘋果，感到了人間的真情，遺憾地是自己沒來得多問一聲小女孩叫什麼名字。

夜，又一次降臨了。四周沉寂了下來，時間又一次凝固。

袁魯谷把編好的繩子拿了出來，他知道只要把繩子掛在窗柵欄上，只要再往自己脖子上一套，那麼用不了多少時間，自己就徹底解脫了，一切的一切都成為過去。然而，當他瞥見那個方蘋果時，他猶豫了，是呀，自己還欠小女孩一個故事，怎麼能匆匆而去呢。他把玩著那方蘋果，彷彿又一次面對著那小女孩天真無邪的眼神，感受到了一種人間真情的力量。他自己問自己，我這樣死了，值嗎？

他終於決定不死了。

他把那方蘋果放在窗臺上，每天看著。

袁魯谷平反後，充滿激情寫下了他生平的第一篇散文〈牢獄中的方蘋果〉，這篇散文還獲得了當年的全國散文大賽金獎。

袁魯谷至今遺憾的是，他一直沒能找到那送蘋果的小女孩。

各式人等

- 牛二
- 三叔
- 天使兒
- 外鄉人
- 蔣師爺
- 楊美人
- 老瞎子
- 盲人夫婦
- 好色之徒
- 怪人言先生

牛二

牛二已囊空如洗，夜來只好將就一宿了，好在慣了。

牛二把板車停妥後，抽出一張破舊的塑膠紙鋪在板車底下，又抖開那條被子，裹在身上鑽到了板車底下。

早春的夜雖說沒有寒冬臘月那樣徹骨透冷，但那種濕漉漉的夜氣，使牛二寒從心起，牛二把被子越裹越緊……

牛二亂夢，或失腳於冰河，或灼烤於火上。當他迷迷糊糊醒來時，才發現太陽已在曬屁股。街市上無數眼睛看著他。呀，身上好燙，病了？

他想起爹生前說過：「出門在外，有錢莫濫用，有病速歸家。」可回家的盤纏呢？眼下唯一的財產是一車刀剪。原指望離鄉背井跑遠點，能賣個好價錢，誰知一天賣不出兩三把，還不夠打發一張嘴的。

牛二家的刀剪在當地是扁擔擱額上——頭挑。只是這一帶人竟全然不知道牛二家祖傳刀剪的名聲。任牛二磨破口舌，一似石灰水在白牆上畫畫——白話（畫）。

急火攻心，風寒入內，牛二焉能不病？

圍觀的人七嘴八舌，牛二隱隱聽到有人說要送醫院什麼的，不能，不能去醫院。如今那藥金貴得嚇人，自己已身無分文，咋去？他竭力支撐著想說：「不去醫院，不去！」

有個叫尤大頭的熱心主兒，朝大家拱拱手說：「各位衣食父母，這位山東來的小兄弟病了，異鄉客地的，無親無眷，無人照顧也不是個事兒，各位是否每人一把，權當施捨。來，我做主了，這刀剪八五折，賤賣了賤賣了，賣了山東客好早早回家……」

尤大頭的話還未講完，牛二觸電般叫起來：「不賣，八五折不賣，少一個子不賣！」但牛二氣若遊絲，那微弱的聲音淹沒在嘈雜的早市聲中，沒人聽見。

小鎮人古道熱腸，大夥兒心一熱，你一把剪，我一把刀，竟把一車刀剪全賣光了。

尤大頭與眾人把牛二送進了醫院。

牛二吊針醒來後第一句話就中：「我的刀剪，我的刀剪呢？」

尤大頭把一疊票子交到牛二手裏說：「兄弟，刀剪八五折賣了，這是刀剪錢，你收好。」不想牛二如被當頭棒喝，一下子呆了，看著那疊錢，好似讓他接炸彈似地不敢接。

「不，不，我不能要錢，不能……」牛二哇一聲哭開了。

尤大頭聽得他抽抽泣泣哭著說什麼：「爹，孩兒不孝，壞了祖上規矩……」

「啥規矩？」尤大頭不解地問。

牛二指指隨身帶地那老布包。尤大頭解開一看，裏面一面褪色舊旗，上書：「祖傳刀剪不二價」七個字。

三叔

在我們整個家族中，我最敬重我三叔。我三叔為我們家族爭得的榮譽最多。

我三叔是畫家，著名的國畫家，最擅長畫魚，有「魚王」之稱。他畫的《魚樂圖》在香港拍賣時，經過十多個回合叫價，竟讓日本一家大公司的代理人買去。有人給我三叔算了筆賬，說他筆下的魚每條賣到好幾萬元呢。

我三叔不僅是我們家族的驕傲，也是我們古廟鎮的驕傲。常言道「地靈人傑」，我三叔的成就，不就說明了古廟鎮是個好地方，是塊風水寶地！

今年春上，三叔回家鄉來小住。這使我大喜望外。使三叔休息好玩好，也是我的責任。想來想去，我想到了陪三叔去釣魚。對，釣魚有野趣，城裏人八成喜歡。再說三叔是魚王，與魚打交道，不正是投其所好嗎？

也許是我釣魚的建議勾起了三叔童年的回憶，三叔喜滋滋地說：「好，去釣魚！」

為了讓三叔此次釣魚之行有收穫，留下深刻印象，我特意關照了魚塘的承包人三天不准餵魚食。我三叔去他家魚塘釣魚，在他看來是一份榮耀，拍拍胸脯說：「沒問題，釣多少都沒問題。」

記得那一天早晨春風習習，空氣極是清新，田野裏麥苗碧碧綠，菜花辣辣黃，賞心悅目。三叔興致很好，和我講起了小時候捕魚摸蝦，捉蟬逮烏的童年往事。

根據「清釣遠，渾釣近；淺釣遠，深釣近」的經驗，我在魚塘的下風處準備打窩子。這兒有波浪，氧氣足，平時食物多，鯽魚一般愛在這附近覓食，窩子一打，搶鉤的必不少。

三叔制止了我，說打了窩子再釣就沒了趣味。他選擇一老槐樹下，用報紙一鋪，席地而坐，釣了起來。

那些餓了三天的魚兒，一見活蹦亂動的蚯蚓，沒幾分鐘就爭相咬鉤。不一會兒三叔就釣到兩條鯽魚一條鯉魚。我敢打賭，釣到吃飯，三叔釣他個十條八條是三個指頭捏田螺——穩篤篤的，興許他一輩子也沒有釣得如此痛快過。

看著三叔把一條條魚釣上來，我心裏那個樂啊，比自己釣到樂上十倍百倍呢。

後來不對勁了，我這兒一會兒咬鉤，一會兒咬鉤，釣了一條又一條，三叔那邊竟不見了動靜。只見三叔靜靜地坐在池塘邊，似在閉目養神，又似在想著什麼。

我懷疑三叔的魚餌早給餓慌的魚兒吃了，我想去給三叔加魚餌，想想不妥，沒敢去打擾。

我終於釣起了興致，不再去管三叔，一個上午，我竟釣了二十多斤魚——這在我釣魚史上是創紀錄的。可三叔還是開初釣到的那三條魚，那、那他一個上午豈不是白釣了。

三叔大概看出了我的心情，他輕輕吟了孟浩然的兩句詩：「垂釣坐磐石，水清心亦閒。」

我似乎明白了，三叔今天是釣翁之意不在魚，或許他只是來釣寧靜罷了。

天使兒

上天真是不公，婁城大畫家商未央的兒子葵葵竟是個低能兒。

葵葵今年十六歲了，智力水平最多小學三四年級。他一出門就興奮，尤其看到大紅大綠的色彩實是興奮，會發出讓人家害怕的怪叫聲，一回家他就沉寂不語，更多的時候作沉思狀，似乎有什麼重大問題要讓他思考。

有次，商未央參加市文聯組織的采風活動，要去皖南山區寫生，時間大約半個月。臨走前，他再三關照妻子別讓葵葵外邊亂跑，免得出了什麼意外。妻子說放心，葵葵這兒子智商是低了些，可從不闖禍，乖著呢。

商未央知道妻子上班不能遲到早退，不可能天天陪葵葵，就買了不少玩具與吃的，一股腦兒交給了葵葵。

商未央走的第三天，就接到妻子電話，說葵葵用顏料在牆上畫得一塌糊塗，勸也勸不住。商未央無奈地說：「只要葵葵不吵著到外面去，塗就讓他塗吧，最多浪費點兒顏料罷了。」

半個月的采風說慢很慢，說快也很快。當商未央攜著厚厚一疊寫生稿回到家時，他驚歎了，整個家裏的白牆上全塗鴉滿了，七彩斑斕，色澤耀目。猛一看，商未央有一種被震懾的感覺。那是一種氣勢，一種無拘無束，自由奔放，又洶湧而來，逶迤遠去的氣勢。那色塊的突兀，那色彩的流動，讓人匪夷所思，耳目一新。細看那畫面，似乎畫了什麼，又似乎什麼也沒畫，完全沒有具象。商未央作為一個專業的畫家他有了一種莫名的激動，這些難道是葵葵畫的，難道是他一個低能兒的傑作？

商未央進葵葵房間時，葵葵已倒在沙發上睡著了，手裏還握著畫筆，衣服上斑斑點點，但臉上溢著無比的快樂。

妻子一見商未央就歉意地說：「我拿他一點兒辦法也沒有，家裏被塗畫成這樣，我真的很抱歉。」

「不不不。你沒錯。我得謝謝你呢。你的寬容發掘了葵葵潛在的繪畫才能，你沒看出這些畫很有靈性很有個性嗎？」商未央的興奮溢於言表。

商未央把這些畫仔仔細細地看了一天，研究了一天，最後定名為《無題》，他一一拍了照，寄給了報社的一位朋友。報社記者大感興趣，據此寫了篇〈天使兒的處女作〉。這篇報導的發表，使婁城的市民知道了絕頂聰明的夫婦生下的低能兒謂「天使兒」，知道了大畫家商未央家有個天使兒。

或許是那《無題》的照片太小，看不出名堂，婁城老百姓議論的很少是畫本身，而是商未央怎麼會生出這麼個弱智兒子。

有人說，老天就是公平，商未央他名聲赫赫，才氣逼人，可生了個傻兒子，這叫平衡，世上好事哪能全讓他佔了。

還有人說，你看看商未央畫家老婆幾歲，誰叫他老牛吃嫩草，活該他有個憨兒子！

報紙的記者一報導，也引起了電視臺記者興趣，電視臺來了兩位記者。原來他們只想拍一兩分鐘的新聞片的，可一見滿屋滿牆的畫，立時改變了主意，拍起了專題來，還專門採訪了葵葵。葵葵說得顛三倒四，不過他一拿起畫筆，那種投入狀、興奮狀，很是入鏡呢。葵葵的當場作畫，更有現場感，有說服力。也是巧，不久就是國際助殘日，電視臺精心製作後不但婁城電視臺播放了，還作為外宣片送到了省臺。結果這影片名為《天使兒的傑作》，造成了不小的轟動。

商未央甚至覺得比自己取得成功還激動、寬慰，他給報社寫了篇〈發現•鼓勵•培養〉的文章，他甚至預測葵葵的藝術成就有可能超過自己云云。

在一片叫好聲、驚歎聲中，也夾雜著些許不和諧音。諸如這商未央也不知造了什麼孽，生了個傻兒子，如今又用傻兒子來作秀，來炒作，真不要臉……

商未央也不辯解。

妻子忍不住對商未央說：「你為什麼不解釋呢？你不說我說，我有責任讓大家知道，葵葵是我姐姐的孩子，是因為他們雙雙遭遇車禍你才收養他的呀。葵葵也不是天使兒，他是那次車禍大腦受了創傷落下的後遺症呀……」

商未央止住妻子語言說：「算了，別人咋說是別人的事，只要自己問心無愧就成，再說這樣宣傳報導對葵葵的藝術之路有利……」

妻子撲在商未央懷裏說：「我真的沒看錯你，我代我姐姐謝謝你。」

她感到嫁給商未央嫁對了。

外鄉人

兔子不拉屎的楊家莊時來運轉了。

去年秋天，莊上來了個姓張的外鄉人，說那荒天野地裏盡是大把大把的票子，他教大夥兒發財來了。

荒天野地裏盡是一叢叢的灌木柳，當柴燒都不旺火，就憑這扔在當路也未必有人要的柳條枝兒能變大錢？楊家莊人嘿嘿一笑，搖搖頭，散了。

外鄉人不像那些耍猴賣野藥的，胸脯拍得賊紅賊紅，唾沫星子亂噴亂飛。他不聲不吭借了間屋住了下來。小屋的門緊緊關了好幾天，彷彿還要保密似的。惹得楊家莊人心兒癢癢的，都逢人便打聽，這外鄉人悶葫蘆裏賣的啥藥？

一星期後，外鄉人如變魔術般擺出了他用柳條兒編成的小花籃呀，掛壁花瓶呀，形狀各異，造型別致，真不敢相信這就是其貌不揚的柳條兒編的。

好傢伙，這類玩意兒有多少他姓張的收多少，老價錢呢。這叫啥？——藝術品，能哄外國佬，這本事了得！

楊家莊人的財路就此開闢了出來，前景十二分誘人，莊上人也十二分信任這位外鄉人。

楊家莊人開始喊他張老闆。好些姑娘家有事沒事老愛往他住的屋裏跑，跑得最勤的是菊香。菊香姑娘似野菊帶露，水靈著呢，在這楊家莊姑娘群裏是掛頭牌的。

莊上楊二爹早把菊香看作是他家未過門的孫媳婦。如今見菊香黑天白日常往外鄉人屋裏鑽，他能看得下去？

楊二爹早先做過生產隊長，是莊上不多幾個吃過官飯的人。他在莊上，一向是說話見份量的人。

哼，張老闆，不就是有幾個臭錢嗎？不賺你那幾個錢，咱楊家莊人就活不下去了？不賺你那幾個錢，咱楊家莊人祖祖輩輩不也過來了？

楊二爹不能容忍菊香跟著外鄉人走，不能容忍外鄉人拐走自己未過門的孫媳婦。

最最叫楊二爹窩火的是，以前東家吵，西鄰鬧，往往會說：「走，找楊二爹評理去！」如今呢，芝麻綠豆大的屁事都有人說：「走，請張老闆評個理，他跑過大碼頭，見過大世面的。」

這話幾乎把楊二爹氣個半死。再這樣下去，這外鄉人手裏的幾張臭錢不把楊家莊的人心都收買去了？楊家莊豈不要讓他這外鄉人來當老大了！楊二爹覺得愧對祖宗，心裏整日價不是個味，可楊二爹見大夥滋滋潤潤地拿錢，要說的活硬是卡在了喉嚨口。

楊二爹煩見到這外鄉人，更煩聽到莊上人叫他張老闆。他橫看不順眼，豎看不順眼，越看越不順眼——單說這衣褲，什麼牛仔褲兔仔衣的，像夜裏做賊跌在了石灰坑裏爬出來沒洗過似的，就憑他這身如此不地道的服裝，就知不會安什麼好心眼，得防著點他。楊二爹的臉色變得很嚴肅很莊重。

今年秋天的時候，菊香突然發燒嘔吐，渾身無力，眼珠子辣黃辣黃，好怕人呃。繼菊香後，又接連有幾個小青年又吐又嘔的，一時間莊上人心惶惶。

不幾天，私下裏有人在傳：那灌木柳是隨便砍得的嗎？那裏有楊家的祖墳，祖墳上的東西能胡亂動嗎？能輕易讓外鄉人弄去賺錢嗎？一定是祖宗怪罪下來了！

也有人說，十有八九這怪病是外鄉人帶來的。以前，祖祖輩輩誰見過楊家莊人生這鬼病？

楊二爹站出來了，似乎拯救楊家莊人的擔子義不容辭地落到了他肩上。

他義正辭嚴地說：「做人，最最要緊的是人窮志不短。咱哪能只顧賺錢而把祖宗賣了？外鄉人能和咱楊家莊人一條心嗎？他錢賺足後，不定哪一天拍拍屁股走了，咱楊家莊楊姓子孫可得在這塊熱土上生兒育女，把香火傳下去呢……」

楊二爹說得很激動，把一莊人的情緒都煽了起來，仔細想想，自這外鄉人來後，莊上怪事多著哩。以前怎麼會沒想到。嘿，盡讓錢蒙住了眼。好些人自覺慚愧。

生這怪病的人還在增多。外鄉人說可能是甲肝，主張立即送縣城醫院。

楊二爹又發話了：「我們楊家莊人只知道牛肝馬肝，哪聽說過什麼甲肝乙肝。災禍怎來，災禍怎去，不攆走這外鄉人，咱楊家莊老老少少難逃一劫！」

「把外鄉人趕出楊家莊！」一群鬧哄哄的人隨著楊二爹直奔外鄉人住的屋子。

外鄉人落荒而逃，極是狼狽。

菊香死活不肯見楊二爹，時不時喊著外鄉人名字。她幾次硬撐著爬起來，想去追尋那外鄉人。

楊二爹痛苦地歎著氣，老淚禁不住滴了下來。

第二天，楊家莊來了兩個穿白大褂的醫生，據說是外鄉人花錢請來的，但外鄉人沒來。不過有人見他站在莊外那棵老槐樹下，站了很久很久。

蔣師爺

蔣師爺的嘴人稱蔣鐵嘴，蔣師爺的筆人稱蔣鐵筆。據外界傳，這蔣師爺能把活的說成死的，能把死的寫成活的。

蔣師爺也很為自己的嘴和筆驕傲。有次他與朋友一起喝了點兒酒，就嘴上沒鎖了。他說江湖上有一笑話，說有人吹噓「天下的文章紹興最好，紹興的文章我表哥最好，我表哥的文章，叫我修改修改」，其實並非是笑話。老婆是別人的好，文章是自己的好，古來如此，天下通行。敢說這話，肚皮裏必有幾分貨色。請問在座的諸位，誰敢說，天下的文章他乃第一？

沒有一個人接茬，大夥兒認為他在說醉話了。

蔣師爺見無人接嘴，頗自負地說：「諸位仁兄不敢，我敢。我要說：天下文章婁城最好，婁城的文章我先父最好，先父的文章，我在整理、修改、潤色。」

一座人鴉雀無聲，一座人訝然不已。

「青出於藍勝於藍」是個說法，不過通常乃褒揚他人之語，無非是勝過自己師傅，哪有自己說自己勝過老子的，這太狂了吧。好在大夥兒當他醉了，不去計較他。不過常言道「酒後吐真言」，既然他如此大言不慚，其人脾性可知。這事傳將出去後，畢竟惹得城裏城外一幫吃筆桿子飯與吃嘴皮子飯的文人很是不快，可不快歸不快，誰又奈何得了他呢？論寫，寫不過他，論說，說不過他，唯有讓他一個人吹，唯有乾瞪眼，乾生氣。

蔣師爺酒後一席話，得罪了同行，諺曰「同行必妒」，更何況蔣師爺如此狂傲。於是，心胸窄點兒的幾位同行總想找個機會出出他的醜，以便煞煞他的傲氣。

機會終於來了，婁城出了樁案件——劉員外的千金與窮秀才天華相好，劉員外因天華無功名，堅決不准千金與之來往。兩人只能暗地裏來往，可沒有不透風的牆，劉員外知曉後，親自帶了家丁設伏，準備打斷天華一條腿，也好讓千金死了這條心。

天華在黑暗中遭突然襲擊，條件反射般地抵擋著，千金為救心上人，奮不顧身衝出來，誰知被家丁誤擊一棍，因當頭一棍，醫生未到，已先斃命。

劉員外傷心至極，他告天華夜闖民宅，以圖不軌，因遭千金反抗，轉而殺人滅口。

天華大喊冤枉。

但最後還是判了秋後斬決。為了免遭民眾議論，判決書上有「情有可原，罪無可恕」八個字。

此案的冤情被人揭露後，街談巷議，人心沸沸。可是老爺已判了，能改嗎？這可是個棘手案子。

那一班人放出風聲，說只要請出蔣師爺沒有打不贏的官司，從輿論上逼蔣師爺蹚這股渾水。

蔣師爺難卻眾人面子，接了此案。

也不知蔣師爺施了什麼法道，竟憑他三寸不爛之舌，說服了縣老爺重判。把「情有可原，罪無可恕」八個字顛倒了一下位置，改成了「罪無可恕，情有可原」，既然情有可原，自然可免了秋後立決。

好個蔣師爺，果然了得。這事後，蔣師爺越發把名頭打得亮亮的。

那一幫當初想出蔣師爺醜的，萬萬沒有想到反而成就了他，一個個心裏不平衡。

有人說蔣師爺無非是一肚皮壞水，一腦子歪點子，真要登大雅之堂，未必上得了臺面，總而言之，非挫挫他的銳氣不可。幾個人策劃來策劃去，相商出搞個金秋雅集，向蔣師爺發出了請柬。

蔣師爺是螢火蟲吃在肚裏——心中透亮。他想，要掂量就掂量，要比試就比試，真金不怕火煉，是驢子是馬，拉出來遛著瞧。看看到底誰是婁城的文章高手，筆中魁首。

也虧那幾個主辦者想得出，金秋雅集地點選在了婁城的土山上。這土山，說山，其實只是個大土坡，無亭無塔，無溪無流，無樹無花，內蘊無史，外借無景，要在這鬼地方寫出一篇文采斐然的像樣文章來，無八斗才恐難以落筆。

人一齊，幾個人演戲般地你一句我一句地恭維起蔣師爺來。說蔣師爺的文章如何如何天下無敵手，說蔣師爺的大名如何如何名播遠近。因此，一致要求蔣師爺露一手，一致要求蔣師爺先下筆，當場來一篇即景文章。有人已裝模作樣地拿了紙筆，說要當場謄抄，以便珍藏，以便學習。更有人說蔣師爺的這篇文章一出手，必令婁城洛陽紙貴。

蔣師爺沒想到他們會選這樣一個無景致無典故的地方，這土山要寫出錦繡文章，豈不等於要寫出烏鴉的美來，難，太難。

蔣師爺皺眉，沉吟不語。

幾個人瞧在眼裏，喜在心裏。一個個擠眉弄眼的，覺得今天總算難住蔣師爺了，總算可以讓他氣憋三分。

蔣師爺向東踱七步，復向西踱七步，慢慢踱到座前，援筆鋪紙，揮筆寫了起來。

土山者，有其名無其實，非真山也。

土山者，無名乃其歷史，有名乃其將來。金秋雅集，婁城名人流連於此，土山之章也，土山之名，從此傳也。

土山之山，不階不雕，不亭不臺。

土山之山，無松之華蓋蔽蔭，無柳之婀娜拂綠，無花之七彩點綴，無泉之飛白掛瀑……

文章一出手，眾人默然，內心不能不服。

大家想不通，如此荒坡衰景，這蔣師爺竟也能妙筆生花，寫出這等雋永文字。

罷了罷了，若蔣師爺待會兒命我等也來一篇，豈不自尋難堪，自取其辱。何不早點兒腳底抹油吧。於是不等蔣師爺寫完，一個個尋個理由溜之大吉。

蔣師爺抹抹頭上汗，心想：「好懸哪。」其實他肚裏也就這麼幾句了，再寫，就算搜索枯腸，也難寫出幾句像樣的句子來。

從這天起，蔣師爺越發自視清高了，擺出驕人樣子。說歸說，蔣師爺的身價確乎越來越高了。

只有蔣師爺自己知道，如果再出席這類雅集，早晚非出洋相，不如藏而不露讓人猜不透。

楊美人

楊美人藝名叫楊也妃，顧名思義，她的花容月貌也與楊貴妃一樣美一樣媚，屬楊貴妃第二。這自然不無誇張的成分，廣告的成分，不過在婁城，楊也妃確也算得頭挑的美人了。她是滬劇團唱花旦的，是劇團的臺柱子演員，是婁城為數不多的一級演員之一。

據上了年紀的人回憶，早先楊也妃年輕時，那種漂亮才叫漂亮，她到哪兒演出，哪兒就出現一群捧場的。場子裏喊好的鼓掌的至少在六七成以上。

或許是楊也妃扮相美，唱腔美，婁城人都叫她楊美人。

這楊美人舞臺上給人美的形象，生活裏也極注意儀表，可說是婁城第一愛美之人。早先婁城只有一家新華照相館，櫥窗裏放的就是楊美人的照片，有她舞臺上的亮相，有她的生活照，有她的藝術照，都放大至二十寸，還上彩色呢。櫥窗前每每有小年輕看了還想看，看了不肯走。

楊美人結婚不久，肚子開始凸了起來，她自己覺得這有損她原來在小城人眼中那美好的形象，就躲到了鄉下她娘家，直到孩子生下才回婁城。

楊美人聽說給孩子開奶後人會發胖，體形會變，竟不肯母乳餵養孩子。開始，這還受到了表揚的，領導誇她為早日恢復體形，早日重返舞臺，忍痛把孩子交給奶媽養。哪想到，到了「文革」時，這成了她的罪狀，說她資產階級臭美的思想嚴重，為了所謂的美，竟捨得把親生骨肉交給一個富農的老婆餵養，心腸何其硬也，階級立場何其歪也。

在批鬥她的時候，造反派要在她頭上剃一個十字，她見有人拿來了剃頭刀，拚死不從，掙扎著要撞牆……

造反派頭頭火了，用軍用皮帶抽她。她也不躲閃，不哭叫。這樣，造反派頭頭打著打著就沒了興致。

有人對造反派頭頭說：「她楊美人紅就紅在臉蛋上，破破她的相，看她日後還走紅不走紅？」

這點子刺激，造反派頭頭陰毒地笑了。

楊美人一聽要破她相，如一頭發怒的母獅，粉臉紫張著大叫：「誰敢破我相，我不會再多活一天，不過我化作厲鬼也要咒他子子孫孫不得好死……」

楊美人如瘋了一般，不停地大叫大喊。造反派頭頭不知是怕擔這個罪名，還是迷信思想作祟，最後罵了幾句粗話揚長而去。

到改革開放的年頭，允許打扮，允許美的時候，楊美人已青春不再。但她愛美之心不減。燙頭髮、穿牛仔褲、穿T恤衫、上美容院等等，她都走在頭裏，在婁城領風氣之先。

如今，楊美人雖說過了古稀年紀，那氣質那風度依然咋看咋舒服。

誰知前不久楊美人參加市文聯組織的老作家老藝人座談會，突然莫名其妙地倒地，只見她須臾間神志喪失，全身抽動，面色青紫，口吐泡沫，牙齒咬得嘎嘎響，嘴唇都咬出了血，那臉整個兒歪了斜了，可怕極了，鄰座的一位評彈老演員嚇得不知所措。幸好有位老作家見多識廣。他說：「可能是羊癲瘋大發作，採把青草讓她咬一咬就會沒事的。」

真有人去拔了一把草來讓楊美人咬，也不知是青草的神奇功效，還是原來就該停下了，反正，楊美人一咬草，不一會兒就安靜了下來，手腳也不抽搐了，眼也不翻白了，嘴角也不歪斜了，臉色也平和了，只是神志仍昏昏的。

楊美人在醫院住了一星期就出來了，似乎沒太大的後遺症。醫生告訴她，經腦電波檢查，確診為「繼發性癲癇」，關照她以後常服苯妥英鈉這抗癲癇的藥物。

楊美人死活不信。正好那天文聯秘書長在會場上拍照，拍下了楊美人當時的面容，楊美人見自己發病時是如此醜陋不堪，回家大哭了一場。

第二天人們發現她躺在床上平靜地去了。顯然，她精心化過妝了，那神態極其安詳，那種令人心儀的氣質一點兒沒變。

楊美人的床頭櫃上有一隻安眠藥的空瓶，空瓶下壓著她的遺書，給人們印象最深的是這樣一句話：「我只想把美帶給別人。請忘了我那次發病……」

老瞎子

老瞎子其實並不老，大約近五十歲吧。據說是解放前一年生的，生出來眼睛就像蒙了層霧似的，到底啥毛病，一直也沒認真查過，反正他看出去，整個世界模模糊糊的，從小家裏人就叫他瞎子。

瞎子姓勞，一個冷僻姓。有人叫他勞瞎子，後來以訛傳訛，都喊他老瞎子，他也不惱，依然嘿嘿嘿笑笑，一副憨厚得讓人可憐的樣子。

老瞎子算半殘疾人，工作不好找，後來居委會介紹他去環衛所，當了清潔工。他這清潔工不負責掃大街，只管幾個水泥垃圾箱的垃圾清掃。每天一清早，老瞎子就拉著垃圾車出發了，嘴裏「叭叭，嘟嘟」地叫著，彷彿他拉的不是垃圾車，倒是開的小轎車。但婁城的人都知道他眼睛不好，他不這樣叫，撞著了咋辦。

老瞎子一幹就幹了近三十年，他嘴裏那「叭叭，嘟嘟」的聲音，就像酒釀王的「小缽頭甜酒釀來哉」的吆喝聲一樣，婁城人幾乎個個耳熟能詳，一城人沒有不知道老瞎子的。有人說，老瞎子姓勞，註定他一生勞碌命。隨即歎息一聲「老瞎子真是命苦」。

也有人說，這城裏活得最無憂無慮的是老瞎子。隨即感歎道：「知足常樂啊！」

老瞎子的內心世界只有他自己知道。他不怕幹活，他說只吃不做那不與豬一樣了，但他至今獨身，無兒無女，他擔心哪天死了，連個哭的人也沒有，這是他的心病。

那是初夏的一個早晨，老瞎子照例拉著垃圾車，一路「叭叭，嘟嘟」而去，突然他聽到垃圾箱邊上有嬰兒嘶啞的哭聲。大清老早的，垃圾箱旁哪來嬰兒，莫非老天賜我的，老瞎子眼不好使，一個繈褓中的嬰兒還是認得出的，他抱在了懷裏不肯鬆手，像是怕人搶去。

有人看到放在嬰兒身上的信，說是棄嬰，建議先送派出所，讓家人來領回。

老瞎子第一次激動得幾乎與人吵起來，他說：「這孩子我認領了，誰也別想要回去！」

從此後，老瞎子的垃圾車上多了個搖籃，他人到哪兒，這搖籃也到哪兒。老瞎子又當爹又當娘地養著這孩子。可以這樣說，這孩子是吃百家奶活下來的，因這孩子是在垃圾車上長大的，有人叫她垃圾千金。

自從有了垃圾千金後，老瞎子覺得一切的一切都因此美好了起來。他的「叭叭，嘟嘟」聲也更拉腔拉調有韻味了。

垃圾千金長到三歲的時候，生起了病來，且來勢洶洶，老瞎子急急地把孩子送到了醫院，因這孩子是黑戶，不能享受勞保醫療，需自費。

自費就自費，老瞎子情願花這錢。

可醫院一開口就叫先交五千元，這簡直是搶錢嘛，好，好，好，五千就五千，孩子病要緊。

醫生檢查下來說孩子腎功能衰竭，老瞎子聽不懂腎功能肝功能的，他只問：「孩子這病有救沒救？」

醫生說：「唯一的希望就是換腎。」

換腎就換腎，要多少錢，說個數，不夠我哪怕挨家挨戶去討。老瞎子鬧明白換腰子，沒十萬八萬不解決問題時，他傻眼了，不行，一定要救孩子，非救不可！咋救呢？這可不是一萬兩萬，就算借，就算討，一時間哪有本事弄十萬八萬的，老瞎子急成了熱鍋上的螞蟻，也許是應了急中生智這老話吧，他突然抓住醫生的手說：「割我的腰子，換我的腰子！我眼不好，腰子呱呱叫，你看看我這身體，老虎也打得死，換我的腰子，我皺一皺眉頭不姓勞……」

醫生也很同情他，醫生攤攤手說：「你說說，你半百年紀的人，你腰子三歲孩子能用嗎？」

老瞎子一下癱在椅子上，臉色慘白。

「去籌錢吧，有了錢，換啥年紀的腎都有辦法解決。」醫生開導他說。

「錢錢錢，我每天車上裝的是垃圾，不是錢呀。我難道去偷去搶不成？」老瞎子知道，就算把家中全部家當賣掉，也值不了幾萬元，他萬萬沒想到，活了一把年紀，竟讓錢逼到這份兒上。

「換腰子，換腰子……」老瞎子痛苦地喃喃自語著。

驀然，如一道閃電，剎那間照亮了他腳下的路。對，換腰子，用我的腰子換別人的腰子，再換孩子的腰子。

老瞎子興奮得像發現新大陸似的，他不顧一切地衝到了院長室，一邊跑，一邊「叭叭，嘟嘟」地喊了起來……

盲人夫婦

不知為什麼，婁城大街小巷有一常見的景觀會成為我心頭久久難忘的定格——碎石子鋪就的小路上，有一位儀態非凡的婦人，攙扶著一盲人，或有說有笑走向鬧市，或默默地走向小巷深處他倆的愛巢。

最初我見到這幅圖景是在我學生時代，那時我還不懂愛情，不知人生。我只覺得這是幅奇怪的不和諧的圖景。試想，一個漂亮的姑娘，不選一個英俊瀟灑的青年為白馬王子，卻與一盲人相依為命，這不滑稽嗎？後來我去了外地工作，當我重新回到生我養我的故鄉婁城時，四十年彈指一揮間，往日的記憶都成了歷史，彌足珍貴。

婁城變了，變得不見了舊時貌舊時顏，婁城街上熙熙攘攘的人群幾乎全是陌生面孔。那是一個夏日的夜晚。我徜徉在老街舊巷，尋覓著兒時的足跡。突然，我又見到了那一幅熟悉的圖景——一個頭髮花白的老太攙扶著一個古稀年紀的盲人，正向我走來——這是一幅久違的景觀。此時此刻，我甚至認為這是婁城最美好的風景。我呆呆地看著他們，一動不動，直到他們消失在街角的那個拐彎處。

半個世紀的戀情，依然那樣純，那樣真，怎不令人感動……

我的直覺告訴我，他倆之間必有動人的真情與曲折的戀愛故事。我有了採訪他們的念頭，有了寫一寫他們的念頭。

他倆該有怎樣的故事呢？

採訪很困難，兩位老人都不願意提過去，是不是那塵封的記憶太沉重了？或者那是個不該開啟的記憶匣子？

心誠則靈。我的真心與誠意終於使我聽到了兩位老人記憶深處的兩個故事。

女孩的故事

剛解放時，女孩能歌善舞，活潑可愛，一南下幹部相中了她，她也一眼看中了這位南下幹部。這位南下幹部留給她印象最深的是那雙明亮有神的眼睛，那眸中愛的火焰深深地吸引了她。當她為這雙誘人的眼睛獻出少女最可寶貴的一切後，她才知道這位南下幹部在老家山東不僅有妻室，還有兒有女了。

受騙受辱的經歷使她對那些誘人的眼睛產生了一種發自內心的反感。

南下幹部表示可以與家中髮妻離婚，再娶她為妻。那雙眼睛似乎很真誠，但她斷然拒絕了。她說受騙一次已足夠一生反省。實際上，她是拒絕了一個官太太的命運，她以後的命運也就可想而知了，不過她無怨無悔。

盲人的故事

盲人並非天生眼瞎。年輕時，他是個風流倜儻、多才多藝的活躍青年。他看中了一位漂亮姑娘，於是他使出渾身解數追求她。姑娘也對他一百個滿意。就在兩人結婚前夕，不料女方突然變卦，宣佈要嫁給一位當官的。事後才知道，姑娘的父親嫌未來女婿家庭出身不硬，不會有光明的前途。他另外挑了位當副局長的女婿。姑娘兩相一比較，覺得與愛情相比，當副局長夫人這砝碼要重得多，因此，昔日戀情一刀斬斷。

「我瞎了眼，我比瞎子還不如！」萬分悲痛中的他，竟憤而刺瞎了自己的雙眼。他說，從此後，他再不用眼睛來觀察、認識別人了，因為眼睛會欺騙他。

以後的故事就簡單了，受過眼睛欺騙的姑娘選擇了盲青年為終身伴侶。盲青年用心感受到了這位姑娘的真誠，於是決定相愛終生。

再以後的故事就複雜了，愛情路上的風風雨雨，人生路上的風風雨雨，特別是「文革」中的風風雨雨，夠寫一部長篇小說。留待我以後慢慢告訴讀者吧。

好色之徒

一晃，我調離B縣二十年了，這次有機會重回B縣，一則故地重遊，二則會會老朋友，自然屬人生樂事。

記得我離開B縣時，賀喜春偷偷給我畫了一幅《鵬鳥展翅圖》，我所以用「偷偷」兩字，是因為那時他還沒完全平反，還屬夾著尾巴做人的階段。

我很喜歡他的這幅《鵬鳥展翅圖》，至今還掛在我書房裏。

這二十年，雖然沒有什麼聯繫，但還是很想念他的，憑他當年繪畫的基礎，應該早脫穎而出了，但不知為什麼，我來了兩天，還沒見到他。

我忍不住問當地的文化局雷副局長，問他賀喜春如今怎麼樣了？

沒想到雷副局長回答說：「你問的是好色之徒賀喜春啊，早離開這兒了。」

可能是「好色之徒」四個字使我心裏「咯噔」一下，我不便再多問下去。

難道賀喜春這小子又犯這方面錯誤了？

記得七十年代初，賀喜春下放到了B縣的鹿寨中學到美術教師，他是南京師範大學美術系油畫專業的高材生，到鹿寨中學當美術教師，多少有些大材小用。他怕久不摸筆，專業會荒廢，就偷偷摸摸地搞些油畫創作，好在他關在小屋裏畫，外人並不知曉。

也是合該要出事。那天房東劉大嬸家的一隻小雞走失了，劉大嬸找到了賀喜春的小屋裏，無意中，劉大嬸見到了床背後一幅光屁股女人畫，呀，這不是她閨女冬桃嗎？劉大嬸大吃一驚，氣得怒火直冒，當場就罵開了：「好你個人面獸心的賀喜春，還老師呢，豬狗不如，竟糟蹋俺閨女，叫俺以後哪有臉出門，叫俺冬桃以後咋嫁人？……」

劉大嬸這一罵一鬧，鄰居對門的全過來了，一看那個大奶子大屁股的裸體女人圖，男的看得眼都直了，一個個熱血衝動，女的則「呸呸呸」地罵賀喜春是大流氓。

那會賀喜春還在學校裏，一切都還蒙在鼓裏，直到民兵連長帶人把他捆了帶走，他還莫名其妙不知發生了啥事。

這邊剛開始審訊，那邊出大事了——冬桃因受不了寨裏人的指指戳戳，竟一根繩子在屋後老棗樹上吊死了……這下，賀喜春的罪名就更大了。憤怒的冬桃家屬非要揍死賀喜春不可。

賀喜春萬般解釋，說他與冬桃一點關係也沒有，只是有次隔窗見冬桃在院子裏用瓢舀水沖涼，覺得很美。根據觀察加想像畫了這幅《沖涼的少女圖》，只是賀喜春的這種解釋在寨裏人聽來，太假太假了，認為他不但好色，還不老實。義憤過度的人們，把賀喜春的臉煽得又紅又腫，還打斷了一根肋骨。從此，他戴上了壞分子的帽子，不得不放下了他心愛的畫筆。

一直到粉碎「四人幫」後，他才算日子好過些。只是當地人都知道他是愛畫光屁股女人的流氓，所以沒有哪個姑娘敢嫁他。

或許是賀喜春壓抑得過久過深了，後來真的犯了這方面的錯誤，我真為他可惜，以我對他的瞭解，他確實是個人才，但我沒能力幫助他。

世界上的事有時比小說裏的情節還巧，我從B縣回去不久，又有機會去深圳出差，當地文友建議我去看看《好色之徒畫展》，或許是我太敏感了，一聽「好色之徒」四字，我自然而然聯想到了賀喜春，我脫口而出：「是不是賀喜春的畫展？」

竟被我猜中了。

賀喜春見是我，高興得沒話說。他告訴我，他直到我走後第三年才得以平反。因當地風俗容不得他畫人體畫，把他定位在好色之徒上，被迫無奈，他於一九九〇年流浪到了深圳，如今已有了自己的油畫工作室，並且索性命名為「好色之徒油畫工作室」，一為表明自己的藝術追求，追求色彩的明快與亮麗，二為不忘過去日子遭遇，以激勵自己奮發。

他還給我看了他請名家刻的一枚閒章，就是「好色之徒」四字。他在送給我留念的《賀喜春油畫選》上面就蓋了「好色之徒」這枚閒章。

據我瞭解，賀喜春至今孤身一人，沒有成家立業，他說：「我不敢自比林逋，學他梅妻鶴子，但油畫已成了我永遠的情人與妻子。」

我愈發喜歡他的這枚閒章了，真的我好喜歡。

怪人言先生

古廟鎮是婁城最古老的一個鄉鎮，早先僅一條街，用很俗的當地土話形容，一場尿，從鎮東稍尿到鎮西稍還尿不完。這當然是說笑話。

因此小鎮上誰不認識誰。

說起來言先生算是個小鎮名人。他的出名開始是因為他能寫一手龍飛鳳舞的毛筆字。逢年過節，婚喪喜事，常有人來求他寫個對、寫個聯，他也總是來者不拒。你有酬謝，他寫；你沒有酬謝，他也照寫不誤。

待他退休後，言先生突然有了個怪脾氣，婚事上的，隨你雙喜字、喜聯、賀聯，送新人條幅，他有求必應。喪事上的「奠」字，以及挽聯等，對不起，他一概不寫了，而且他還訂出一條規矩，廣而告之：凡喜事，有求必到，不請也到；凡喪事，一律不到，至親好友，一視同仁。

這不是有點兒不近情理嗎，他能做到嗎？

這言先生竟然言出必行，不折不扣地做到了。最典型的是他學校的老校長病故了，鎮中學的現任教師、退休教師能到的幾乎全到了，惟他禮到人不到。校長在小鎮上怎麼說也是德高望重，他卻我行我素。

言先生的不寫挽聯，不參加追悼會，惹得小鎮人背後風言風語說了他不少難聽話，他全不在意。

還有怪事呢，他女兒談了個朋友，是市裏老幹部局的，小夥子長得蠻帥，大學畢業生，又是黨員，政治前途很是看好。可言先生就是不同意這門親事。要說原因，笑歪你嘴，他說這老幹部局一年當中要無數次跑病房看望生病的老幹部；好多次跑殯儀館，為病故的老幹部開追悼會送終。不行，不行，這工作沒一點兒朝氣，我女兒不能嫁這樣的小夥子！硬生生被他攪得散了夥。最有意思的是，自他退休後，他一改以前衣著樸素的老習慣，喜歡起了紅色的衣服，襯衫紅色的，羊毛衫紅色的，內褲紅色的，外套紅色的。古廟鎮是個傳統小鎮，誰見過一個花甲年紀的人穿得裏外全紅，這太引人注目了。說得難聽些，小鎮人把他當作老妖怪看，可他自我感覺甚好。冬天的時候，他不知從哪兒買到了一頂那些畫家愛戴的荷葉帽，竟然也是紅色的，紅頁呢的。只要他一出門，沒有人不朝他看的，背後指指戳戳的。有人懷疑這言先生是否老伴死得早，一個人過得太孤獨，腦子出了啥毛病。

因言先生的人品向來不錯，退休後他的某些出格舉動，鎮上人也就眼開眼閉。反正是他自己的事，影響不了別人啥。

小鎮人真正看不下去的是最近的事。這言先生到婁城兒子處住了一陣後，突然又在小鎮上出現了，令人不可思議的是這回身邊多了一位女性，四十多歲，一副風韻猶存的樣子。這女的竟然在小鎮的街上，大庭廣眾挽著言先生的手臂逛街，完全是旁若無人的氣派。這有點讓那些老派的小鎮人覺得言先生這回做得太過了。假若是年輕人如此，那倒也罷了。你言先生花甲年紀已過，反倒活過去了，這不是因了小鎮上的土話「年紀活在狗身上了」。

「老不要臉的！」有人在他背後啐了一口。

更吃驚的事還在後頭，前不久，言先生書寫了大紅請柬，凡熟識的一家家發。原來他要與那位岑女士結為連理，他將在小鎮上最上檔次的三陽飯店擺喜宴，並言明一律不收禮。

不知小鎮人是少見多怪，還是對言先生的行為不滿，他結婚那天，前來祝賀的人寥寥無幾，這場面有點尷尬。言先生一點也不惱，馬上用臉盆裝了一盆喜糖，到飯店門口免費派送，還大聲叫著：「見者有份，同沐喜慶。」他見來搶糖的很多，乾脆對大家說：「見面即為有緣人，同喜同喜，喜宴我請，謝謝光臨。」不一會兒，坐足坐滿，結果還臨時加了兩桌，成了古廟鎮歷史上最熱鬧的一次喜宴，讓小鎮人飯後茶餘嚼了好一陣呢。

喜宴後，言先生搬到城裏去住了。

言先生走後，小鎮人有些失落，那些沒去喜宴捧場的還真有點兒後悔呢。

歷史觀照

一九四三年的烤地瓜

三連鍾連長帶領全連戰士們已堅守了兩天兩夜了，阻擊住了鬼子整整一個團的進攻，以保證野戰醫院那些傷病員的轉移。因為傷病員行動不便，上級要求三連能堅守三天三夜。

晨光熹微中，鍾連長望瞭望陣地，壕溝已被日本鬼子的炮火炸得面目全非，戰士們死的死，傷的傷，真正好胳膊好腿的不到三分之一，但依然情緒高漲，一個個向鍾連長表示：堅決與陣地共存亡！

只是戰士們已一天一夜粒米未進了，體力上實在有些支撐不住了。可這個無名小山坡幾乎被炸得草木全無了，哪有吃的？連長沉思片刻後，把全連年齡最小的司號員二娃子叫來，對他說：「你立即追上部隊，報告上級，我們三連沒有一個孬種，保證完成阻擊任務！」

二娃子看了看陣地，看了看戰友，說：「不！我要和大夥兒一起戰鬥！」

「這是命令！立即就走。」二娃子很少見連長如此嚴肅的，只好極不情願地追部隊去了。突然，連長又叫住了二娃子，把身上唯一的一塊銀元放到他手裏，深情地說道：「路上買點吃的。」二娃子強忍著淚水而去。

望著二娃子的背影，鍾連長喃喃地說道：「給我們三連留個根吧。」

二娃子一路小跑，衝下了小山坡，當他又翻過一個山坡，因饑腸轆轆，跑著跑著就跑不動了。真所謂瞌睡送來枕頭，二娃子望見山坡腳下，有一塊沒來得及收的地瓜地，兵荒馬亂的，看樣子，主人早逃難去了。二娃子感覺到肚子在咕嚕嚕地叫，忍不住就用手刨起了地瓜，他擦擦泥，就生吃了起來。吃了兩個地瓜，身上似乎有了點氣力，當他準備上路時，他想起了陣地上的戰友，他們可都是餓著肚子在與小日本鬼子幹啊。想到此，二娃子不再猶豫，折了根樹枝刨起了地瓜，然後撿了些枯樹枝烤起了地瓜，沒有爐子，地瓜烤得半生不熟，二娃子顧不得這些，脫下軍衣，把地瓜包了起來，扛在肩上折回陣地，剛走幾步，又停下來，把鍾連長給他的那一塊銀元放到了地瓜地的一塊土疙瘩上。

走著走著，二娃子聽到了隱隱的槍炮聲，看來鬼子發起了新一輪進攻，他不由得加快了步子趕向陣地。

炮彈的爆炸聲越來越密，越來越響，顯然鬼子是發瘋了、拚命了。

「連長，地瓜來啦！同志們，二娃子給你們送地瓜來啦！」二娃子激動地叫著。正這時，一發炮彈呼嘯而來，二娃子連忙臥倒，並本能地把那一包地瓜抱在了胸前，不幸地是他還是被彈片擊中，昏死了過去。

二娃子醒來時，已是三天後的一個早晨，他躺在了當地一家農戶的床上。二娃子只感到陽光很刺眼，望著那簡陋的農舍、陌生而親切的面孔，他卻什麼也記不起來。用現代醫學術語就是失憶，那時老百姓不懂，只知他腦子被炮彈震壞了。但鄉親們卻眾口一致說：「你是抗日英雄！」

二娃子從鄉親們的口裏知道：那無名小山坡上阻擊鬼子的三連戰士全部壯烈犧牲，他是唯一被救活的。鄉親們對他說：「你自己血流滿面，地瓜卻一個沒丟，幸好那包地瓜的軍衣在。」鄉親們根據軍衣上的名字，知道了他的部隊番號，知道了他大名叫宋大棗。然而，這些對二娃子來說，像聽故事似的。

一晃半個世紀過去了，進入古稀年紀的宋大棗像所有的老人一樣，常常陷入往事的回想之中，可一切的回憶都在一九四三年那一包地瓜前嘎然而斷，宋大棗總覺得那一包地瓜應該有什麼故事，然而就是想不起來。

宋大棗七十歲那年，外出時，遇到了車禍，竟被撞得滿頭是血，都以為老人這次命要休矣，誰知搶救了過來，醒過來的老人，嘴裏不斷地叨念著：「鍾連長、鍾連長」；叨念著：「地瓜、地瓜……」

也許應了歪打正著這話，宋大棗因車禍這一撞，竟把他塵封了五十多年的記憶閘門給撞開了，他慢慢記起了無名小山坡的那場阻擊戰，記起了三連，記起了鍾連長，記起了那一塊銀元，記起了那一包地瓜。

出院時，醫生再三關照：「必須靜養，切忌外出，好好調理，慢慢恢復。」然而，宋大棗變得焦躁不安，他固執地說：「我已耽誤了五十多年了，一天也不能等了，我要立馬去祭奠我的戰友。」

家人拿他沒辦法，只好陪他前往當年的無名小山坡。

宋大棗臨行前，專程跑菜場挑選了一大包上好的地瓜，他不許家人插手，親手烤好了那些地瓜，一個個烤得香香的、軟軟的，裝了箱。一路上，他始終捧著那紙板箱，就像捧著寶貝似的。一路上，他自言自語地說著：「鍾連長，我二娃子來晚了！鍾連長，你們捐軀前沒能吃上我二娃子給你們烤的地瓜，我有愧啊！鍾連長，以後我每年會給你們送烤地瓜來，一定……」

極少極少流淚的宋大棗，不知不覺已淚流滿面了。

抉擇

天，將亮未亮。

霧，濃濃的，像一張張重重疊疊的網，網住了快開春的田野，也網住了微山湖畔的柳莊。

柳莊在沉睡中，靜得連老牛的反芻聲也依稀可辨。

「噠噠噠，噠噠噠……」突然，清脆而雜亂的機槍聲猛地撕破了這兒黎明前的寂靜。

首先聽到槍聲的是游擊隊的魯隊長，槍聲一撞響他的耳膜，他就意識到小鬼子摸村來了。他三下兩下推醒了縣委的郝秘書。郝秘書在前天的戰鬥中胸口受了傷，魯隊長的左腿也掛了彩，他們是來這莊上暫時養傷的。

兩個傷號，動作慢了點。等他們攙著扶著往微山湖邊的蘆葦蕩撤去的時候，鬼子已裏三層外三層團團圍住了柳莊。

莊裏一下子騷亂了起來，狗吠人喊，豬嚎驢叫，一種死亡的恐怖倏然間籠罩了這莊子。

一堆堆火燃燒了起來，一挺挺機槍張著血口，陰森而可怕。

濃霧中，一個破鑼似的嗓子響了起來：「土八路們聽著，皇軍有令，限你們十分鐘內投降，若不投降，每隔兩分鐘就槍斃一個通匪村民。若是膽敢開槍，你們每開一槍，皇軍就斃十個村民……」

「奶奶的，我操你祖宗的漢奸，我讓你到閻王爺跟前去喊！」魯隊長朝著喊聲抬手就是一槍，喊話的漢奸應身倒地。

「噠噠噠……」一陣機槍聲隨之響起。一陣村民的慘叫聲接踵而來，撕裂著濃霧，撕裂著魯隊長的心。

「你——」郝秘書撲上去攥住了魯隊長的槍。

死一般的寂靜，靜得空氣彷彿要崩裂爆炸。

「一分鐘！」

「兩分鐘！」

「砰！」——沉重的倒地聲，像麵粉袋摔在地上。

「三分鐘！」

怎麼辦？怎麼辦？

要衝，趁天還未亮透，霧還未散盡，或許能衝出去。可鄉親們咋辦？

「魯隊長，快撤！不能再婆婆媽媽猶豫了。」郝秘書的聲音有些顫抖。

魯隊長是有名的孤膽英雄，但像今夜這樣嚴峻的局面還是頭一次碰見。

「六分鐘！」

「砰！」——又一聲慘叫聲。

「七分鐘！」

另一個漢奸催命般的喊聲一次比一次楸得人心發緊發顫。來不及了，就算成功地突圍出去，難道能自己一走了之，讓鄉親們慘死在鬼子的機槍下？

「那我們就投降吧？我們倆落個罵名，救了柳莊一莊百姓的性命，也值。拚死抵抗，拚死突圍，玉石俱焚，於心何忍？」郝秘書的聲音抖得厲害。

「投降？叫老子投降小日本鬼子？放你娘的狗屁！」魯隊長的眼裏充著血，滿臉殺氣。

郝秘書本能地退了兩步，捂著傷口，哼呀哼地呻吟著。

「九分鐘！」

「魯隊長，你不能為了自己一個人千古流芳，當烈士當英雄，而置柳莊的鄉親們不顧呀！自古殺身成仁易，受屈受怨受辱受侮難呵！你再想想，再想想！」

郝秘書的牙齒咯咯地打著架。

魯隊長像頭籠中的困獸，一把攥下了數十根頭髮，那暴怒而無處發洩的模樣，誰見了誰怕。

「十分鐘！」

「時間到，預備——」

槍栓拉響了，鬼子的機槍一挺挺即刻玖會開火……

「我們投降！不，鄉親們，我們出來！」郝秘書發瘋般地大叫著，捂著傷口，趺趺撞撞向火堆走去。

「砰！」槍響了。

郝秘書倒在了魯隊長的槍下。

魯隊長血紅著眼，脖子上青筋根根爆出。他提著槍，憑著熟悉地形的優勢，藉著濃霧的掩護，射出了一梭子一梭子仇恨的子彈。

頓時，槍聲大作。槍聲響了好長好長時間。槍聲過後，柳莊一片死寂……

霧，遲遲不肯散去。

補記

縣誌載：「……日寇血洗柳莊，僅十餘人死裏逃生……縣委郝秘書投敵未遂……魯隊長英勇抗擊，壯烈犧牲……」

剃頭阿六

常言道：「荒年餓不死手藝人。」這不，剃頭阿六依然挑著剃頭擔走街串鄉。是年民國三十一年。

那天，田爺突然想起明兒是自己六十大壽的日子，雖說年景不好，兵荒馬亂的，但人生滿一花甲畢竟是大事。祝壽是談不上了，拾掇拾掇頭髮，光光表表，也算自己對得起自己。於是，田爺決定剃頭修面。

正在這時，剃頭阿六走進了這篇故事。

田爺對這位剃頭匠的手藝打著問號。他試探性地問：「師傅會哪幾種髮式？」

剃頭阿六一指剃頭擔，但見一方泛黃的白布上書有「童叟無欺，保君滿意」。並自言自語云：「雖云毫末技術，卻是頂上功夫。」

呵，口氣倒不少。田爺插上了一句：「倘若不滿意呢？」

「砸我擔！」剃頭阿六乾脆得一刮兩響。

這年月，剃頭的能混個肚子圓就上上大吉了。一個鄉下剃頭佬，如此大言不慚，莫非真有本事，能使人耳目一新？

剃頭阿六很快進入角色，真正是一絲不苟。正理著，突然「噹、噹、噹」的大鑼聲急驟響起。不好，小日本鬼子的飛機來了。不一會，哭爺的喊娘的，雞飛狗跳，豬嚎驢叫，逃的逃躲的躲，整個村莊亂了套。

田爺急煞，顧不得半截子陰陽頭，起身欲走。剃頭阿六不由分說，一把按住，說：「慌啥，還沒完。這模樣，算出你自己醜還算我醜？」

天哪！炸彈跟屁股就來了，性命保不保都天知道，還剃甚麼頭，真是的。田爺死活不肯再剃，再三表示剃頭錢決不少一個子。

剃頭阿六彷彿受了極大侮辱似的，拿起一把磨得鋥光鋥亮的剃鬚刀在田爺面前晃了晃說：「莫動，莫嚷。割了喉嚨莫怨我手藝不精！」

由於那把明晃晃的剃鬚刀，令田爺不敢再動彈，只是渾身上下篩糠般抖個不停。「轟！轟……」日本人的炸彈在村頭炸響了。

田爺嚇出一身冷汗，頭皮也濕得有水淌下。剃頭阿六顧自剃頭，一點不在乎可能出現的危險，彷彿壓根兒沒聽見炸彈的爆炸聲，沒看見村莊裡亂糟糟一片逃難景象。

終於，剃頭阿六收起了剃鬚刀，取出一面破舊的鏡子給田爺照看，嘴裡說：「滿意不滿意在你，手藝絕不馬虎在我。」

田爺哪有心思照看鏡子，急欲付錢開溜。就在這當兒，飛機的呼嘯聲近了，炸彈從天而降。彈片擊中剃頭佬後背，血染紅了他整個背脊。田爺抱著血人般的剃頭佬不知所措。

剃頭阿六死死盯著田爺，斷斷續續地說：「如……如不滿……滿意，可以不……不給錢。」

田爺連連說道：「滿意，真的很滿意……」

可惜剃頭佬永遠聽不見了。

快刀張

快刀張是州衙門的行刑刀手，亦即我們通常稱之為「劊子手」的人。快刀張五短身村，滿臉橫肉，那模樣不拿刀就讓人怵三分。其實他心底不壞，幹這營生是祖傳，混口飯吃而已

他外號「快刀張」，一半是因了那把刀。那刀亦是祖傳，傳到他幾代了他也不甚清楚，只知道他爹他爺爺，他爺爺的爺爺都使喚過這刀。這刀森森然泛幽幽青光。若割一縷頭髮放刀刃上，用力一吹即斷，可見其鋒利無比，每次行刑之後，無須擦拭，刀上從無一滴血跡。此刀夜來須用黑布遮上，否則寒光閃閃，陰氣逼人。每逢清明必鄭重其事地祭刀，要不夜來嗚嗚作響，似哭非哭，令人心顫。

快刀張有了祖傳的這把快刀，行刑時向來一刀了事，從不拖泥帶水。

曾有外州行刑刀手來請教他如何做得乾淨利索。他答曰：「刀一半人一半」。

這所謂人一半就是吃啥飯當啥心，比如趕腳的出門要認路，拉皮條的要識得誰是嫖客，如此而已。快刀張不知是遺傳因素，還是職業習慣，他看人從不注意別人高矮胖瘦俊醜等，他只注意對方的頸脖子，頸粗頸細，脖肥脖瘦，他常常看得呆呆的，心裏自然而然會想：「這脖子用幾分力能一刀了之？」

有年十月，州裏秋決一強人。此人天天以淚洗面，好不痛苦。快刀張估計其冤枉，不忍其再受折磨，行刑時對其說：「兄弟，我會幹得利索些，放心去吧。我早早動手，免得你多一份難受。明年今日我會在你墳前燒一炷香。」言罷，手起刀落，霎眼間已身首異處。

這兒屍首尚未處理，那邊「刀下留人」的公文到了。只是為時已晚。

快刀張懊悔不已。吃這碗飯以來，他還是第一次感到心頭不安，感到有愧。

那晚，知府大人破天荒請他赴宴。酒過三巡，知府大人直誇他手快刀快，不愧是快刀張。平素，要是知府大人如此誇他，快刀張準會說幾句忠心效命之類的活，但今兒這幾句活不啻是在鞭打他，燒得他耳根發燙。快刀張只顧端杯喝悶酒。快刀張喝得太猛，不一會就醉眼朦朧，他指著知府大人肥肥的脖子說：「好頭顱，好頸脖，本來應該你這顆頭顱一刀落地的。信不信，我一刀下去……」

知府大人勃然大怒：「混賬東西，竟敢口出狂言。來人，給我拿下！」

不久，知府大人給快刀張安了個「內外勾結，私自提前問斬，以致錯殺無辜」的罪名，判他春決。

然而，接任的行刑刀手，不敢接手那把快刀。面對快刀張，倒像是快刀張來斬他，禁不住小腿打顫。

快刀張仰天長歎一聲說：「兄弟，不用你費神，我自己了斷吧，算賣個人情給我，行個方便。放心，我快刀張做事一生講究乾淨利索四字，絕不連累別人。」

鬆綁後，他撫摸著那把伴了他半生的快刀，突然一轉身，那刀「哐啷」一聲掉地。

那接任的行刑刀手只覺眼前寒光一閃，還未看清怎麼回事，快刀張已倒地了。刀上無一滴血，地上無一滴血。快刀張頭已斷，身首不異處，血凝於體內，臉紅如生。

接任行刑刀手佩服得五體投地。

此後，那把快刀天天夜來嗚嗚作響。

柔與順的故事

羽中調到市政府辦公室當秘書。

三親四眷中長一輩的千叮囑萬關照，去了市政府機關要怎樣怎樣，不能怎樣怎樣。聽得羽中都煩了。可不能不聽，就這耳朵進那耳朵出。

羽中報到前一天，老外婆說要講個故事給他聽。羽中笑笑說：「外婆你又擺古，盡是些老掉牙的故事。」

滿清時，哪個皇帝忘名號了。反正是個皇帝，開始他身邊有個叫順的貼身太監，這太監人如其名，凡事講究順著皇帝老兒心，只要皇上高興，變著法兒也要讓皇帝老兒滿足、盡興。譬如皇上有次外出巡行，吃到一種叫「喜來臨」的點心，甚是合他胃口，不免贊了幾聲。後來，順索性命做「喜來臨」點心的大師傅隨行。結果，終於有一天，皇帝老兒一腳踢掉了順恭恭敬敬端上的「喜來臨」點心，於是，順也就大禍來臨了。

這之後，柔取代了順的位置。

俗話說：「伴君如伴虎」，從來太監在皇帝老兒面前大氣不敢喘的，而這柔似乎吃了豹子膽，有些事竟敢不完全順著皇上心。譬如皇上愛吃「金龍騰飛」那道菜，柔特意密囑御廚：每月最多上一次。皇上下箸時，他則提醒皇上：萬不可把金龍身段弄壞了，要圖個吉利。

弄得皇上每每不能盡享口福，心癢癢的，老是忘不了這菜，老是想著這菜，老是覺不過癮。好幾次，皇上大罵柔，罵得柔狗血噴頭，甚至說過：「我非殺掉你這個閹貨不可！」

宮裏人私下說：「早晚，柔小命休。」

但猜測回回落空。柔一直活得好好的……

老外婆的故事什麼時候完的，羽中竟然不知道。一時間，他生出了「看戲掉眼淚，替古人擔憂」的心緒，獨自默默地琢磨起了順與柔的不同命運。

血色蒼茫的黃昏

殘陽如血，田野蒼茫。

悶熱復悶熱，晚風不知匿藏到了何處，樹梢兒蔫蔫地，連聒噪不已的鳴蟬也無力吟唱，只偶爾能聽到城外一兩聲淒淒厲厲的鴉叫，一種不祥的氛圍罩著古老的婁城。

是年清順治二年閏六月。

清兵圍城已愈三日，圍而不攻，蓄勢以待。假如到太陽落山，婁城依然不開城門迎降，那麼，攻城則勢不可免，一場血戰即刻就在眼前。

清兵最後通牒的最後一行字「若攻城而入，無論老幼，格殺毋論」，這像一把達摩克利斯劍懸在了婁城百姓頭上。

此時，州衙門內外已亂成一鍋粥。兩派意見相左，各不相讓。

抗清派慷慨激昂：「身為大明人，死為大明鬼！堂堂大明子民豈能屈膝事蠻夷，士可殺而不可辱，大丈夫死也要死得烈烈轟轟……」

拚！拚他個玉石俱焚，魚死網破。死也不做亡國奴！——呼應者個個視死如歸，置生命於度外。

降清派則苦口婆心曉以厲害：「史可法乃一代將帥之才，率精兵精甲尚且抗不住鋒芒畢露的清兵，婁城一彈丸小城，請問靠何拒敵於城門之外？揚州十日，屍橫街頭，血流成河，其情之悲，其狀之烈，慘絕人寰，令人髮指。前車之轍，後車之鑒。眼下，大軍壓境，黑雲壓城，覆巢之下，焉有完卵，務請三思而後行。明知不可為而為之，何苦呢，爾等以一死博個慷慨多奇節，青史名留，婁城百姓呢？千萬不能再猶豫了……」

那聲音帶著嘶啞帶著哭腔。

天平的一頭是名節，一頭是萬餘人的性命，孰輕孰重，決策者反覆掂量，仍難以決斷。

時間已越來越緊迫。此時此際，人們的眼光一齊集中在了尤竹莊身上。尤竹莊是有名的大詩人，又曾為朝廷命官，在婁城自然是德高望重的前輩，他的話不說一言九鼎，至少舉足輕重。

尤竹莊已這樣默坐不睡三天三夜。這會，他微閉著眼，沉吟不語，但細心的人，可觀察到他面部肌肉在微微顫抖。

終於，他睜開眼，緩緩說道：「弘光帝已被清兵所執，明王朝雪上加霜。我輩曾深受皇恩，本當為皇上歌哭，為皇上盡忠，然盡忠易保民難。清廷已下剃髮令，違者殺無赦。環顧江南各州，或降或抗。降者歷史罪人，將萬劫不復，然百姓可倖免殺戮；抗者令人肅然起敬，完節完名，不枉一死，然百姓因此生靈塗炭。唉，難啊，看來魚與熊掌無法兼得。為求名節，置滿城百姓生命於不顧，我於心何忍……」

「還有一炷香時辰，清兵要攻城了！」

有兵士急急來報。

「婁城不能重蹈覆轍。開城門！——一切罪孽，一切干係全由我來承擔！」尤竹莊言罷，淚如雨下。

當盛夏落日那血色的最後一抹餘輝即將隱去之際，尤竹莊痛苦萬分地開城門以降。

翌日，清將來找尤竹莊商議安民之計，不料尤竹莊已自縊於其宅第。他留下遺囑云：「吾晚節有虧，唯一死以謝天下，無顏見列祖列宗，毋忘以白布覆吾臉，吾不配以明服陪葬，也不願以清服下殮，可殮以僧服，葬吾於婁江之側，墓前一圓石，題曰詩人尤竹莊之墓即可，勿作祠堂，勿乞銘於人，切切此記！」

邊事

「報——」

探子激動地大叫著。

上官大將軍掩飾不住內心的興奮對副將說：「必是朝廷的糧草與嘉獎到了！」

果然不出上官大將軍的所料，朝廷派戶部侍郎寧大人前來宣讀嘉獎令，並押送來了急需的糧草與衣被、兵器等。而最讓三軍鼓舞，讓上官大將軍開心的是皇帝還賜了他一件黃馬褂。

副將在喝過慶功酒後對上官大將軍說：「皇上賜您黃馬褂，真是天恩浩蕩啊，我等要誓死報效朝廷，才不負皇上的恩寵啊！」

「那當然，那當然，弟兄們只要跟著我上官好好幹，自有你們的好處。」

副將大概多喝了酒，已管不住自己的舌頭，他有點衝動地說：「上官將軍，我主張趁熱打鐵，這會將士鬥志正高，糧草又到了，我們明天晚上可發動偷襲，打敵人一個措手不及，把他們永遠趕進大漠，一勞永逸，以絕邊患！」

上官將軍笑笑說：「你喝多了，殲敵的事是大事，要從長計議，明天再議吧。」

副將想想也是，遂開懷喝酒，不再提打仗的事。

一連幾天，上官大將軍都不提打仗的事，副將覺得很奇怪，終於忍不住去問上官大將軍。

上官大將軍摒退左右後，給副將看了一幅他寫的字，但見「玩敵養寇」四個字。副將看了半天，琢磨的半天，似懂非懂，要說「玩敵」，他還好理解，可這「養寇」什麼意思呢？上官大將軍見副將一臉疑惑，示意他坐下，意味深長地說起歷朝歷代那些跟隨君主出生入死打仗的大將軍，一旦真正打勝仗了，打完仗了，有幾個有好下場的？

副將雖讀書不多，可歷史上那些將軍的最後歸宿他還是聽說過一些的，他不由自主地點起了頭，似有所悟的樣子。

上官大將又說：「《史記・越王勾踐世家》云：『飛鳥盡，良弓藏，狡兔死，走狗烹。』這乃千古名言啊，我輩豈能不記取。」

副將不傻，他已多少領會了上官大將軍的意思。因為他想起了半年前的那一仗，那是冬末的一個晚上，那晚朔風呼叫，整整刮了一天一夜，據探子來報，耶律單于的手下都駐紮在孔雀河谷避黑風暴。從打仗的角度講，只要佔了孔雀河谷四面的制高點，再合圍殲之，這仗是十拿九穩的。可上官大將軍在佈陣時，偏在北面留了條活路，沒有鐵桶般圍住。當時有人提出不同意見，上官大將軍說：「困獸猶鬥，我要保證自家將士傷亡越少越好，懂嗎？」

由於北邊的網開一面，結果耶律單于的殘部從這缺口逃之夭夭。

看來這大概就是玩敵養寇之精義了，是啊，要是那一次全殲了敵人，那或許邊境會太平幾年，但沒了邊患，要我們這些將軍何用？朝廷還會養著我們，寵著我們，錢糧源源不斷送來嗎？副將已豁然而悟了，他向上官大將軍雙手作一揖說：「末將願追隨大將軍，玩敵玩到底。」

在一陣狂笑中，兩人舉起了酒杯。

嘴刁

嘴刁，是婁城人的一句土話，翻譯成大白話是會吃、講究吃、一般性吃的看不上、口味很特別。

在婁城，真正稱得上嘴刁的，首推尚百味。他曾在一次宴後，用甲魚骨特製的牙籤剔著牙說：「我老爹給我起名百味，冥冥之中註定我崇尚百味。我這張嘴呵，吃刁了。這輩子就這點愛好了，除了享享口福，其他嘛，都無所謂。」

尚百味的嘴巴到底如何刁法，社會上只是傳說，並不知道詳情。不過據與他一起同桌喝過酒的說，尚百味那嘴，就像專業品酒師，一聞一品，馬上給你說出個甲乙丙丁來，保證說得掌勺的大菜師傅也不得不佩服。據說有次宴席上，端上了一盆當地名菜五香肉骨頭，一桌子人品嚐後都說味道正宗，好吃，唯尚百味一聲不吭。同桌的知道他自有一套吃食經，就向他請教。他說：「這道菜好是好，可惜美中不足，一是花椒未用本地花椒，二是八角茴香少放了幾顆，因此這菜只能打九十分。」這似乎有些玄乎，有人把特聘的名廚請出來。一問，果然如此，因他是外地廚師，未使用過本地花椒，所以按老習慣用的是外地花椒。茴香嘛，也有意少放了幾顆，因他聽說婁城人口味淡……

尚百味就有這點兒本事，你不服不行。

尚百味對油炸、乾煎的東西不感興趣，他吃的菜肴有時一般人是想不到的。譬如他愛吃「泥鰍燒豆腐」。這泥鰍先要清水養幾日，待泥鰍把肚中吃食全部排泄完方可待用。燒時要大鍋文火，一鍋清水，中間放三塊豆腐，再把泥鰍倒入，隨著鍋內之水慢慢升溫，那泥鰍亂蹿亂跳，最後都鑽入了溫度比水溫略低的豆腐中，之後，再舀掉若干水，再加佐料文火燒煮，據講那泥鰍又嫩又鮮，據講吃此菜謂之打耳光不放。

尚百味有段時間，被朝廷外放至陝西當了個布政使，這官不大不小，但關中的口味與江南迥異，他因此很懷念家鄉的菜肴。他對同僚說：「我算明白了古人怎麼會因思念家鄉的鱸魚與蓴菜掛冠而去的了。」

尚百味想起了家鄉有清蒸鯽魚味道鮮美，一時饞蟲爬出。他竟連夜寫信回去，叫家中選半斤以上的鯽魚若干條，清蒸後放入將凍未凍的木桶豬油中，火速派家丁送往他任上。他說只要豬油不化，鯽魚之鮮味能多日保持不變。只是收到此信，已開春了，木桶的豬油能不能經長途而不壞，沒把握。家中遂回信，說實在想吃江南菜、家鄉菜，何不請假回來一次。

尚百味接信後，很是遺憾了一陣呢，他說按他所說做保證壞不了。

關中多驢，俗話說「天上天鵝肉，地上鮮驢肉」。尚百味想出了品嚐鮮驢肉的一法：即府中專門養好兩頭健壯的驢子，想吃鮮驢肉時，讓掌廚的在驢子的臀部下刀割肉，因取肉不多，雖鮮血淋漓，卻並無生命之虞，只要用燒紅的烙鐵烙於下刀處，立時便可止血。若以後再想吃鮮驢肉，只需換個部位，如法炮製便可。

用尚百味的話說，他府上的驢肉，才真正是鮮驢肉，乃百味之首的美食呢。

也是命該尚百味倒楣，有次新任的巡撫大人過府，尚百味就用炒驢肉絲來招待之，巡撫大人問：「此菜味絕佳，乃何野味也？」尚百味忙討好地說了一遍，誰知巡撫大人聽後勃然大怒，拂袖而去。

原來巡撫有一愛好乃繪畫，特別喜畫驢子，他的《百驢圖》曾得皇上首肯，因此巡撫大人對驢子極有感情，從不吃驢肉。哪想到尚百味不但吃驢肉，還用如此殘忍的手段，怎不令他火氣頓生。

有位按察使知道巡撫大人動了怒，索性投其所好，參了尚百味一本。說他心底歹毒，不宜為官參政、牧民等等。

尚百味一看弄巧成拙，連夜寫了辭呈，以家中老母須照顧為名，回了婁城。

這後，他再不敢食不厭精，膾不厭細，不久就鬱鬱而終。

吳太后壽誕

吳太后七十壽辰了。

俗話說「人生七十古來稀」，即便民間壽至七十，也是件喜慶之事，兒輩孫輩，送壽禮，擺壽宴，也是人之常情，更何況吳太后。

吳太后的壽誕成了朝廷的一件大事，滿朝京官，幾乎都準備了壽禮。那些地方官，只要挨得著邊的，或有這樣那樣關係的，也都一一準備了當地的珍稀特產，專程進京來送禮賀壽。

秋高氣爽，風和日麗。

吳太后的心情與這天氣一樣晴一樣爽，她高坐在鳳椅上，滿臉是笑地看著認識不認識的群臣，接受著眾臣子的賀壽。

官場歷來官位有序，按品位大小逐個上前獻禮致賀。

太監喜公公高聲報著上前賀壽官員的名字、官職，然而報著所獻壽禮，像唱山歌似的，如吏部劉子文劉大人獻玉如意一對；太子少傅姜雨城獻千年靈芝一株……

吳太后特地叫宮女們把各大臣送的壽禮當堂陳列起來。到中午時分，整個大殿已擺得滿滿當當的，全是奇珍珠寶，古玩古書，吃的用的，應有盡有，讓人看得眼花繚亂。

吳太后聽著「福如東海，壽比南山」的頌語，看著越積越多的壽禮，能不開心嗎？她的嘴像敲開木魚一樣，一直咧開著笑著。

大概吳太后今兒實在太高興了，在行將結束之前，她突然說：「各位大臣，你們來為哀家祝壽，哀家從內心高興，只是哀家已是古來稀之人了，這麼多壽禮，不要說要讓我吃讓我用，就是讓我一一過目一遍，也要累上個一天兩天的，堆著放著，物不能其用，這不是天大的浪費嗎。這樣，眾大臣的心意我領了。現在我宣佈：凡在場的大臣，每人可在這些壽禮中選取一樣，但只能拿一樣，算是哀家的賞賜，來個皆大歡喜，好，現在開始。」

吳太后的話著實讓眾大臣意外。

吳太后的話一落，馬上有大臣站出來想勸說吳太后收回成命。但在一片「謝太后恩典」聲中，那勸說誰又聽得見呢。更讓人不可思議的是，吳太后的話在某些大臣聽來，幾乎是聽到了「搶」字，大殿裏頓時亂了套，爭的、搶的、奪的都有。

好幾百件壽禮，禮輕的與禮重的，實在相差很多很多。有的壽禮價值千金，有的壽禮只是外表好看，有的只是京城少見而已。

亂哄哄半個時辰後，幾百件壽禮幾乎所拿殆盡。

吳太后高坐在鳳椅上，剛才那一幕她看得清清楚楚，她一直不動聲色地觀察著。

突然，吳太后指著兵部侍郎方純孝說：「你為什麼搶那張老虎皮？」

方純孝誠惶誠恐地說：「微臣常年打仗在外，很少能侍候高堂，老母親一到冬天怕寒怕冷，故微臣看中了這張虎皮，想孝敬給老母親以禦冬寒。」

「嗯，方純孝，真是名實相符啊，好，百善孝為先。」吳太后滿意地點點頭。

吳太后又把戶部的張圖文尚書、工部的陳真洽尚書叫出來，問：「兩位尚書爭搶玉如意為的什麼？」

張圖文尚書害臊紅了臉，吱吱唔唔說：「臣實在是喜歡這和田白玉的潔白無瑕。」

「那你呢？」吳太后又指指陳真洽尚書。陳尚書脫口道：「臣有收藏各種如意的癖好。」

吳太后又問御史黃一然說：「黃大人，你手上的這套古書不就是你進獻的壽禮嗎？怎麼又收回啦？」

黃一然很坦然地說：「賀太后之壽，當然得拿出自己最心愛之物，禮輕禮重那當別論，此書是我第一心愛之物，既然太后恩典讓我挑一件，我不在乎值千值萬，我最喜歡最看重的還是這套古書，所以微臣拿了這套書。」

「有意思。有意思。」吳太后掃了眼眾臣，又說：「狄翰林，你為什麼站著不動，為什麼不拿呢？」

狄翰林上前道：「太后七十高壽，臣是秀才人情一張紙，只是自書壽聯一幅，表表心意而已。此壽聯唯太后收藏最為合適，臣豈能以一幅自己之聯而拿臣僚們價值千金的壽禮呢。太后的恩賜臣心領了。」

吳太后回宮後很是感慨，說沒想到一件禮品的賜予，叫他們自揀自選，竟演出了這麼一出好戲。

不久，戶部張圖文尚書、工部陳真洽尚書等爭搶貴重禮品的或被免職或被降品，而黃一然、方純孝、狄翰林等得到了升遷。

據說，吳太后認為，這種事最能看出一個人的品行品性。

據說好多大臣後悔不已。

將軍與亭尉

驃騎將軍侯去疾因直言上疏被罷了官。

他想想自己忠心耿耿，戰場上出生入死打了多少惡仗，打了多少勝仗，如今竟為了幾句逆耳忠言而撤職罷官，他心裏窩著那火，燒得著房子。

夫人對他說：「你難道沒聽說過飛鳥盡，良弓藏；狡兔滅，走狗烹嗎？無官一身輕，有子萬事足矣。官場這種是非之地有什麼好留戀的，還是早早回故里，男耕女織，過過太平日子。走吧走吧，以免夜長夢多。」

將軍掂量夫人的話，委實不無道理，遂歎口氣，罷了罷了，就此打點行裝，悄然上路。

一路上曉行夜宿，好不辛苦。

那一日，月色朗朗，疏星隱隱，趁著月色，一行人未停未宿，急急趕路，不料行至弇山亭時，被一亭尉一聲斷喝，攔住了去路。

那亭尉生得牛高馬大，那嗓門好大好大，他指指權杖說：「今晚禁夜，誰敢私闖！誰若違禁，格殺勿論！」

隨行的連忙上前說：「此乃赫赫有名的驃騎將軍侯去疾，休得無禮！吾等因急於趕路，並非有意違禁，請看在將軍面上，例外放行。」

「不行！」那亭尉上前一步，把刀一橫說：「我只知有令遵令，有禁執禁，不知什麼將軍不將軍，請速退回，如若再敢上前一步，莫怪我這把刀不認人！」

驃騎將軍氣不打一處來，難道真是落毛的鳳凰不如雞，好啊好啊，你一個小小的亭尉，竟敢在我驃騎將軍面前如此放肆，真所謂是可忍，孰不可忍！

將軍挺槍上前，欲好好教訓這膽大包天、目中無人的亭尉。

這時，夫人止住了將軍，她說：「算了，多一事不如少一事，千萬不要節外生枝引出禍端來，歇一晚就歇一晚吧，明兒早早趕路即是……」

驃騎將軍雖說被夫人勸住了，內心的火氣卻沒處發洩，他恨恨地說：「此廝可惡，太可惡了！此仇不報非君子！總有一天，我非殺了你這亭尉不可！」

亭尉淡淡一笑，不懼不畏。

一年後，不知因了何事，又皇恩浩蕩起來，驃騎將軍官復原職，重新出山。

偏巧經弁山亭，又是那牛高馬大的亭尉值勤。

驃騎將軍想起一年前罷官回鄉，過亭時受到的屈辱，至今憤憤不平，舊恨難消。

因是官復原職，此回不比上回，當地太守執意設宴為之接風，為之餞行，並表示，驃騎將軍若有需要地方操辦的事，儘管開口。

驃騎將軍想也未想，脫口說道：「把那個值勤的亭尉交我處置！」

太守一愣，隨即討好地說：「將軍要人，任憑提取，下官決不攔阻。」

就這樣，驃騎將軍把那亭尉帶到了身邊。

驃騎將軍這回親自審問，問那亭尉是否還記得一年前月夜攔阻之事，問他該當何罪？

亭尉依然軟硬不吃的態度，一臉正色地說：「亭尉之職在於依令而執法，有令在，豈能因人而違禁，就算是皇親國戚來，也一樣不得違令犯禁。試問，我何罪之有？」

驃騎將軍一拳打在桌上，氣呼呼地喝了一聲：「大膽！」

驃騎將軍一夜輾轉反側，難以入眠。

第二天，驃騎將軍下令升那位亭尉為參將。

據說那位亭尉後來成了驃騎將軍的得力助手，那是後話，扯遠了，就此打住。

另類筆法

一份腰圍記錄

在我當裁縫的親戚家，見到了他保存的老顧客衣服尺寸記錄本。有些老顧客還有專頁，上面詳細記著歷次所做衣服的尺寸。

我饒有興味地看了好幾遍，覺得頗有意思。現在抽出一位老顧客其褲子腰圍尺寸的變化，按年代先後排列成表（變化不大的就省略了），並在備註一欄裏註明其工作及職務的變化，錄此備考。

年代	腰圍	備註
一九六四年	二・三尺	任股長
一九六七年	二・一尺	蹲牛棚
一九七九年	二・四尺	平反後任副科長
一九八二年	二・六尺	升正科長
一九八三年	二・七五尺	提為副處長
一九八四年	二・九尺	升為正處長
一九八六年	三・二尺	兼公司總經理
一九八九年	三・〇五尺	任局紀委書記
一九九三年	二・八尺	當調研員

那片竹林那棵樹

〈古廟鎮發現特大靈芝〉——

市報報導一：

大意是：古廟鎮牌樓村村民周阿狗在周家竹園採到特大靈芝。據專家測定，至少有百年以上歷史。在江南地區發現如此特大靈芝，實屬罕見……

市電視臺報導之二：

憨厚的周阿狗捧著那特大靈芝，向觀眾們介紹著發現特大靈芝的經過。真所謂不看不知道，一看嚇一跳。乖乖隆地冬，那特大靈芝竟有小臉盆那麼大小，紫赤色有光澤，猶如紅木雕刻品。婁城延天齡藥房退休的老藥工也說從未見到過如此大的靈芝。

電視真是個好東西，把市報上語焉不詳的新聞術語，全變成了可視畫面——原來周阿狗是在那片竹園靠河邊的一棵檀樹上發現這靈芝的。這棵檀樹有幾百年樹齡已不可考了，看樣子，這樹歷史上曾遭雷劈，一半已枯死，歪斜在河面，一半已浸在水中，但倔強的生命力仍支撐著它枯乾上的幾枝新綠。也許正是這半死半活，又枯又榮，半乾半濕的檀樹，為靈芝生長提供了最佳產床。

據老輩人講，周家是有根有基的人家，祖上顯赫過好幾代呢。

傳說一：

周家有功於皇上，據說就與靈芝有關。當時皇上莫名中毒，百藥無效，連太醫也一籌莫展。後，周家祖上進獻採自周家竹園的一株百年靈芝，皇上服後，不久即康復如常。於是龍顏大悅的皇上給周家祖上封官加爵，敕建牌樓。一時皇恩浩蕩，風光朝野。

傳說二：

太平天國時，周家組織民團拚死抵抗，以忠皇室。結果，周家竹園屍橫遍野，血紅黑土。此後，每逢陰雨天，周家竹園即陰風慘慘，鄉民無人敢近前。以致周家竹園無形中成為禁地。那片竹園自生自成，百餘年來，幾乎無人去驚動之。

傳說三：

據說古廟鎮發現特大靈芝的消息全國不下百家報刊轉登。這之後，有多位大款有意出鉅資購買。

最言之鑿鑿的有這樣一則傳聞：深圳一暴發戶攜一密碼箱百元大鈔，專程前來古廟鎮，準備一手交錢，一手取貨。不料一臺灣老闆捷足先登，已在與周阿狗接觸之中，最後兩人互相競價，最終因臺灣老闆財大氣粗，以二十萬元買走了這株特大靈芝。

傳說四：

那競價失敗的深圳大款放出口風：誰能再採到大靈芝，這帶來的一箱百元大鈔就歸誰了。

市電視臺報導後的第二天：

有兩三位膽大的村民，帶了手電筒、蛇藥、鐮刀等，拍足膽子，一步三看地進入周家竹園尋覓靈芝……

市電視臺報導後的第三天：

大約有一二十位古廟鎮鄉民結伴深入周家竹園探寶，吸引了不少牌樓村看熱鬧的村民……

此後，來周家竹園的人與日俱增，有當地的，有外地的，有來碰碰運氣的；有採不到靈芝決不甘休的；有來瞧稀罕的；有來軋鬧猛的。

進竹園的人像梳子似的把周家竹園來來回回梳了好幾遍，那些剛冒頭的竹筍被踩了個稀巴爛。那棵默默無聞數百年的古老檀樹，被人們上上下下，反反覆覆不知看了多少遍。後來，有人剝它的樹皮，說拿回去放家裏，看看會不會生出靈芝。這頭一開，再也剎不住了，那檀樹最後被連根刨起，不知去向。後到的人大所失望，無名火莫名其妙地發到了那些無辜的竹子身上。更有甚者，罵罵咧咧地說：「老子採不到靈芝，你們也休想在這兒再採到靈芝！」一時間，周家竹園的大樹小樹，老竹新竹一起遭殃……

周阿狗悄悄來到電視臺，一、要求把特大靈芝獻給國家，萬萬不要宣傳；二、懇求電視臺播條消息，就說那靈芝是假的……

電視臺的編輯記者感到有責任幫助周阿狗，他們再次去周家竹園，拍攝了遭殃後的周家竹園。播音員用沉痛的心情說：「據專家們講，周家竹園百年內不可能再有靈芝生長，可惜可惜！」

周家竹園總算又復沉寂起來。

無題

時間：六十年代後期至七十年代初

例一

張三不慎把一尊毛澤東像打碎了。張三慌得六神無主。該死該死！這可是砍腦殼的大罪名啊。他跪在破碎的領袖像前，虔誠而自責地連連磕頭，請他老人家饒恕他的不敬之罪，並再三訴說：「我不是故意的。真的，我不是故意的。」

張三望著破碎了的領袖像，越看越怕，越看越急。他知道如果不早早處理掉，萬一被誰撞見，被誰知曉，那可不是開玩笑的。張三不敢再多想，乘夜色，像做賊似地把破碎了的領袖像偷偷扔到了河裏。

不料幾天後，挖河泥的農民發現了領袖像碎片，即刻逐級上報。有關部門馬上成立專案組，把此立為一號現行反革命大案。

張三因剛剛請過一尊毛澤東塑像，被列為重點懷疑對象。張三心虛，只幾個回合就如實招供。

張三被判刑，鋃鐺入獄。判決宣讀後，張三感激涕零地說：「感謝政府寬大處理，感謝不殺之恩。我該死，我服罪，我一定好好改造……」

例二

李四不慎把一尊毛澤東塑像打碎了。李四驚駭得面如死灰。「臭手臭手！」他邊罵自己邊打自己的手。咋就這麼不小心呢。什麼不能打爛，怎麼偏偏打爛了領袖像，真要命！罵煞怨煞都沒用，剁掉自己手指也沒用，關鍵是如何處理這破碎的像？想來想去，想去想來，就是想不出個好辦法。李四不敢拖延，怕拖延了罪名更大。急衝衝跑去報案，算是自首。

那交代、盤問、筆錄過程，反反覆覆極為繁瑣，略去不寫。

後來，李四在多種場合檢查，觸及靈魂，還幾次被觸及皮肉。

據說：李四的檔案上還記過一筆。

例三

王五不慎把一尊毛澤東塑像打碎了。王五面對一堆破碎的領袖像，一時心膽俱裂。但他終於鎮靜了下來。他熄了燈，一支接一支地抽煙，冥思苦想，絞盡腦汁。最後，他狠狠心，在黑暗中把破碎的領袖像石膏片一一敲碎，慢慢地、慢慢地碾成粉末，然後掃了倒入痰盂，用水調和，再倒入抽水馬桶一抽了之。隨著「嘩——」一聲響，一切的一切無影無蹤。

若不是二十多年後的一天，王五自己酒後吐露出來，真可謂神不知鬼不覺。

追悼會

場景一

天氣奇熱，坐著不動竟然會汗濕衣衫，電風扇開著，還覺得如坐在蒸籠裏似的。

殯儀館的大廳裏人頭濟濟，來了一批又一批，花圈一個比一個大，一個比一個漂亮，花圈放到了大廳處，人擠到了大廳外。

毒花花的太陽一點也不近人情，絲毫沒有因為這裏開追悼會而天陰下雨，有丁點以示哀悼的意思。可以這樣說，天大熱，人的心更熱，熱得令人感動。看看吧，一個個全然不在乎如此酷熱的環境，全然不顧汗流浹背，汗臭薰天，只一個心願：向死者致哀，向死者的親屬表示慰問，表示悼意，表示……

我想讀者一定很想知道死者是誰？是何等樣的人物吧？

好吧，讓我告訴諸位——死者是一位五十歲左右的婦人，一位長年病假在家的普通幹部。死者的後面，站著一位氣度不凡的領導模樣的人物。

有人叫他局長，有人叫他總經理。

據說這位挺著啤酒肚的，就是死者的丈夫。

場景二

金風漸起，秋涼漸生。

依然是那間殯儀館大廳。

哀樂揪得人心發顫，大廳內外一派蕭殺的氛圍。三三兩兩的花圈，冷冷清清地排列著，幾乎清一色是單位送的。

不少來送花圈的，一放下花圈就匆匆離去，一副例行公事的面孔。

大廳裏人比花圈少。

悼詞倒很長，歷數死者的功勞、苦勞、疲勞，歷數死者生前科長、處長、主任、局長等等一長串步步升高的官銜。

死者的後面站著一位眼睛哭得紅腫的婦人，她已哭不出聲了，那種悲哀非死了最親最親的親人所不能有的。她怎麼能不傷心呢？——死者是她的丈夫，是她後半生的依靠，是她全家不可缺少的支柱啊！

後記

這是我的眼睛從殯儀館攝取來的兩個鏡頭，是兩個原本並不相干的鏡頭，我把它們組合在一起。

三代人的遺囑

前不久，碰到了一位多年未見面的老同學。這位方姓同學建議我寫寫他們方姓家族，說婁城方姓家族史乃一部絕好的長篇小說材料，還說要給我提供素材。

我說我是寫微型小說的。

老同學很內行地說：「有話即長，無話即短。你看了我提供的材料再說，能長即長，須短則短。」

過了幾天，老同學果然送來了一包材料，其中有書信、有日記、有詩詞、有揭發信、有大批判底稿、有入黨申請書、有遺囑等不少材料。而我最感興趣的卻是老同學父母、祖父、曾祖父三代人的三份遺囑。我甚至覺得這三份遺囑排在一起就是一篇很有意思的微型小說。（原文較長，試摘錄部分精彩的段落，以饗讀者。）

第一份是老同學曾祖父用毛筆寫的遺囑：

……萬般皆下品，唯有讀書高。吾方家乃婁城名門望族，世代書香門第，望汝等寒窗苦讀，以真才實學立足於世。吾雖未留下金銀、房產、田地，然書畫、古董之收藏，與十幾萬冊藏書乃為父一生之心血，萬萬不可在汝等手中散失，切切此記！

先賢曰：非我族類，其心必夷。小兒欲去東瀛求學之念頭務必打消。父母在不遠行。好好在家伺奉高堂老母……

不孝有三，無後為大，望小兒早日完婚，以續方家香火。

……

落款是丙子年蒲月，按推算應是一九三六年農曆五月。

第二份是老同學祖父用圓珠筆寫的遺囑：

為父自知去見馬克思的日子不遠了，唯一遺憾的是二十年來，多次打報告要求入黨而未能如願。一個人出身是不能選擇的，但所走的道路是可以自己選擇的。衛東、一兵，你們最要緊的是要認清方向，堅定立場。為父不留金，不留銀，留下小詩一首要牢記。

永遠忠於毛主席，

遇事多想想老人家的話。

一生交給黨安排，

黨叫幹啥就幹啥。

……
敬祝偉大領袖毛主席萬壽無疆！
祝願林副統師身體永遠健康！

日期是一九七一年八月三十一日。

第三份是老同學父親的遺囑，用電腦列印的，還讓公證處做了公證：

時代交替了，價值觀念變了，我生不逢時，這輩子也就算了，你們要適應形勢，抓住改革開放的大好時機，創一番事業，中興我方家。

一，我去後，這房子要充分利用好，街面房子可出租，所收租金兩兄弟二一添作五。

二，孫子孫女輩務必培養讀大學，能出國留學的盡量出國留學。

三．將來經濟寬裕了，要設法續修家譜。

四，要設法與僑居美國的你們三叔聯繫上。

五，喪事從簡，墳地買得好一些。

……

日期是一九九五年九月十八日。

我在想，以後如有人再續下去，可能讀起來更有味道。

生日日記

一九九七年二月六日　星期四　天氣陰

今天是大年三十，傳統的除夕之夜。照理，今天是闔家團聚的日子，是一年中最開心的日子，照理，也應該是我一年中最開心的日子，因為今天是我的生日，可我，開心得出嗎？

看看鄰家，家家在忙過年，一派過年氣氛，那一家家的人進進出出，那一家家的廚房忙忙碌碌。樓上樓下，年夜飯的香味飄呀飄呀，都飄到了咱家，引得我肚子咕嚕咕嚕地叫喚。

只有咱這個家，哪有半點過年的樣子，為了點雞毛蒜皮、微不足道的小事，爸爸媽媽又吵上了。我已數不清這個月已是第幾次吵架了，吵吵吵，一家人有什麼好吵的呢，我不明白。

媽媽罵爸爸：「你這窩囊胚，就掙這一點點錢，沒本事養活老婆孩子，還算什麼男人。」

爸爸凶著嗓門說：「你這個懶女人，只想吃好穿好，哪來？天上掉下來？像你這樣好吃懶做，只有去做雞……」

「哐啷——」媽又開始摔東西了。

「你摔，你摔。你有本事摔，我就不敢？不想過了，大家不過了。」爸爸也摔起了東西。

一個好好的家，被吵得不像個家，一個好好的年，被鬧得不像個年。

媽媽哭了，哭得好傷心。

爸爸悶頭抽煙，把房間裏抽得烏煙瘴氣的。

媽媽使出最絕的一招，捲捲衣服，往姥姥家一走了之。

「孩子你帶走！」爸氣急敗壞地喊。

「貝貝是你們王家的種，我不要你們王家一樣東西。」媽媽竟把我看成是王家的東西，叫我好不傷心。

看來媽媽沒有十天半月不會回來，今年這個年肯定是夠慘的。

我為什麼會生在這樣的家庭？

人家的爸爸媽媽都親親熱熱，和和睦睦的，為什麼我的爸爸媽媽三天兩日雞雞鬥呢？有什麼辦法能使他們不吵呢？只怪我笨嘴笨舌的，不會勸架，真該打我的嘴，打我這笨嘴。

要是有什麼藥，一吃下去，火氣就消了，那該有多好，再貴，我也要想辦法買了給爸爸媽媽吃，讓他們吃後，不吵不鬧，有說有笑的過日子，我就是不吃零食，不穿新衣，我也情願。

只是，這種靈丹妙藥在哪兒呢？

一九九八年一月二十七日　星期二　天氣陰

真快，一年又過去了，我已是六年級的學生了。以前我最喜歡過年，過年有一桌子的菜，有新衣服穿，還有鞭炮、有煙火，還有壓歲錢，可能因為我是大年三十生日吧，我的壓歲錢總不會少。可現在，我怕過年，怕過生日。別人家開開心心過年，我們家吵吵鬧鬧過年，倒不如不過年。

自從爸爸媽媽吵架升級後，爸爸養成了喝悶酒的習慣，有菜喝，沒菜也喝，一喝就爛醉，一醉就血紅著眼拍桌子吼嗓子，好兇。

媽媽根本不理爸爸，也不怕爸爸，還故意刺激爸爸，說什麼：「看看你，只敢對老婆吹鬍子瞪眼的，算什麼英雄。告訴你，我從心底裏蔑視你！」

不一會兒，小吵吵演化成大吵大鬧，演化成你拍桌子，她摔東西。

我流著淚勸爸爸媽媽：「你們不要吵了。爸爸媽媽，我求你們了，給我點安靜，給我點溫暖好不好？」

爸爸把我推到一邊，媽媽訓斥我說：「你小孩子懂什麼，插什麼嘴。」

「不想過就離！」

「離就離，誰不離誰是烏龜王八蛋！」

「離婚」這字眼我已聽得耳朵起繭了。我真怕爸爸媽媽離了，我愛爸爸，我也愛媽媽；我要爸爸，我也要媽媽，我要一個完整的家。可爸爸媽媽不肯聽一聽女兒的心聲，你們太自私了，太自私了！

我曾痛苦地想過無數次，假若爸爸媽媽真要離婚了，我到底跟誰過呢？跟爸爸過呢，還是跟媽媽過。想著想著，眼淚就濕了半個枕頭。

爸爸媽媽終於離了，當這場持久戰終於結束時，爸爸很消沉，媽媽也很疲憊，最倒楣的則是我。萬萬沒想到，爸不要我，媽媽也不要我，我似乎成了個多餘的人。難道我不是他們親生女兒？開始我想不通，後來知道，媽媽想再嫁人，怕有了我這個「拖油瓶」不好辦。

爸爸的話更使我傷心，他說：「誰知道你是哪個男人的野種，你像我嗎？哪點像？你說！」

我終於什麼都明白了，原來是為了我。媽，十四年前的今天，你不該生我出來，為什麼生我出來，為什麼？

過去的美好日子早成了記憶，愈來愈遙遠，愈來愈模糊。

別人家的孩子除夕過後是初一，是新年。我呢，我的好日子在哪裏？

爸爸媽媽，你們知道你們的女兒在想什麼嗎？

女浴室新聞

A鏡頭

報載：某地某廠某女浴室，一臺煤氣換熱器的內部穿了孔，煤氣沿著蒸汽管道，很快進入女浴室。那難聞的煤氣使人窒息，靠門的幾位正在沐浴的女士，顧不得穿衣，顧不得儀容，連滾帶爬逃了出來。當時有一叫阿蘭的青年女工，因位置比較靠裏，來不及逃出即暈倒在浴室。而同浴的女工一個個軟軟的，能隻身逃出來已屬大吉，哪有力氣拖阿蘭出來。

逃出來的女工大呼小起來，希望有人救出阿蘭。可此時下班時間早過，浴室又靠廠子最後面，呼救聲中竟人影兒不見。

看來阿蘭這回是在劫難逃了。

正在這緊要關頭，勤雜工阿誠急急奔過來，問：「什麼事，發生了什麼事？」

當他得知阿蘭煤氣中毒暈倒在女浴室裏，二話沒說，就要衝進去救人。不料，剛穿好衣服的符大姐一伸手攔住了阿誠：「你，不行，人家阿蘭是黃花閨女，現在赤身裸體，一絲不掛的，你怎麼能進去？」

阿誠焦急萬分地說：「都什麼時候了，人命關天吶，還黃花閨女紅花閨女的，救人要緊，再不救，恐怕就沒命了！」

符大姐想想也是，她扔過一件衣服給阿誠，用十分嚴肅的語氣說：「你給阿蘭穿好了抱出來，記住，不准佔阿蘭的便宜，要不然，有你的好果子吃！」

阿誠抓過衣服衝進了女浴室。

三分鐘過去了、五分鐘過去了，怎麼，還不見阿誠抱阿蘭出來，女工們急得像熱鍋上的螞蟻。

「會不會阿誠這小子使壞，如果這樣，我們幾個不能放過阿誠這小子。」符大姐氣呼呼地說著。

總算萬幸，廠領導帶了人趕來了。

救護人員在女浴室發現了躺在水泥地上的阿蘭與阿誠，阿蘭的衣服已穿了一半，顯然阿誠在給阿蘭穿衣服時，也因煤氣中毒而暈倒。

阿誠因中毒時間短，經全力搶救總算從死神手中奪回了一生命。阿蘭終因搶救無效，一縷芳魂去矣。

事後，議論紛紛。

集中為兩點。一說封建意識殺人，批評的矛頭有意無意指向符大姐。二說阿誠太老實，腦子不轉彎。言下之意，要是阿誠不理會那些說法，說不定阿蘭還有救。

符大姐懊悔萬分。

阿誠也懊悔萬分，直罵自己沒腦子。

B鏡頭

阿誠聽有呼救，三步並作兩步奔到了女浴室門口，他一聽有人煤氣中毒暈倒在浴室裏，二話沒說就要衝進去救人。

剛穿好衣服的符大姐一伸手攔住了阿誠：「你，不行！人家阿蘭是黃花閨女，現在赤身裸體，一絲不掛，你怎麼能進去？」

阿誠推開符大姐的手說：「都什麼時候了，還顧忌這顧忌那的，救人要緊，有什麼事，我一個人兜著。」說著一陣風似地衝進了女浴室，不一會，阿誠抱著全裸的阿蘭搖搖晃晃出了女浴室，符大姐等一群女工見此，不約而同叫了起來。符大姐第一個跑過去，把一件衣服往阿蘭身上一蓋，厲聲對阿誠說：「放下，沒有的事了，男人家走開點……」

醫生說：「阿蘭若再晚救出幾分鐘，就搶救不過來了。」

女浴室事件不到兩天，就傳遍了大街小巷，成了人們飯後茶餘嚼不厭的話題。

阿誠發現不少用異樣的目光看著他，不少人對他指指戮戮。

據說主要有這樣幾種說法：

一、下班時間早過了，他阿誠一個大男人怎麼會跑到女浴室附近？

二、阿誠不聽符大姐勸阻，硬闖女浴室，很可能心存不軌。

三、面對一絲不掛的阿蘭，他阿誠會那麼老實？得打上一問號。

後來的傳言越傳達越難聽，甚至連阿蘭本人也有意無意地回避著阿誠。姑娘們見他更是如避瘟神。

阿誠自個兒問著自己：難道我救錯了，難道我不該進去救？

救人沒錯！——阿誠很坦然，坦然的阿誠不管別人說什麼，怎樣說，他照樣上班下班，沒事一般。

沉重的表揚

二〇〇七年夏天，泗水村的村民意外地發現村裏出現了蚊子，結果一村人奔相走告，興奮不已，幾乎村裏所有的人都在傳著：「村裏出現了蚊子了！村裏出現蚊子了！」

第一個發現蚊子的村支書像是立了大功似的，在村民面前到處展示他手臂上的蚊叮紅塊，至於那隻被他拍死的有一泡血的大肚子蚊子，村支書還輕易不給人看呢，生怕村民們爭先恐後來瞧稀罕，不小心把這隻罕見的蚊子屍體給弄丟了。

有獵狗一樣鼻子的記者尤至立聞訊後，立即連夜撰寫了一篇文采斐然的報導，題目是〈「死水村」有蚊子了！〉，發在了二〇〇七年六月十八日的一家國家級報紙上。

真可謂新聞年年出，唯獨今年殊。你想想，一個村子有了蚊子也上報，這夠得上新聞嗎？但讀了此文，你會恍然大悟，並感慨萬千，從心底承認這確確實實是一條新聞，一條令人啼笑皆非的新聞。

原來這「死水村」原名泗水村，早先這兒山青水綠，環境可好呢。自八十年代後期發展鄉鎮工業後，一些城市的小化工廠陸續搬遷到了這兒，不幾年，河水或變黑，或變黃，或變紅。樹枯死了，草枯死了，魚不見了，鳥不見了。到九十年代初，連蒼蠅、蚊子也不見了，那股味實在薰得讓人受不了，好端端的一個泗水村就此變成了「死水村」。

當地領導痛定思痛，下大力氣治汙，關停並轉了多家小化工廠，限止了污水亂排亂放等等，經過幾年治理，如今終於初見成效，這能不令人高興嗎，難怪泗水村的村民見了久違的蚊子比見到大熊貓來到村裏還欣慰。

有位細心的刁姓讀者依稀記起十年前好像在哪家報上曾讀到過一篇關於泗水村蚊子滅絕的報導，經反覆回憶，這位刁姓讀者終於記起，那報導也是這家國家級報紙刊登的。他索性做起了有心人，翻閱了自己的分類剪報，功夫竟沒白費，他在環保專題裏查到了一篇署名「肖涉溪」記者撰寫的報導：題目是〈沒有蚊子的泗水村〉。文章寫得很生動，寫他在報社當實習記者第一次下鄉採訪，從小怕蚊子叮咬的他，帶了三星牌驅蚊香與避蚊叮油等，以便抵禦鄉下成群結隊欺生的蚊子大軍，但到了泗水村後，發現這裏的村民沒一家用蚊帳的，更不要說用蚊煙香了，因為這兒已好幾年都沒有蚊子了，一隻也沒有，那些村裏的孩子已不認識蚊子是啥樣子的。記者感歎說，他還是第一次見到無蚊村。還說如果不是親眼親見，他也不會相信云云……

刁姓讀者後來把兩篇剪報都複印後寄給省報，但省報未刊登，連回信也沒有。

刁姓讀者不死心，又通過多種關係，打聽寫這篇報導的記者為何人？結果更使他意外的是，據說尤至立就是肖涉溪，肖涉溪就是尤至立，這兩個都是筆名，當年這記者剛到報社，還是實習生，所以起了筆名肖涉溪，意謂小實習生；現在嘛，老資格了，有資歷了，所以化名尤至立。其實，他的真正名字叫——算了，他的真名還是不提吧，免得髒了讀者的耳朵。

局長一天

局長姓馬，官場上習慣簡稱他為「馬局」。馬局是天生姓馬，還是因馬年而謂之馬局，筆者不得而知，不過，馬局也好，牛局也罷，原本乃一符號而已，不必頂真。

嚴格的說，馬局的一天是從淩晨2：30開始的，下面是他一天的實錄。

2：30，馬局於睡夢中柔柔地叫著「麗麗、麗麗，過、過來，讓、讓我親、親你，想、想死我了……」

正好起來夜尿的老伴見老頭子面色潮紅，呼吸急促，說著這些不三不四的話，氣不打一處來，上前用手捏住老頭子的鼻子，氣呼呼地說道：「做你個春秋大頭夢，老不正經的！」

馬局見好夢被擾，正想發作，見老婆滿面怒容，不便發作，放軟檔說：「幹什麼，幹什麼，睡覺也不讓好好睡，明天還要上班呢。」說罷，翻身復睡，可惜好夢不復至也。

6：40，電話鈴響，是局長辦公室主任打來的，說紅十字會出了醫療事故，家屬在鬧呢。局長打了個哈欠說：「叫聞副局長去處理，別什麼事都來找我。」

7：15，吃稀飯一碗，醬瓜一根，感覺比山珍海味爽口多了。老婆又端來一杯牛奶一個水荷雞蛋。局長苦著臉說：「你能不能讓我清清腸子。你呀你，一點不知道我的口味。」

7：55，小車到門口，接局長去上班。

8：05，進辦公室，抓了一把枸杞子與幾片人參，沖泡後，開始打電話，先給分管副市長打電話問安，問他昨晚喝了八兩多，回家沒什麼問題吧。順便又彙報了一下自己喝了這麼多，半夜還去處理了一個醫療事故……

8：30，給聞副局長打電話，問醫療事故處理得怎樣了？聽了彙報後說：「我現在正忙，十一點一定趕過來。」

9：00，開始翻閱市委、市政府的文件。在文件上簽「閱」字。

9：30，接省衛生廳電話，說星期六趙副廳長一行四人下來視察工作。電話那頭說：「其他菜馬虎點沒關係，紅燒河豚嘛一定要請專人把關。」局長連說：「沒問題，沒問題。」

9：50，接待一個外地的新藥推銷商，局長給了他一張名片，對他說這會正忙，晚上可直接打電話到他家裏。推銷商心領神會，滿意而去。

10：05，接待一投訴的病人家屬，叫辦公室的把她領到分管副局長辦公室。

10：30，翻看各醫院送來的彙報。他在其中一份簽了「存檔」，其中一份簽了「擬局辦公會議決定」；另一份簽了「請聞副局長處理」；還有一份簽了「請辦公酌處」。

11：00，關照辦公室去江邊飯店訂好一桌河豚宴，並採購禮品十份，每份控制在五百元內，一定要拿得出手。

11：30，乘小車去市紅十字會醫院。

聽完院長彙報後，做三點指示：一、大事化小，小事化無，賠點鈔票，盡快了結；二、屍體火化要越快越好；三、不能驚動媒體，千萬不能上報上電視。誰捅出去誰負責！

11：50，到新世界食府吃飯，由紅十字醫院作東。

面對院長的勸酒，局長堅持不喝，他說：「下午要上班，不能喝，要喝也要留著晚上喝。」

院長叫領班另外拿一瓶法國路易十三，說給局長晚上喝。

13：45，回辦公室，在三人沙發上午睡小憩，不一會鼾聲大作。

14：35，手機響，麗麗打來電話，她問局長今晚去哪裏瀟灑呀，要不要仍由我來陪陪你？局長說：「麗麗啊，我很想今晚再能一起銷魂，只是今晚上級來人，我抽不出身，明後天吧，我一定找你，放心。」

14：45，洗了一把臉後，開始翻看當天的報紙。

15：05，打電話把二院副院長找來，透露了院長將有所變動的消息，關照他努力爭取。副院長千恩萬謝而去。

15：30，臨時召開局長辦公會議，研究了二院院長退二線、提升副院長為院長的事宜。雖事出突然，但沒有人反對。

16：40，帶領聞副局長等一行六人，分乘兩輛小車，並關照防疫站站長一起去賓館檢查衛生防疫問題。

17：00，美麗華賓館被檢查出廚房的衛生不合標準，開出停業兩天、罰款五千元的單子。

17：25，紅玫瑰桑那中心老闆娘一見局長駕到，連忙上前打招呼：「局長大駕光臨，不勝榮幸，給個面子，在此便宴，不滿意再開罰單，好不好？」

局長見老闆娘如此善解人意，就說：「吃飯吃飯，不談工作。」

19：50，酒足飯飽後，老闆娘附局長耳說：「美美我已打了傳呼叫了過來，到貴賓包廂吧。」

局長與其下屬進入浴室。

20：30，局長進入貴賓包廂，由美美小姐按摩。

21：35，接W局的洪局長手機，叫他速速趕到夢巴黎夜總會，說他不到就沒意思了，叫千萬千萬在十分鐘內趕到。

21：45，局長趕到夢巴黎夜總會。

沒想到麗麗也在。

洪局長等拿他和麗麗為目標，開了一通半葷不素的玩笑。

22：00，局長開始摟著麗麗跳舞。

23：05，局長由小車送回家。

一天終於結束了，局長進門後的第一句話是：「真累啊！」

兩份檢查

聯防隊張隊長接到一個舉報電話：說春滿園美髮美容中心有色情活動。

張隊長帶了兩名助手興沖沖前去檢查。

張隊長是老資格了，對手下說：「我一個人查一個包房，你們兩個人查一個包房，逮著一個是一個，其他甭管！」

這一著很奏效，果然一堵一個著，兩個房間各逮了一個嫖客。一個幹部模樣，一個農民模樣。

帶回聯防隊後，張隊長發話：「每人罰五千，少一個錢不成。」沒想到兩個人異口同聲說：「認罰，認罰。」

罰過錢後，那個幹部模樣的中年人說：「我可以走了吧？」

張隊長一聽是外地口音，面孔又很陌生，並且見他罰款很爽氣，估計他在這兒不會有什麼關係與後臺，就此底氣足了。他用牙籤剔了剔牙齒說：「每人再寫份檢查，檢討觸及靈魂了，思想根子挖到了，我立馬放人。」

到底是那幹部模樣的人有文化，沒費多少勁，檢查就寫好了。內容如下：

> 這幾年我放鬆了思想改造，受了資產階級思想的腐蝕，對自己的要求鬆了，忘記了自己是一名國家幹部，沒有用共產黨員的標準來衡量要求自己，把自己混同於普通的老百姓，結果……

張隊長看過檢查後，認為寫得還算深刻，就打發那位嫖娼幹部走了。

那位農民見只剩下他一人，急了，冥思苦想了好一陣，終於也寫出了一份檢查。內容如下：

> 這幾年黨的政策好了，我一個地裏刨食吃的泥腿子也開始富了，錢袋鼓後，我就人模狗樣地忘了自己農民的身份，以為自己也可以學學幹部了，也可以像城裏幹部那樣瀟灑一番，結果……

張隊長讀著這份檢查，陷入了深深的沉思。

題材集錦

- 弇山之寶
- 最高境界
- 夢幻器
- 外星人什麼樣子？
- 誰謀殺了太空嬰兒？
- 副局長車禍之謎
- 烏鴉的子孫
- 龜兔賽跑續編
- 魚鬥
- 懶狐
- 金氏紀錄認證官來到鵝城
- 偷界研討會

弇山之寶

江湖上有一個傳聞，已傳了很久了，即一代大俠山一彪把武林的至尊至寶《龍虎寶典》藏在了一個人跡罕至的山洞裏了，誰能找到這《龍虎寶典》，誰將來就有可能練成上乘武功，一統江湖，成為新的武林盟主。

這實在是個誘人的資訊，攪動了江南江北、關內關外，甚至西域海外一路又一路的江湖人士也動了心，尋寶探寶的劍俠刀客幾乎逢山必尋，逢洞必探，但沒有沒有還是沒有，那傳說中的山洞如泥牛入海無消息。

或許是遍尋無著，漸漸，探寶之風冷了下去，但鬼奴不理會這些，他執著地認為無風不起三尺浪，寧可信其有，不可信其無，他依然不顧三九三伏，不分晝夜，累了睡，醒了找，幾年下來幾乎跑遍了那些名山名峰，可惜，一無所得。

鬼奴不得不調整自己的思路，對山一彪所有的資訊進行了重新的過慮、篩選。突然，鬼奴想起了山一彪生前曾築過一弇山草堂，對呀對呀，這弇山一定是他最喜歡的地方，說不定這弇山正是他的歸宿之地。如果這個推論能成立的話，那《龍虎寶典》十有八九被山一彪帶到了他終老的弇山之中了。

只是這弇山在哪兒呢？鬼奴對三山五嶽，對各地佛教道教名山都能如數家珍，可就是沒聽說過弇山。功夫不負有心人，鬼奴終於打聽清楚：這弇山乃神話傳說中的一座仙山，在虛無縹渺之間，順著這條思路下去，鬼奴猜測這弇山可能在海中，怪不得尋出天來，影蹤兒不見。

鬼奴為自己的這個發現欣喜不已，但他鬼得很，獨個兒雇了船出發，親朋好友誰也未打招呼，他怕洩露了秘密。

日出日落，也不知換了多少艘船，航行了多少海浬路，有一天他的船遭到了颱風的襲擊，船翻了、沉了，鬼奴也落水了。當他醒來時，竟意外地發現擱淺在一個沙灘上。多美的沙灘呵，疑是海上蓬萊仙島。「但願這就是弇山，但願這就是弇山！」鬼奴朝山上跪拜了一番後就開始了搜山覓洞。

到了第三天的時候，鬼奴終於在一處灌木叢中發現了一個極為隱蔽的山洞口，洞口有三個極為古樸的篆字，辨認了許久，鬼奴確信應該就是「弇山洞」三字，啊，找到了，終於找到了，鬼奴幾乎發狂發瘋。他迫不及待地進了洞，沿著曲曲彎彎的洞，來到一較為寬敞處，鬼奴一看竟出現了兩個洞口，一寫「武林秘笈」，一寫「武林至尊秘笈」，鬼奴連想也沒想，就推開了那寫著「武林至尊秘笈」的石門。鬼奴心想，我是來找《龍虎寶典》的，又不是來尋一般秘笈的。

鬼奴沒想到這個洞這麼狹小，他只能仄著身，慢慢往前挪。還算好，正當鬼奴兩塊石頭夾塊肉，進退兩難時，總算柳暗花明又一村，前面又突然寬敞了起來。令鬼奴為難的是前面又出現了兩個洞口，一寫「提升八成功力」，一寫「提升十成功力」，鬼奴義無反顧地推開了可提升十成功力的石門。進去後鬼奴才知道，這洞裏的路更不好走，有時是水沆，有時是陡壁，費盡了九牛二虎之力，鬼奴才進入一段平坦之路。又走了一段。嗨，又出現了兩條叉路，一條路口寫著「一人之下，萬人之上」，一條路口寫著「打遍天下無敵手」。鬼奴想，我吃盡千辛萬苦，九死一生尋到這裏，難道不應該打遍天下無敵手嗎？難道我還要屈居於哪位前輩大俠之下嗎？不，不行，就算這洞裏有豺狼虎豹，我鬼奴也要闖一闖，搏一搏。

鬼奴咬咬牙，推開了那扉寫著「打遍天下無敵手」的山門。剛推開，一股陰氣撲面而來，洞裏濕漉漉的，洞裏根本沒有路。鬼奴只能或爬或躬身前進著。

鬼奴已沒有了日沒有了夜，所帶野果也已吃光了，但他整個心身處在一種極度興奮之中。鬼奴明顯感到是在爬高，這洞似乎在向山頂延伸。突然，又有兩個叉道，左邊寫著《龍虎寶典》，右邊寫著「武林盟主」。這可使鬼奴有點為難了，當初來找的就是《龍虎寶典》，顯然，已近在咫尺了。只要朝左邊這叉洞裏走，說不定就能找到山一彪大俠所珍藏的秘笈了，也就算大功告成了。但鬼奴又一想，不對，我吃辛吃苦來找《龍虎寶典》，為的是什麼？還不是為了將來有朝一日練成蓋世奇功後，可一統武林，既然山一彪前輩已指引了我能當上武林盟主的捷徑，我何必捨近求遠呢。鬼奴終於極不情願地放棄了《龍虎寶典》，向武林盟主的叉道走去。這爬高之路很累很吃力，人困人乏的鬼奴覺得自己隨時會倒下，但他堅持著堅持著。

光亮來了，終於來了。恍惚中，鬼奴看到一雕龍鏤虎的武林盟主的寶椅正虛席以待他的來到，寶椅周圍，祥雲繚繞，七彩繽紛。那寶椅兩旁站立著的那些各路英雄，似曾相識，又似乎陌生。鬼奴顧不得想這些，鼓鼓勁，三步並作兩步，衝向了那寶座，誰知一腳踩空，從懸崖峭壁摔下了波急浪湧的大海。

原來這所謂的武林盟主路通向弇山的一處絕壁處的山洞口，洞口處常常能見到海市蜃樓。掉下去的一霎那，鬼奴有點清醒了，只是悔之已晚。

最高境界

「後生可畏」這句老話用在鐵石心身上是最貼切不過的事。你看看他，才弱冠之年紀，方圓百里，已無人敢與之爭鋒。提起鐵石心這名號，連那些向來擺老資格的武林前輩也不得不承認「英雄出少年」。

關中的「灞橋雙煞」不信小小年紀的鐵石心真有如此能耐，特地尋訪而來。他倆放出大話：「什麼鐵石心，非打得他豆腐身不可！」灞橋雙煞明白，鐵石心再厲害，無非年少氣盛罷了，論武功套路，百分之百是雨前新茶——嫩頭。好，打趴了鐵石心，看誰敢不服。有人對鐵石心說：「來者不善，善者不來。關中乃中原武術之正脈，千萬千萬小瞧不得，是否避其鋒芒，再作打算。」

鐵石心說：「尋也要尋這種對手比試一下，切磋一下，哪有躲之避之的道理。管他雙煞三煞，讓他們儘管放馬過來，我靜候就是。」

灞橋雙煞來到婁江之後，揚言要打得鐵石心喊他倆師傅為止。

鐵石心像趕集看耍猴似地來到了江邊的南碼頭。只見灞橋雙煞已擺開場子，正在口吐狂言呢。

鐵石心年紀雖輕，一旦比武打擂，從不示弱，從不心軟，其出拳之快，出拳之重，常使刀口上舔血，棍棒下討生活的鏢師、殺手也目瞪口呆。

鐵石心為了讓灞橋雙煞輸得心服口服，他先讓了他倆三招，而且是徒手與手執利劍的灞橋雙煞相搏。好個鐵石心，一個「仙人躲形」躲過雙煞的正面襲擊後，一個移步換形，閃到了雙煞的右側，當雙煞感到一股風起時，已來不及化解抵擋了，只見鐵石心一躍而起，一個金龍探爪，雙煞的心口已分別中了鐵石心千鈞之力般一爪，雙雙倒於地上。在一片喝彩聲中，鐵石心連看也不看一眼，緩步而去。

鐵石心的武功雖是了得，但人們總覺得他小小年紀，未免太鐵石心腸了。

鐵石心聽到這種議論後也不惱，沒事一般地說：「我追求的是達到武功的最高境界，在這個過程中，死傷是難免的，不鐵石心腸，何以達到武術最高境界呢？」

鐵石心認為要達到這種境界，唯一的出路是外出尋訪高手，尋訪名師，否則，哪怕在家在面壁十年二十年，再苦修苦練到頭髮雪白，鬍子尺把也沒用。

在一個大霧迷漫的早上，鐵石心拋下年邁的雙親，獨自一人仗劍而行，以武會友去了。

一路上，鐵石心聽說了一位又一位名聲大得嚇人的前輩與同道，但交過手後，十有八九徒有虛名，弄得鐵石心極是失望。正當他心灰意懶時，他聽得一個新的消息：愚山之頂住著一位心愚師太。心愚師太有云：「武術之最高境界乃天人合一，人劍合一，心到劍到，心靜劍靜，心劍到處，無堅不摧。」

據山下坊間相傳，心愚師太從不佩劍使刀，可折柳枝為劍，摘樹葉為鏢，哪怕細嫩如麥苗，也能手起苗飛，取人性命。鐵石心聽得呆了，自己苦苦尋覓的，追求的，不就是這種絕技、這種境界嗎？如練到了這等層次，豈不有「會當凌絕頂，一覽眾山小」的氣勢。鐵石心決定上山拜師。

正當鐵石心要上山之際，有位老婦人捎來口信，鐵石心老母命在旦夕，叫鐵石心速速回去見最後一面。

鐵石心覺得，天地萬物，沒有比追求武術的最高境界更重要的事了，他硬硬心腸，向家鄉方向拜了三拜，頭也不回上了山。「慢！」那位老婦人喊住了鐵石心，問鐵石心是否有口信捎回？

鐵石心回答道：「我心裏只有武術最高境界！」

老婦人問：「你追求武術最高境界又是為了什麼呢？」

鐵石心竟被問住，是為了稱霸武林，還是為了青史留名，抑或是為了萬民敬仰？鐵石心實在沒認真想過。

老婦人又告知說：「這心愚師太有三不收徒的怪癖你知道不？」

鐵石心忙打聽哪三不收。原來心愚師太定出規矩：為名為利者不收，爭強鬥狠者不收，不孝不賢者不收。

老婦人自言自語道：「你老母親正彌留之際，卻不思回去看望、服侍、送終，如此不孝子孫，心愚師太斷不會收的。」

「那我快馬加鞭回去，給我老母親送終後再來拜師。」鐵石心有點懷疑這老婦人就是心愚師太。

「就算盡孝了，賢呢？不如從身邊的善事做起，心誠則靈。」不等鐵石心細問，老婦人顧自走了。

鐵石心想想心不甘，連夜上了山，鏡花庵的尼姑告訴鐵石心，心愚師太就在山腳下。鐵石心把那老婦人的形象描述後，尼姑遺憾萬分地只說：「無緣無緣。」再不肯說其他。

鐵石心悶悶不樂地回到了家，誰知老母親無病無災，健身健飯。

秋夜靜坐，鐵石心回憶與老婦人一問一答所有細節，突然悟到，那老婦人所言乃修身養性之根本，若做到心無名心無利，有孝心有賢心，身懷絕技而又不稱雄稱霸，豈非人生的最高境界、武術的最高境界！他又轉而想到了所傳心愚師太天人合一，人劍合一，心到劍到，心靜劍靜，心劍到處，無堅不摧的劍訣，他似乎什麼都明白了，他也知道自己該做什麼，該練什麼了。

據說，此後的鐵石心就像變了一個人似的。

夢幻器

諸葛重生向來認為自己是諸葛亮重生，認為自己的腦子是一等一的好使。可如今天下太平，仗又不打，用不著他運籌幃幄，決勝千里之外，真可說是英雄無用武之地。諸葛重生每每喝酒後就大歎生不逢時。

一晃，蹉跎歲月的諸葛重生到了而立之年，而立之年的生日那天，他收到了一張生日賀卡，那卡上「心想事成，夢想成真」八個字使他久久凝視，久久默想。突然，靈感突發，他找到了用武之地——即發明夢幻器。如果能發明這樣一個高科技的玩意兒，豈不給所有的人都帶來了滿足，這必是個老少咸宜，人人喊好的偉大發明呀，如果申請了專利，批量生產，暢銷市場，那經濟效益用財源滾滾來形容之必不為過，說不定還能獲諾貝爾發明獎呢。諸葛重生想到此，生命彷彿重生一般，每個毛孔都笑出聲來。

說幹就幹，諸葛重生翻資料，畫圖紙，東討教，西取經，廢寢忘食，沒日沒夜，經過半年的折騰，終於試製出了世界上第一臺WC－I型夢幻器。他設計了多項程式，如權力1號，權力2號，權力3號，一直到10號，具體說這權力1號只能做個鄉下的村長，機關的科長之類小官，權力2號則可當一回局長、主任之類的官了，權力3號則可過過父母官的癮，諸如縣長、市長等等，號數越大，官位越高，如8號已可享受聯合國秘書長的待遇，9號則可稱霸銀河系，至於10號那是權力之頂峰，古往今來，宇宙萬物，生殺予奪，全在他一人之手。還有愛情1號至10號，金錢1號到10號，知名度1號至10號等等。隨便舉個例吧，譬如愛情5號，那麼戀人已對你言聽計從，全部床上戲都可演一番。譬如金錢6號，已進入錢無所謂錢的王國，連抽水馬桶、痰盂都是金的。再譬如知名度4號，僅僅4號，你走在大街上已有百分之八十的回頭率，時不時有人找你簽名、合影了。

諸葛重生對自己這個發明十二分滿意，他甚至預測，一旦投放市場，會引起海灣戰爭這樣的轟動效應，到那時，他的愛情、金錢、知名度，乃至權力都至少可達到5號左右，這是多麼誘人的前景啊。

不過為了鄭重起見，諸葛重生還是準備再做最後一次實驗，以檢驗變幻器的可靠程度。

中國有句老話謂「小孩嘴裏出真言」，那就先找個小學生來試試吧，隔壁的美美才十歲，三年級學生，天真無邪的孩子肯定不會說假話吧。

美美說：「我要考試門門一百分，我還要做少先隊的大隊長，我要讓全校的小朋友都知道我美美是全校最漂亮的女學生，我還要讓四年級的小帥哥強強做我的保護人……」

諸葛重生聽得傻了眼，這可是個綜合程式，是個以前沒考慮全面的盲區，幸虧試一試。於是諸葛重生連夜重新設計程式，編制新的軟體，開發了綜合1號到10號。

諸葛重生聽了高人的指點後，第一批投放市場的是1到3號，即初級階段的，他要等市場飽和，再投放4到6號，中級階段的，這叫分段賺錢，而且1號是1號的價錢，2號是2號的價錢，3是3號的價錢，絕不可混淆。

果然像預料的一樣，夢幻器一投放市場，就掀起了搶購風潮，社會上出現了夢幻器熱，幾乎人人都想花筆小錢，過過權力癮、名人癮，嚐嚐那有錢有愛情的滋味。

諸葛重生發財了，諸葛重生出名了，這可不是夢幻器中的情節，而是活生生的真實。更使諸葛重生又興奮又煩惱的是三位數四位數的姑娘女士向他發來求愛信、Email，電話更是接連不斷，諸葛重生無論到哪兒，都有姑娘向他索吻，向他獻紅玫瑰，向他求籤名，寫在手臂上的有之，寫在襯衫上的有之，鬧得諸葛重生不戴墨鏡不敢出門。

這種大紅大紫的日子使諸葛重生幾乎喪失了自我，他甚至覺得世人買他的夢幻器實在是再愚蠢不過的事，他開始懷念以前那平靜的生活，他開始真正體會到平平淡淡才是真。

諸葛重生有了退出江湖的念頭。

正在諸葛重生猶猶豫豫，退還是不退時，他被告上了法庭。

有為人父母的告夢幻器毀了他兒子的前程，本來成績中上，後買了夢幻器，自以為成績全校第一，結果高考名落孫山；有女人狀告他丈夫自購了夢幻器，愛情3號後，竟要與髮妻離婚，這不是破壞他人家庭嗎？有單位領導告諸葛重生，自夢幻器出現在他們單位後，人人都以為自己是一把手，這工作沒法開展了，這豈不是擾亂公共秩序……

傳票一張又一張。

原告們更是獅子大開口，索賠索賠索賠。

諸葛重生把所賺來的錢都做了賠償，當眾毀了夢幻器的設計軟體，從此隱退江湖，不知所終。

人們只記得他臨走時對新聞媒體說道：「幸好我未把權力4到10號，愛情4到10號，金錢4到10號，知名度4到10號投放市場，如果全部投放市場的話，那這個世界就真的太可怕，太不可收拾了。」

據說有人想步諸葛重生後塵，把夢幻器複製出來，但不知水平太臭，還是其他什麼原因，至今只聽樓梯響，不見人下來。

外星人是什麼樣子的？

如果讓市三中的學生投票選他們心目中的優秀教師，那不用登記票數，我打包票百分之一百祁爾新老師得票第一。

祁爾新是三中的語文教師，他上課常常越出課本，越出課堂。學生一個個對他佩服得五體投地，因為他肚子裏稀奇古怪的故事一簍又一簍，上至天文地理，下至花鳥魚蟲，似乎什麼都懂，什麼都難不倒他。更難得的是他與學生沒大沒小，從不擺師道尊嚴的架子。

學生喜歡他，不等於領導喜歡他，因為校長、教導主任來聽過他的課，認為他上課太個性化了，與教育大綱有相當的距離，但讓人搞不懂的是祁老師教的班級那些學生考試雖不冒尖，也不落後。

校長擔心他新花樣層出不窮，鬧不好哪天學生成績一下子滑坡，那就不好交交待了。

這不，最近一堂作文課，祁爾新老師不知怎麼心血來潮，出了一個〈外星人是什麼樣子？〉的命題作文，要學生去想像、去構思，還說想像力是人類最寶貴的素質與財富云云。並舉例說：外國出版社請蘇童重寫神話孟姜女，蘇童寫了本《碧奴》，什麼九種哭法，什麼顛覆傳統，說穿了就是看你有沒有超乎常人的想像力。

第二個星期，祁爾新當堂朗讀了幾篇他認為富有想像力的範文，直把全班同學一個個笑得都差點岔了氣。

被祁老師評為最優的司羅祺作文有一段是這樣寫的：「外星人哈密斯身高零點九八米。我問他是不是來自侏儒國？哈密斯笑笑說：「長得高浪費能源，不符合節約型社會要求。」

嘿，你還別說，這外星人身體的每一構件的生長，都有他獨到的理念。

你看看哈密斯共有四隻眼，前臉一隻，後腦一個隻，頭頂一隻，左手心一隻。據哈密斯說，生四隻眼是最合理的，這樣前後左右，天上地下都能看得到，也就不怕別人背後開冷槍，放暗箭了。即便天上掉下個林妹妹，也看得一清二楚。他還特別介紹這生在左手心的眼睛的特殊功能，有些地方萬一你不能進去，不方便進去，或你的個頭根本進不去，或不合適你露頭露腦的場合，只要把手這麼悄悄一伸，神不知鬼不覺中一切全看清楚了；假如碰到不能不參加又十分不想參加的會議，需要你正襟危坐，那你可照坐不誤，但左手心之眼，可堂而皇之在桌下看書看報，一點不影響露出的形象，這叫兩不誤，多好。你們別以為「四眼狗」是罵人語，實在是我們的前人有先見之明，從某種義意上啟迪了外星人呢。

再看右手心，竟張著一張嘴，這太不可思議了。但哈密斯說，嘴長右手心，是最理想的位置。地球人的嘴長臉上，吃飯吃啥還要用手相助，用手送到嘴裏不多出了一個環節，現就用右手當嘴，右手伸到哪裏就能吃到哪裏，多快捷，多方便，就算在嚴肅場合，想饞個嘴，吃點啥喝點啥，也輕易不會被發現，多雅觀，多隱蔽。

更有意思的是右手食指上長著一條眉毛，哈密斯說可利用其擦皮鞋，左手食指上長著另一條眉毛。哈密斯說，這是簡易牙刷，所謂自有自方便，就算你賓館取消牙刷也不愁了。這叫物盡其用，各得其所。

最少變化的要數耳朵，還長在老位置，唯一不同的是雖在同一位置卻反了個方向，其中一隻向後長了。哈密斯說這就是吸納了偏聽則暗，兼聽則明而改進的。

那麼鼻子長在哪兒了呢？

謔，有意思，在右手背上呢。這又有什麼道理呢？

哈密斯說，生在右手背的好處是，吃飯時，吃香的，喝辣的，鼻子也能過過味覺癮。再說鼻子生在了手上，碰到毒氣洩漏，或經過大糞船、垃圾筒，再不然踩到臭狗屎時，就可以把手往口袋裏一放，不就能起到趨香避臭的妙用了嗎？更為有利的是，大冬天你怕冷，怕感冒，怕流青水鼻涕，往袖口裏一鑽，多暖和，多愜意，何懼嚴冬臘月感冒來……

當然還有諸多同學超想像地描寫了外星人，有的說外星人似鋼筋鐵骨，不怕槍彈；有的說外星人身輕如燕，猶如輕舞飛揚；還有人寫外星人如神如幻，擅長飛簷走壁；更有人寫的外星人身高似塔，巨無霸一般；有的寫外星人智商高出地球人幾十幾百倍……

只有司羅祺同學寫的外星人有鼻有眼，具體而又誇張，祁老師說：「我可以預言：該同學將來會大有出息的。」並斷言說，司羅祺將來當科學家、當醫生、當生物學家、當作家、當藝術家都是塊好料……

受此鼓勁的司羅祺開始了寫作創作，只是他的作品至今一篇也沒有發表。祁爾新老師感慨地說：「千里馬常有，伯樂不常有。誠哉先哲語錄。」

誰謀殺了太空嬰兒？

二十一世紀二十年代，什麼水下婚禮、沙漠婚禮、高空婚禮、玫瑰婚典、長城婚典等等都玩熟玩膩了。有人想出了「太空婚禮」。

當然，收費不菲，兩三億美金的費用，一般款爺、富姐都望而怯步，但依然擋不住有錢人獵奇的欲望。

再後來，太空婚典公司推出最新業務，如第一個能在太空完成受孕的，公司將負責女方在太空生活十個月，直至在太空產下太空嬰兒為止——這可是載入金氏世界記錄的。

只是不知為什麼，那些上了太空船的新婚男女，在浩淼的太空中可以盡情做愛，就是產生不了愛情的結晶，這令科學家很感奇怪。

這種尷尬終於被珍尼絲和威爾遜夫婦打破了。珍尼絲那天行將結束太空旅行時被儀器診斷出：懷孕了！——哇，科學界為之轟動。因為這是人類第一個太空受孕的嬰兒，比之世界上第一個試管嬰兒不知要珍貴多少倍。

太空婚典公司信守承諾，如期把威爾遜送還地球後，卻留下了珍尼絲，以保證直至她產下太空嬰兒。

十個月很漫長，十個月又很短暫。

當珍尼絲順利在太空產下第一個太空嬰兒時，她也成了全世界的英雄媽媽，孩子被取名為「詹姆士」。

詹姆士一回到地球，就成了國寶，不，簡直是球寶，全人類的寶，受到嚴密保護。

不久，傳出消息，有多個國家派出特工，準備劫持這太空嬰兒。安全部門加強了保衛。然而，更令安全部門頭痛的是，有情況表明，有人買通了職業殺手，要置太空嬰兒於死地。

有人要搶奪這太空嬰兒還說得過去，為什麼要殺他呢？這不好理解。

安全部門派出了偵察高手，以尋找線索。經過內查外調，疑點越來越集中到一個叫蘿拉爾的女人身上。進一步的調查發現，這蘿拉爾是威爾遜的情婦。在威爾遜從太空返回地球後，因珍尼絲留在了太空，蘿拉爾就補了缺。蘿拉爾是個很有心計的女人，她竭盡溫柔討好威爾遜，當她確知自己懷孕後，她就突然離開了威爾遜，她知道威爾遜不會與自己有真感情，不會給她名份，只是把她當作一個泄欲的工具玩玩而已。但她已決定抓住他，牢牢地抓住他。蘿拉爾決定生下這個孩子，日後作為與威爾遜討價還價的資本，甚至讓兒子去繼承威爾遜的遺產。

蘿拉爾知道，詹姆士這太空嬰兒名氣太大，是自己兒子繼承遺產的最大障礙，於是她決定除掉詹姆士，一旦除掉了詹姆士，自己的兒子豈不成了長子，豈不成了最有資格的繼承人。

畢竟，蘿拉爾沒有受過專門訓練，她無法做到天衣無縫，露出了越來越多的破綻，她已被警方嚴密控制了起來。

然而，不幸的事還是發生了，詹姆士在過周歲生日的前夕，突然發病，經全力搶救無效而死亡。

經法醫屍體解剖，確認是中毒死亡。看來是他殺無疑。

蘿拉爾已嚴密控制起來了。難道她同時買通了多位職業殺手？這似乎不太可能呀。

安全部作為天字第一號大案，調集高手偵破。

經反覆排線索，能有機會接近詹姆士頻率最高的是威爾遜，對他的防衛也最弱，因為他是孩子的爸爸。

當最後的偵察報告放到安全部頭頭面前時，他們也難以相信這是真的：各種事實證明，真正毒死太空嬰兒詹姆士的是他的爸爸威爾遜！

這是為什麼，為什麼？

威爾遜為什麼要毒死自己的孩子呢？

原來，直到最近，威爾遜才發現妻子珍尼絲在與自己結婚前已有一相好叫羅布森。珍尼絲在上太空前夕與羅布森幽會了，正是這次幽會，播下了種子。所謂太空受孕其實只是假像而已。這事當然只有珍尼絲最清楚。

珍尼絲生下詹姆士回到地球後，本想與羅布森割斷關係，但羅布森一直纏著她，天天打她手機，發短信給她。

種種的蛛絲馬跡終於引起了威爾遜的懷疑。當他雇傭私人偵探查知詹姆士不是他自己的親骨肉，那種氣啊，差點讓他發瘋，正是在這種情況下，他下了毒手。

輿論為之譁然，太空嬰兒的鬧劇也就到此結束。

副局長車禍之謎

十一月的天氣，早晚已有寒意了。

五點半的時候，天已黑了，路燈亮起來了。

古塘街是婁城較僻的一條馬路，再往前就要出城了。這條路行人稀少，車子也不多，因此路燈壞了也沒人來換，整條路朦朦朧朧的。

這天，有點雨，毛毛細雨，打不打傘都無所謂。細雨迷濛中的古塘街除了幾爿煙紙店、髮廊外，大都關門下班了。

這時一輛小車急駛而過，大概司機急著回去吃晚飯，車開得飛快，突然，司機發現一個打著傘的人匆匆橫穿馬路，司機急出一身汗來，急忙去踩剎車，可心急慌忙中踩了油門——那個打傘的人頓時被撞出了幾米以外，那把黑色的布傘飛起來又緩緩落下——這一切都是在霎那間發生的，快得連過路人也沒看清楚怎麼回事，可車禍已出了，那位打傘的中年人嘴裏吐著血泡，連一句話也沒講，腳伸了伸，就不再動彈了。

等送到醫院裏，一切都晚了。

還好，死者身上有身份證，有電話號碼本。

死者的身份很快查明：乃市城建局副局長邢光明。

司機一聽死了個副局長，嚇壞了。他承認車速過快，可這邢局長為什麼橫穿馬路呢？

經反覆勘查、盤問，最後定性為交通事故，司機與死者各負一半責任。

邢光明家屬不服，認為這中間有貓膩，要求徹底查清。家屬提出了兩點疑問：

第一，冬令季節，政府機關五點下班，按正常情況，他應該已到家，因為國泰新村離城建局只十來分鐘路程。這古塘街在城北，他沒理由跑到這兒來呀。

第二，單位裏是否發生了什麼事，而瞞過了家屬，至少遇難那天單位裏有過什麼事，要不然，他晚回來或不回來，必會打電話回來。

公安局的想想也覺得蹊蹺，決定查一查。

關於邢光明下班後不回家，卻繞道跑到了古塘街，有人提出了幾種可能性：

一、去同事家或朋友家；

二、去那兒約會；

三、去散步；

四、排遣心情；

五、自殺。

經查，那天單位裏沒什麼事，作為一個副局長他仕途看好，有望升任正局級呢，上級組織部門已來考察過。可以說他是春風得意之時。

如果按這個前提，他去同事家或朋友家看望一下，聯絡一下感情，是有可能的。但查了一下，古塘街那邊並無城建局的同事有房子。據邢光明家屬回憶，也沒聽說過他有什麼要好的朋友住那一段。

去約會這倒不能完全排除，邢光明才四十歲，正是年富力強之年，外面有個把相好的算不得什麼讓人吃驚的事，只是會是誰呢？單位與家屬回憶來回憶去，都未發現蛛絲馬跡。會不會是他做得太隱秘了？

去散步似乎應排除，因為那天有雨，天又冷，一個人跑那麼遠去散步於理不通，除非他心中有事。他會有什麼事呢？

公安局的到底是公安局的，查了邢光明死前手機的通話記錄，結果發現那天他下班後通過兩次電話，發過三次簡訊的，收過四次信，聯繫最頻繁的是一位太平洋保險公司的推銷小姐。再查下去，邢光明並沒有給自己買什麼保險，倒是給那位推銷小姐買了五位數的保險。冰山的一角開始露了出來。

經查，最後一個簡訊是包工頭發來的。只幾個字：「曹總出事了！」

這意味著什麼呢？

或許是條大魚呢，可惜已是死老虎了。

邢光明家屬請求公安局的不要再查了，說入土為安，讓亡靈安息吧。

公安局的回答說：「已按你們家屬的要求查了，恐怕停不下來了。」

邢光明家屬的臉一下子慘白慘白。

烏鴉的子孫

烏鴉祖宗的祖宗，因銜石子扔入瓶中使瓶中淺水漫上來而喝到水的聰明之舉，被編入書中，廣為傳播。此後，烏鴉家族的聲譽不知上升了多少倍。

烏鴉家族對這來之不易的榮譽看得很重很重，烏鴉家族經過聯席會議，訂出了一條族規：凡烏鴉子孫，今後如需喝水，必須循祖宗之法，採取銜石入瓶喝水法，以示不忘老祖宗之恩德，使這光榮傳統代代相傳。烏鴉家族的這個規矩傳了多少代，似乎已無從考查了，但有一點可以肯定，烏鴉家族的這銜石入瓶喝水法確確實實是被繼承了下來。其中有幾位更聰明的烏鴉還別出心裁地發明了空中扔石入瓶法、遠距離扔石入瓶法，以及連扔三石入瓶法等。其中佼佼者，還憑此道被邀請出去到處演講到處表演呢。

或許因為烏鴉子孫世世代代在發揚光大祖宗的扔石入瓶喝水法，或許因為這故事進入了教科書，反正人們不再提烏鴉祖宗曾被狐狸騙去口中之肉的陳年往事了。烏鴉也認為自己乃鳥類大家族中最聰明的，好在其他鳥兒並不來與烏鴉爭，這樣的日子悠悠忽忽不知過了多少年。

到了二十世紀九十年代，森林在漸次消失，湖泊被一一污染，早先鳥類的淨土樂園越來越少了，烏鴉被逼向城市遷居。那些住進城市的烏鴉子孫漸漸適應了城市的光怪陸離，個別腦子活絡的烏鴉子孫對祖宗傳下來的生活方式發出了質疑，最突出的就是扔石子入瓶喝水法。其中有一隻叫革新的烏鴉銜來了一根吸管，牠把吸管往瓶中一放，輕輕鬆鬆，美美滋滋地就喝了起來，牠說：「這方法多好！何必要墨守陳規沿襲陳年皇曆，採用那又累又煩又蠢又笨的辦法喝水呢。」

啥，老祖宗當年的發明，為整個烏鴉家族贏得榮譽的創舉竟被貶低為又累又煩又蠢又笨的傻辦法，這是大逆不道，是可忍，孰不可忍！

烏鴉家族的管理委員會，請出了烏鴉家族那些年高德劭的前輩，請他們一同來審理這件叛逆大事。那些上了年紀的老烏鴉無不痛心疾首，大罵革新為烏鴉家族的不肖子孫，有的甚至激憤地要求把革新烏鴉逐出烏鴉家族，以儆效尤。

正當這些烏鴉長輩準備投票表決時，外面鬧嚷嚷來了一群與革新烏鴉年齡相仿的烏鴉子孫，只見他們每隻手捧一個瓶子，正用吸管悠悠然吸著呢。

「反了，反了！」

「罪過，罪過！」

有幾位烏鴉長輩哭得好傷心好傷心，說：「對不起祖宗、對不起祖宗啊！」

不過後來有消息說，那些烏鴉長輩也在悄悄地用吸管了，這風已煞不住了。

龜兔賽跑續篇

自從那次轟動效應的龜兔賽跑後，龜先生一舉成名，甚至不少東洋人西洋人都知道龜先生曾有過擊敗兔先生，奪得長跑冠軍的輝煌之舉。而兔先生呢，只因那次自信過頭，大意失荊州，從此壞了名聲。這後，兔先生閉門思過，變了一個人似的。

一晃好多年過去了，在各界的慫恿下、贊助下，再次舉辦龜兔賽跑緊鑼密鼓地籌備起來。海報一貼出，馬上引起轟動。就像世界拳王賽，一個執意衛冕，一個志在奪冠，這將何等吸引人啊。

兔先生這次再不敢掉以輕心，他謝絕一切新聞界的採訪，在自己的小森林裏每天與那幫鐵哥們一身臭汗地搞熱身賽。根據測試，他的長跑速度已創造了兔家族的新記錄。他一再告誡自己，這次再不能睡大覺了，再不能！

比賽那天陽光燦爛，人頭濟濟。四面八方的人都趕來一睹兔先生與龜先生的丰采。

「砰——」隨著發令槍撞響人們的耳膜，兔先生如箭一般竄出去，他一路遙遙領先。實力相比實在太懸殊了，觀賽者都為龜先生擔心著、發急著，而龜先生篤悠悠爬著、爬著。

兔先生腳下生風，很快跑完了一大半路程，兩旁觀戰的已稀少了、不見了。而兔先生依然速度不減，——這次一定要雪恥，勝利在望！

當兔先生跑過一個荒寂的小山坡時，突然發現松鼠小姐暈厥於路旁。兔先生身不由己放慢了腳步，「救命！救命！」那一聲聲呼救聲揪得兔先生的心隨之一緊一緊，總不能見死不救呀，一種惻隱之心使兔先生停了下來。松鼠小姐斷斷續續告知：「心……心……臟病，救……救我。」

救，怎麼個救法呢？兔先生一時手足無措。

「人……人工呼……呼吸。」松鼠小姐又吐出這樣幾個字。

兔先生這時已忘記了自己是在比賽途中。救人要緊，他已顧不上爭奪冠軍，顧不得雪恥。他對松鼠小姐實施了口對口的人工呼吸。正救搶時，抄小路而來的新聞記者趕來了，他們見兔先生在學雷鋒，紛紛舉起照相機，「噝嚓、噝嚓」一陣拍。

我不說讀者也知道，兔先生因為比賽途中搶救心臟病發足的松鼠小姐，再次名落孫山。

有人安慰他說：「救死扶傷，你做得對。雖然沒有奪得冠軍，但明天報上一登你搶救松鼠小姐的新聞照片，大家會諒解你的。你輸了比賽，而贏得了人們的好評，值得！」

第二天，報上赫然登出了兔先生搶救松鼠小姐，做人工呼吸的新聞照片，只是新聞的題目卻是〈比賽途中也風流，再次敗北兔先生〉。

啊，啊，誰會料到那些該死的記者竟把那照片解釋成兔先生在與松鼠小姐調情做愛……

後來知道，松鼠小姐與那些新聞記者都是龜先生事先賣通的。

魚鬥

無名湖地處郊區，多年來一直是平平靜靜的，甚至連垂釣者也很少來光顧。

無名湖的魚家族過慣了與世無爭的生活，過得無憂無慮。

隨著城市的擴大，無名湖不再寂寞。

第一次驚動無名湖魚家族是有人在湖中放生了一條錦鯉。魚子孫一見，急急忙忙去報告魚祖宗。魚祖宗一聽來了怪物，連忙前呼後擁出巡視察。魚祖宗是無名湖的壽星，牠自從出娘胎以來，也未見過一身紅鱗的錦鯉。但牠內心不得不承認這條錦鯉好瀟灑好俊美，魚祖宗已發現眾多魚子魚孫那種好奇、羡慕的眼神。這……這豈不是對自己權威地位的挑戰與威脅嗎？魚祖宗下決心清除異己。牠發話說：「此乃魚妖，一日不除，湖無寧日。誰能格殺之，重重有賞。」

無名湖的魚家族祖祖輩輩都和平共處，相安無事的，不習慣爭強鬥勝，要牠們剿滅異己，竟一個個面面相覷，不見有誰勇敢上前。魚祖宗期盼的目光停留在了花斑鱖魚身上，確實，論個頭，論長相，花斑鱖魚是最威武的。牠知道再推託有失眾望，答應試試發起一輪進攻。

花斑鱖魚作夢也沒想到，有魚妖之稱的錦鯉其實並不兇惡，只幾個回合，錦鯉就敗下了陣去，東躲西藏，狼狽不堪。花斑鱖魚膽子壯了起來，或許是錦鯉的血腥激發了牠潛在的食欲，牠終於開了殺戒。

「好啊，吃口還不錯嘛。」花斑鱖魚吃出了味道。

魚祖宗為花斑鱖魚開了慶功宴。魚祖宗問花斑鱖魚要什麼獎勵，花斑鱖魚愣了半晌說：「凡以後有魚妖出現，一律由我花斑鱖魚出擊，其他魚不准插手。」魚祖宗當場頒下口諭：「封花斑鱖魚為巡湖大將軍，有先斬後奏的權力。」

後來，無名湖又陸續有人放生了紅鯉、錦鯉等，全成了花斑鱖魚的腹中之食。再後來，吃出了癮頭的花斑鱖魚，一天吃不到紅鯉、錦鯉這樣的美味佳餚，就饞蟲爬出喉嚨，可放生之魚又不是天天都有的。花斑鱖魚被刺激起的食欲使牠控制不了自己的行為了。終於牠開始了吞吃同類，等魚祖宗發現花斑鱖魚的暴行時，花斑鱖魚已吃紅了眼睛，已變得六親不認了。

魚祖宗大為生氣，召集魚子魚孫大會，聲討花斑鱖魚的罪行，並撤銷牠巡湖大將軍的封號，剝奪牠先斬後奏的權力，可惜為時已晚，魚祖宗已無法壓制花斑鱖魚嗜血的食欲。

魚祖宗號召全體魚子魚孫，團結一心，群起而攻之，誅滅花斑鱖魚，但過慣和平生活，毫戰鬥力的魚子魚孫哪是花斑鱖魚的對手，連群鬥也被花斑鱖魚鬥得鼻青臉腫，無不逃為上策。

無名湖從此不太平了。

魚祖宗懊悔萬分。要是當初能容納錦鯉，一起和平共處該多好啊。誰知滅了錦鯉，卻放任、助長了花斑鱖魚這魚類殺手。

魚祖宗鬱鬱而終，彌留之際，牠一再重複著：「和平共處，和平共處……」

懶狐

查《辭海‧生物分冊》，有懶猴、懶熊而無懶狐。查狐類條目，有草狐、赤狐、紅狐、白狐、沙狐，獨不見有懶狐的相關記載。

關於懶狐的故事，筆者僅見之於明代文壇後七子領袖王世貞的《弇州山人手稿殘卷》，有關懶狐的那些文字，因有頭無尾，不完整，較難查證當年王世貞是依據那些資料撰寫的。或許為此因吧，有人認為動物界是否真存在懶狐，得打上一個人問號。有人則說可能是王世貞杜撰的。

我曾就此問題請教過幾位德高望重的動物學教授，教授們都很慎重，或說「存疑」；或說「有待研究」……

我是搞文學創作的，在我看來，動物界究竟有否過懶狐似乎不是很重要，而王世貞關於懶狐的那段文字，細嚼之，頗有意思。

現試把《弇州山人手稿殘卷》中有關懶狐的文言文譯成現代白話文，一則以饗讀者，二則交予讀者評判，讓大家各抒己見，爭鳴爭鳴，看看世上是否真有過懶狐。

懶狐，哺乳綱，犬科，狐之一種，極罕見。體較普通狐略小，頭小喙尖，耳短而圓，毛呈灰褐色，尾基部有一小孔，能分泌惡臭，棲息於樹洞或土穴中，也有借住於破廟或斷牆殘垣中。晝睡夜出，雜食蟲類、兩栖類、爬行類、小型鳥獸、鳥卵及野果，還有偷食供品等。喜結成小群活動。

懶狐之所以稱為懶狐，最大的特點是懶，從不知梳理皮毛，清潔身體，久而久之，惡臭滿身，且不以為恥，反以為榮。還形成一條不成文的規矩：最臭者為王。

後來，因其惡臭，狼、豺、貉、獾等皆避而遠之。又因其惡臭，人更厭之，見之非誅殺不可。懶狐的命運可想而知。

不知什麼原因，後來，懶狐中出了一隻不怎麼懶的懶狐。此懶狐，開始惡其懶狐之名，惡其懶狐之習，決心洗心革面，重樹懶狐形象。牠從自己做起，每天勤於梳理其皮毛，勤於清潔其身體，堅持數月後，其身上惡臭漸漸消失。牠連忙現身說法，要求眾懶狐改懶為勤，變臭為香，重鑄形象。不意此狐的所言所行遭到懶狐界多位有地位有名望之懶狐的攻擊，說牠標新立異，乃嘩眾取寵，說牠有違祖訓，其心必異。最後，懶狐之王宣佈：「此懶狐為異類，逐出懶狐界，永不收錄。」

被逐之懶狐痛心疾首，牠告別時說：「如果懶狐繼續懶下去，終有一天會被群起而攻之，到那時，將無容身之地⋯⋯」

懶狐王哈哈大笑，說：「你自身難保，卻預言懶狐家族之衰亡，豈非滑天下之大稽。」懶狐家族逐出「叛逆」後，大家彼此彼此，也就相安無事，繼續懶下去，臭下去。

然而，在獸類的孤立下，在人類的殲滅下，懶狐確乎越來越少，越來越少。

備註

王世貞的《弇州山人手稿殘卷》因是殘稿，手稿至此殘缺不全了，不知是當初未寫完呢，還是後人丟失了其後的手稿。

筆者無意狗尾續貂。譯文全在此了，還望各位讀者明察明辨。

金氏紀錄認證官來到鵝城

天靈靈文化傳播公司真是神通廣大，竟然把金氏世界紀錄認證官鄧尼斯請到了鵝城，據天靈靈文化傳播公司總裁牛不空介紹：鄧尼斯是英國金氏世界紀錄有限公司總裁阿里斯泰爾•理查茲的特別助理，是金氏世界紀錄最權威的認證官，凡由他到場認證，由他簽字認可的記錄，百分之一百會記錄到《金氏世界紀錄大全》這書中，這書將以二十五種語言出版，還可以拿到金氏世界紀錄總部頒發的含金量十足的證書。換句話說，你就是名符其實的世界第一，可以驕傲一輩子，可以讓你子孫你家族都永遠驕傲的。

一夜之間，鵝城處處都是關於金氏紀錄的相關宣傳廣告，給人印象最深的是這幾句：「亮出你的本事，秀出你的絕技」、「挑戰最強、證明自己」、「世界第一、榮譽無價！」「凡最好、最壞、最美、最怪、最慘、最偉大，只要是最，只要是絕，皆可報名，皆可競技！」

天靈靈文化傳播公司總裁牛不空親自到設在鵝城鬧市區的報名點演講。據他說，按正常申報流程，從填表格到批准，至少一個月時間，為了便利鵝城的普通百姓成名，一切簡化，當場報名，當場批復，報名費也從八千八百八十八元優惠到八百八十八元，只原先報名費的十分之一，而證書是大紅的，燙金的，用洋文的，高檔高雅，彈眼落睛，且一旦進入金氏紀錄，媒體記者會來找你，報導你啊；廣告商會來找你，代言廣告啊；作家會來找你，為你樹碑立傳啊；說不定還有很多很多粉絲會來找你，成為你的崇拜者，成為你的義務宣傳者，甚至成為你的情人……總而言之，言而總之，就如登龍門般，草雞變鳳凰，泥鰍化蛟龍，前景一片光輝燦爛。

牛不空反覆強調：報名只限三天，僅僅只三天。你一生可能就這一次機遇，過了這一村，就沒那一店，報名務必趁早，機會難得，過時不候。

不知是宣傳起了作用，還是鵝城真的是藏龍臥虎之地，報名者極為踴躍。

張三想來想去自己實在沒有什麼絕技，很是鬱悶，後來聽人說，某地有人拉了一段自認為最粗最大最長最硬的屎，裝在盒子裏申報了金氏紀錄，一點即通，一下打開了他的思路，或者叫靈感，張三驀然記起曾經有一次多吃了炒黃豆，放屁不斷，被人戲稱為「放屁大王」。他拍大膽子，鼓起勇氣，擠上前去有些不好意思地問：「我一分鐘放一百個連環屁能報名嗎？」

「能、能、能！我們搭建這個平臺就是試圖推出民間的草根的奇人、怪人，讓他們成名成家，讓他們大紅大紫，讓他們走出鄉野，走出圈子，走出國門，走向世界！」

張三的申報成功，鼓舞了更多的躍躍欲試者。後來，李四報名鼾聲超過一百一十八分貝，比飛機上天時聲音還大；王五報名一年內相親兩千九百九十九個的記錄；趙六報名一天內連續不停發兩千八百八十八條簡訊，發到手麻；朱七報名一頓飯喝三點八斤茅臺，還能不吐不嘔；查八報名開會功，能三天三夜坐著不動不歪；最絕的是名叫高大的，帶來一大包手稿，說他已成功破解、揭開了世界物理領域最後的一百零三個謎底，發現了宇宙的終極理論，可以獲一百零三個諾貝爾獎，無疑乃世界第一……

有人打來電話說替鵝城某大款報名，申報的是已玩過四位數的女人。牛不空回答說：「不行不行！比他玩得更多的又不是沒有。」

又有人打電話來說替某領導報名，申報他到鵝城後，已提拔幹部四位數。牛不空回答說：「此不屬申報範圍，抱歉抱歉！」

最有意思的是一位自稱「鵝城解密」的中年人說，替鵝城中心小學的少先隊大隊長關爾岱申報擁有遊戲機四位數的世界記錄；牛不空想了想說：「如果他本人來報名，未嘗不可，但我們不接受代報。」

關於報名，現場鬧哄哄、亂哄哄，先寫到這兒吧。

再說，關於三天後的比賽與認證活動在緊張籌備的同時，冠名競爭也拉開了帷幕，從七位數攀升到了八位數。「天鵝」牌紅酒與「金鵝」牌香煙各不相讓，都志在必得，要拿下冠名權。但最後兩家企業都敗下陣來，聽說最終的冠名權一錘定音為「鵝城」，誰出的錢不清楚，但有一點很清楚，據說背景很硬。

後來筆者出國講學，要半年後回去，就沒再關心此事的後續。不過前幾天我上網查，竟然沒有查到鵝城金氏世界紀錄認證活動，也沒有認證官鄧尼斯到鵝城的任何報導與消息。昨天我在一個飯局上碰巧遇到了一位來自鵝城的留學生，心血來潮問起天靈靈文化傳播公司組織的這次活動，那留學生說，吉尼斯不吉尼斯不清楚，但聽說牛不空進去了，有說是經營不善破產了；有說是涉及一樁詐騙案；有說是得罪了鵝城的最高領導……說法多樣，不知哪個說法更接近事實。我也懶得去細查了，聽聽罷了，姑且記之。

偷界研討會

賊伯伯是江湖上公認的偷界老大，誰不尊他一聲「賊伯伯」呢。他就像武林霸主、武林至尊，這地位是靠他多年來極少失手贏得的。不過近年他已很少親自動手，自有一幫徒子徒孫孝敬他，他也就四處走走，看看，踩踩點，指導指導，訓斥訓斥。

賊伯伯是偷慣了的人，閒不住，咋辦？為了他手下的創收與安全，他策劃每年召開一次研討會，研討如何看得準，下手快，拿得多，走得安全。

賊伯伯叫自己手下的幾位得力幹將、得意門生拋磚引玉先說說。

「無影手」搶先說道：「要想得手，手法第一，我這無影手可不是浪得虛名，我願意培訓新手。」一副沾沾自喜的神態。這「無影手」是專偷皮夾子的，他從小練習用中指與食指夾東西，他可以用最快疾的速度把一元硬幣從火紅的煤球爐裏夾出來，甚至可以把一根繡花針從沸油鍋裏夾出來，故江湖上美譽他為「無影手」。

「無影手」剛說了一句，「賽猴兒」搶過話頭說：「扒皮夾子說穿了小兒科而已，現在的有錢人，帶的都是卡，身上能揣多少錢。要幹，就鑽到他們的窩裏幹，得手一次，至少是當三隻手的幾十倍。」「賽猴兒」擅長上牆入室，翻箱倒櫥搜刮，他爬水落管，爬陽臺就像玩似的，十層樓、二十層樓他都能來去自如。他很傲氣地說：「誰願跟我學，我包教包會，三七分成即可。」

「算算算，你這太危險，瓦罐難免井邊碎，一二十層樓爬上爬下，一失手不死即殘，萬一屋裏有人，很可能被甕中捉鱉，還是學我吧。」說話的是外號「滿天飛」的，他開始是專事火車上偷盜的，後來升級為專門在飛機上營生。「滿天飛」說：「凡乘飛機的，不是大官，就是大款，不是富婆，就是洋人，至少也是白領，常言道窮家富路，何況都是有錢的主，飛機上的買賣，油水不要太足喔。」

「滿天飛」躊躇滿志地說：「都以為飛機上都是有身份的人，空間又狹小，誰會想到防偷防盜，最安全的地方最容易得手。誰想試試？我來帶隊示範，或者一幫一也行。」

……

眾偷兒七嘴八舌，無非是表揚與自我表揚。

賊伯伯靜靜地聽著，不置可否。

還是他的得意門生「賊二代」看出了端倪，他止住大家的話頭說：「俗話講榜樣的力量是無窮的，我們幾個瞎吹什麼，還是洗耳恭聽我們老大的高見吧。」

賊伯伯很有領袖風采，他很嚴肅地發了言，他結合自己的偷盜實踐，總結出幾條經驗，幾條教訓，歸納為「偷盜十二準則」：

一、偷政府、偷單位；

二、偷公家、偷企業；
三、偷貪官、偷奸商；
四、偷大款、偷富婆；
五、偷小蜜、偷二奶；
六、偷小車裏的，不偷長途車的；
七、偷飛機上的，不偷自行車的；
八、出國偷：偷國人，不偷老外；
九、國內偷：偷年輕人，不偷老年人；
十、小姐不偷、民工不偷；
十一、傷病者不偷、殘疾人不偷；
十二、路邊攤不偷、經適房不偷。

為什麼呢？賊伯伯說：「古人有『盜亦有道』的信條，我們也要『偷亦有道』。」他認為這「十二準則」是偷界同道用無數次被抓被關換來的，有所放棄實在是一種自保措施。他講了一件又一件前輩與同行失手的教訓，講了為何有的可偷，有的不宜偷，把其中的利害關係，一一說明。

賊伯伯還規定了謀財不害命，拿錢不拿護照不拿證件不拿文件不拿卡……

底下有人說：「護照、證件、文件、銀行卡為什麼不拿，可以敲他一筆錢啊。」

「不行，堅決不行。這是十分十分危險的，你以為公安局是吃乾飯的，我們是偷兒，不是綁匪，我們吃的是技術飯，講究的是技術過硬，給我好好的記住！」

賊伯伯再三強調：「要偷就偷當官的，目標好找，通常都住在別墅裏，一家一戶，與別人家不太來往，可以冒充送外賣的，送牛奶的，去踩踩點，單看信箱就可知道主人在不在家，凡信箱插滿了信啊報的，主人必不在家。四五月份、九十月份，公費旅遊、出國的多，抓住機會，就有收穫。」

賊伯伯深有體會地說：「別人休息我們忙，這叫打時差，年初二年初三也是好日子，這種日子當官的當頭的家裏東西肯定比平時多，過個年，來孝敬、進貢的會少嗎，大過年的，銀行也不上班，現鈔十有八九在家裏放著，很可能就在書桌、床頭堆著呢，還有黃金首飾、玉器、名人字畫，哪樣不值錢？偷了誰敢聲張，誰敢報案？即便有探頭也不用怕，乾脆給他留個條，明人不做暗事嘛……」

眾偷兒聽得津津有味，聽得興奮莫名，撩撥得心癢癢，手癢癢，恨不得立馬去試試，顯一顯身手。

「無影手」說：「高，實在是高！」

「賽猴兒」說：「佩服，佩服！我佩服得五體投地。」

「滿天飛」說：「聽頭一番話，勝偷十年物。」

「賊二代」情不自禁帶頭鼓掌，一時掌聲雷動。他興奮地說：「我們這研討會開得很成功，是一個團結的大會、交流的大會、學習的大會、提高的大會，大家以偷會友，切磋溝通，回去後要好好消化、領會老大的講話精神，寫出心得，並以老大為榜樣，偷出成績，偷出新高。」

最後，賊伯伯宣佈：「以後將每年評選一次年度十大高手。本年度先請自報，再評議。」

這一下子如炸了鍋，你不服他，他不服你，你比他喉嚨響，他比你分貝更高，直吵得動起了手來，打鬧聲終於驚動了隔壁住戶，報了案，於是，被盯了很久的公安一網打盡。

賊伯伯懊惱不已地說：「栽了栽了，沒想到大風大浪都過來了，竟陰溝裏翻船，栽在評選上。想不通，想不通……」

附錄

創作談

——把主要精力放在創作上

凌鼎年

我是一九九四年加入中國作家協會的，一晃第十八個年頭了，快得讓人感歎。回顧參加中國作協以來，堪以自慰的是我每年都創作三十萬到五十萬字的作品，平均每年出版一本個人集子，沒有虛掛中國作協會員這頭銜。

我因擔任的社會兼職較多，每年總要多次外出參加各種社會活動，我也知道這些社會活動佔去了一定的時間，但事情往往有利有弊，外出活動利在開闊眼界，發現素材，積累人脈關係，接觸那些高層次的專家、學者，思想碰撞，提升境界，常常受益匪淺。每次外出參加活動回來，我就有創作的衝動，就有不少題材奔湧到筆端，於是我再忙再累，也要擠時間寫。

可能我發表的作品比較多，常常有讀者來信問我，或我外出講課時有人當面提問：「你寫作上有何秘訣？」

我曾答之：「多讀，多思，多跑，多寫。」這是我在創作實踐中得出的經驗之談。也許，這就是所謂的秘訣吧。

為了寫這篇文章，我總結為：「勤於讀書，勤於采風，勤於思考，勤於動筆，勤於交流；善於讀書，善於發現，善於思考，善於選擇，善於回饋。」

我為什麼在「勤於」後而再加個「善於」呢，因為光勤，如果不得法，就會事倍功半，如能做到善於則事半功倍。就以讀書而言，不讀書，少讀書，想要創作有後勁，難矣。有些作家開始其勢如洪，但後來也就燦爛如虹，美麗一陣就消失了。沒有讀破萬卷書作墊底，沒有不斷的汲取、補充，那麼重複自己，重複別人，捉襟見肘，力不從心是早晚的事。

古人曰「讀萬卷書，行萬里路」，行路也即采風之一種，跑得多，見多識廣，學書本上學不到的知識，對創作有百利無而一害。我有一朋友是寫中短篇小說的，有次筆會不久，我即讀到了他的一個中篇，其背景就是那次筆會所在的風景區，還涉及了當地少數民族的民俗民情，用上海方言講即「像真的一樣」。這種現學現用，活學活用也算是一法。我不善現拿現販，但行萬里路確乎給我帶來了創作上的諸多便利，例如我從小生活在江南水鄉，對大漠，對戈壁，對少數民族應該是陌生的，但我創作的〈消失的壁畫〉與〈獵人蕭〉等多篇作品屬邊陲題材，與草原與大漠有關，為什麼我一個長期生活在長江入海口的南方人也能得心應手這類題材材呢，原因之一是我去過新疆、內蒙古講課，講課之餘當然少不了采風，故而對草原對戈壁對洞窟藝術、對驃悍的牧民與草原民俗民風我並不陌生。

當然，一個成熟的作家，一個優秀的作家，思考是他的基本功。按我的觀點，一個傑出的作家必須是一個傑出的思想家，一個作家的思考有多深，他的作品內涵就有多深。沒有自己獨立思考習慣，沒有自己獨到的見解，永遠也不可能成為大作家。

我不敢說我的思考有多深，但我從不人云亦云，為此，我吃了很多虧，有些領導至今不喜歡我，但我不悔。我思故我在，我思我的作品在。我的作品，特別是我的微型小說，不說篇篇有思辯，有思想鋒芒蘊於其中，至少有相當一部分是對歷史對社會對人生思考後的產物。譬如〈《國王的新衣》第二章〉就滲透著我的思考，我把對當今社會，特別是官場中不說真話的現象，以及由此產生的憂慮都糅進了作品中，意在喚起讀者對此問題的重視與警覺。我想這樣的作品才是有深度的，也只有這樣的作品才是經得起時間的檢驗的。

老話說「勤能補拙」，勤動筆，才能有作品問世。沒有新作的作家是可悲的，「快樂死亡」的作家也是很可悲的。還有些初涉文壇，或小有名氣的作家不把主要精力放在讀書上、創作上，卻憑小聰明玩起了「功夫在詩外」，這其實是作家的末路，千萬學不得。所以我儘管近年的社會活動一年比一年增加，但我有一條雷打不動堅持著，那就是雙休日、節假日，沒有特殊事情，我一準爬格子為大，樂此不彼，樂在其中。因為有了作品，有了好作品，說話就有了底氣，也就不怕別人戲稱我為「社會活動家」。

勤動筆不等於善動筆，或者說勤動筆不一定能寫出好作品來，如果只有數量的增加，沒有質量的提高，數量就毫無意義，勤動筆就失去意義。因而，在勤動筆前，還要善於發現與善於選擇。同樣讀一本書，同樣遊覽一處名勝，同樣面對一個題材，有人能寫好，有人未必能寫好，生活積累，學養積累固然是條件之一，但能不能發現，發現後如何量體裁衣，材盡所用，就看各人的慧眼了。我的意思，有了生活有了素材，照搬照寫肯定是笨辦法，高明者則舉一反三，聯想、生發開去，可寫長的寫長的。可寫短的寫短的，合適寫小說就小說，合適寫散文就散文，不強求一定要寫啥寫啥。這就使自己一直處在一種自由心態下，這樣，寫作狀態就較為放鬆，一顆平常心，少了功利目的，容易出好作品。

最後是交流與回饋。這涉及到一個心胸寬不寬的問題，古人云「兼聽則明，偏聽則暗」、「旁觀者清，當局者迷」，所以多與同道同行交流交流，多聽聽讀者，聽聽評論界的批評，只有好處沒有壞處。一個作家再博覽群書，通讀百家，也難以窮盡所有學科的知識，也不能打包票說他自己的文章中不出現硬傷，「三人行，必有我師矣」，不恥下問，多聽回饋，對自己已寫的作品及未寫的作品都有修洞補漏，促進提高的作用，這何樂而不為呢。

撇開以上這些不談，我的寫作習慣對我創作持久與後勁也大有幫助，即我平時幾乎不寫一篇作品，星期一至星期五，我讀書翻雜誌，回覆讀者來信，參加社會活動，積累了素材題目後，雙休日則一鼓作氣伏案寫作。這樣有張有馳，不會多寫了而出現厭寫的心理，也不會因天天提筆，而失去了對寫作的新鮮感與親切感。每星期必寫，也不會長期不提筆而提筆千斤重。總而言之，每星期五天讀書、思考，為兩天的寫作墊底、服務，是使我常年處於較佳寫作狀態的法寶之一。各人各法，不知我的辦法，是否適合別人，如學之有效，我不會收專利費，如學之無效，我也不承擔誤導之責任。

「把主要精力放在創作上，讓作品說話。」這是我多年來對自己的要求，在此，也與文友們共勉。

作家寫真

——三遇凌鼎年

潘亞暾

一九九九年夏，在上海的一次國際學術研討會上初遇凌鼎年，因忙於主持研討會，與他很少交談，印象不深，倒是他的好友包頭市作協副主席、青年企業家趙智兩晚到我住處深談，給我留下深刻印象。

二〇〇〇年秋，我從上海到常熟主持第三屆世界儒商大會閉幕式，再度相遇凌鼎年，因來去匆匆，也無暇深談，但已經注意到凌鼎年的作品海內海外報刊到處發表。

二〇〇一年春，在福州出席菲華文學國際研討會，我和鼎年得以相處數日，有較多的交流，更因他贈我大作，使我對其人其文有較多的瞭解，對其創作和評論有了較全面的認識。

三年三遇，說明我與鼎年有緣，由淺入深，全面認識其人品和文品，而且情有獨鍾，我十分看好他的為人為文。近年來，說來也巧，海內海外不少的微型小說家和評論家一個個向我走來，迫使我去關注、研究和創作微型小說。說來慚愧，早在十年前我就為新加坡作協會長著名微型小說家黃孟文的微型小說集子《安樂富》寫過序，而在此前也曾為香港劉以鬯、泰國司馬攻等名家的微型小說寫過評，但我卻很少去研究和創作，迄今仍是門外漢，直至認識凌鼎年、張記書後，我才重視這一文體及其成就。在我看來，凌氏是微型小說之王，創作、評論兩豐收，且具權威性和凝聚力，以及影響力和號召力。

微型小說的崛起，並迅速躍入長、中、短、微四大小說家族，贏得海內外廣大讀者的歡迎和喜愛，在千百報刊中一枝獨秀，這與鼎年多年來的努力和貢獻是分不開的，他當與微型小說一起在中國文學史上佔一席，而這已不是預言了。

為什麼我對凌鼎年有如此高度的評價和定位呢？這是由於我看好他的人品和文品，看好他的創作和評論，看好他獎掖新秀及其國際影響。

先說其人品。中國文化傳統是「學而優則仕」。讀書人連做夢也想當官，而且越大越好，過去如此，當今亦然。凌鼎年身在官場，卻把當官看得很淡，至今連個小小芝麻官都不是，否則，中國文壇就少了一個出色的微型小說作家了，這將是文壇一個損失。眾所周知，清官難為，貪官入獄，庸官則飽食終日無所用心，一旦下臺，無所事事，頓感失落，或唉聲歎氣，或借酒澆愁，或大戰方城，或大養寵物，與在臺上時判若兩人，可見筆桿子勝印把子多多矣！鼎年只是市政府僑辦的一個小小的科長，忙完公務後，全身心投入創作和評論，二十多年如一日苦幹加巧幹，寫出五六百萬字作品和序評，出了十幾本書，並還有多本作品集正待出版，美文佳作連袂湧現，其作品在二十多個國家和地區發表，並譯成英法日德等多種國家的文字，被選作加拿大、日本國大學等好幾個國家的教材，被選入海內外上百種選本，他還評價了數以百計的新作，主編了十套新人選本，上百本集子，為百多位微型小說作家、作者寫序寫評，為微型小說進入小說四大家族盡心盡力盡財，成了一呼百應的微型小說魁首班頭，依我看，其貢獻不亞於一個省部級高幹的建樹。

如今已進入二十一世紀了，可仍有人不知今年是何年，喋喋不休什麼「十年磨一劍」、「拿出拳頭作品來」，殊不知當今世界早已微型化、網路化、批量化、國際化、專欄化，沒有一定的量就沒有一定的質，質固然重要，但沒有量的配合是無法躋身於世界文學之林的。劉以鬯之所以成為香港文壇泰斗，就在於他寫了八千多萬字作品，才產生了一部代表作《酒徒》，倘若僅有《酒徒》，他是不會有今天的文學地位的。

金庸之所以批不倒，不僅有武俠小說，還因他是報業大王，寫過無數的短評社論，擁有數以億計的環球讀者。僅倪匡一人就寫了十本「讀金庸」的專著，進而產生一門「金學」。鼎年運用多快好省的微型小說及其微評，正在建立一門微型文學學派，他會成為微型文學領域中的「金庸」，決不可小覷其輝煌的成就及其燦爛的未來。因其作其評已深入世界讀者之心，其高潔的人品和文品已產生巨大的力量，令人欽佩有加，所以我看好他。

鼎年的微型小說質、量俱佳，題材廣泛，內容豐富，形式多樣，手法新穎，構思縝密，語言簡練，文采飛揚，體小思深，以少少許勝多多許，確是精采。值得一提的是他既不重複別人也不重複自己，獨樹一幟，尤其是結尾無一雷同，各放異彩，令人耳目一新，留下深刻印象。記得當年金庸每寫一部小說之前，總邀請倪匡、南宮搏、董千里和張放四大高手，聽他講解除全書構思，然後請他們為之各設計一個結尾，他們一一道出之後，概被金庸否決，他則獨出心裁，另出奇招，每每為四大高手所敬服。文學創作重在新穎獨特，人無我有，無中生有，始稱高手。凌氏之作也重在創新突破，不拾人牙慧，這是凌氏成為大家之奧秘。

鼎年微型小說之微評既多且好，三五百字微評，點到即止，既評論作品又介紹作者，十分簡明扼要，恰到好處，既客觀公允又以表揚為主，既闡明優長又指出不足，既有理有據令人信服，還舉例說明給人啟迪。

這種微評極為不易，既吃力不討好又頗費心血，沒有全局在胸，怎能宏觀考察與微觀剖析相結合，又怎能言之有物，有的放矢，更怎能一針見血入木三分呢？可見凌氏志在奉獻，故能竭盡全力去從事這份無名無利的勞役。但因他與人為善，大力評價同行及後來者，循循善誘，激動他們更上層樓，使海內外微型小說家風起雲湧，滙成一支浩浩蕩蕩的大軍，把微型小說創作推上一個新的熱潮、高潮。凌鼎年之功不可沒，所以我看好他！

註：潘亞暾教授係原暨南大學臺港暨海外華文文學研究中心主任、國際儒商學會會長、世界華文文學學會副會長、國際炎黃文化研究會副會長、國際老作家協會會長、國際致公學會會長。

媒體採訪

——凌鼎年答《蘇州日報》文藝部黃潔採訪

蘇週刊（以下簡稱蘇）：首先祝賀您的微型小說集《天下第一樁》獲得江蘇省第四屆紫金山文學獎。對此您有何感想？

凌鼎年（以下簡稱凌）：這次獲獎，是對我多年來全身心投入微型小說創作，為推進微型小說發展所作努力的肯定與褒揚吧。但從某種意義上說，也對我提出了新的更高的要求，我會把這次獲獎看作又一次動力，再接再厲，寫出更受讀者喜歡的作品來。

蘇：紫金山文學獎之前有沒有對微型小說單獨設獎？

凌：在省內這是第一次吧。但在全國範圍內還是有給微型小說（小小說）單獨設獎的。譬如，中國微型小說學會從二〇〇三年起就每年舉辦一次全國性的評獎，已舉辦了九屆（二〇一〇年度的評獎近日公佈），我曾經獲過五次一等獎，三次二等獎；還有鄭州《小小說選刊》、《百花園》雜誌社，與鄭州小小說學會聯合舉辦的小小說金麻雀獎，也是面向全國的一個獎項，每兩年評一次。另外，各地雜誌社與地方政府還有多個微型小說、小小說獎，如蒲松齡文學獎（微型小說）、全國12＋3小小說獎等，美國還有一個「汪曾祺小小說獎」，面向全世界的。

上一屆魯迅文學獎也把小小說列入評獎範圍了，與紫金山文學獎一樣，以集子參賽，納入短篇小說中評。我的微型小說集《讓兒子獨立一回》，與其他四十一本集子一起進入公示榜，但後來與網路文學一樣，沒有進入終評。

蘇：微型小說納入魯迅文化獎的評獎範圍，是否說明微型小說逐步為圈內人所重視？這裏面有沒有您長期為之宣傳宏揚的功勞？

凌：經過很多有識之士的呼籲、努力，經過三十年的發展，微型小說已逐漸從草根從民間走向成熟，走向廟堂，得到讀者的認可，得到主流媒體的認可，得到學院派的認可，得到文壇的認可。

為這個文體做出貢獻的人很多，我只是其中一個。

在二〇〇一年時，我受當時中國微型小說學會會長江曾培的委託，寫了一份《有關微型小說的情況彙報》，由江曾培轉交給中國作家協會黨組書記金炳華，金炳華看了這份彙報後，第一次在中國作家協會的報告中，提及了「微型小說是廣大讀者喜聞樂見的一種新文體……」

二〇〇八年時，我撰寫了一份《關於把微型小說列入魯迅文學獎》的提案，交給當時全國政協常委、蘇州市朱永新副市長，他把此提案帶到了兩代會上，引起了很大的迴響，多家媒體報導了此事，這為二〇〇九年微型小說納入魯迅獎評選起了頗為關鍵的作用。

蘇：今年十月份您在美國哈佛大學做了《中國崛起的新文體——微型小說》的主題演講。為什麼說微型小說是新文體？

凌：十月份時，應美國諾貝爾文學獎中國作家提名委員會、全美中國作家聯誼會的邀請，我率中國微型小說作家代表團訪問美國，又應哈佛大學中國文化工作坊的邀請，在哈佛大學燕京圖書館作了微型小說主題演講。這是我試圖把中國的微型小說推向世界的一種努力。實事求是地說，微型小說比之詩歌、散文、長篇小說、中短篇小說只能說是一種新文體，因為它的真正興起也就三十多年，微型小說在大陸的零星出現是七十年代中後期，八十年代開始受到部分報紙副刊的關注，九十年代是其重要的發展期，近年已走向成熟。開始，受臺灣極短篇、香港迷你小說，與日本星新一精短小說的影響，如臺灣陳啟佑的〈永遠的蝴蝶〉，香港劉以鬯的〈打錯了〉，星新一的〈人造美人〉等都對大陸第一代微型小說作家有不小的影響。

蘇：這個「新」除了時間短以外，還有別的什麼意思嗎？

凌：微型小說是與時代同步的一種有著強大生命力的朝陽文體。我在哈佛大學的演講從「優秀作品、作家隊伍、發表陣地、理論隊伍、組織建設、出版市場、活動舉例、品牌意識、獎項設置、海內外交流、走向教科書、走向中考、高考、走向文學史、走向影視、走向數字出版、影響日益擴大」等十六個方面來論述了微型小說的崛起、發展，與展望。眾所周知，中短篇小說由於有數千字到數萬字的篇幅可以刻畫人物，描寫環境，展示矛盾，作家下筆時騰挪的空間相對較大，但微型小說僅僅兩千字不到的容量，這就是我們形容的：乃帶著鐐銬跳舞，頂著石臼作戲，在如此短小的篇幅裏，要把故事寫得引人入勝，要把人物寫得有血有肉，這很考驗作家的筆力。更難的是長篇小說可以一本書主義，微型小說就算發表十篇二十篇也很可能沒有引起讀者與評論家的注意，在有質量的同時，還需有數量，有些微型小說專業戶已發表了一兩千篇微型小說作品了，再要題材翻新、立意翻新、結構翻新、語言翻新就難上加難了。但你不能出新，就可能重複自己，重複別人，就會被淘汰。

根據我對這文體的瞭解，微型小說最基本的讀者是初高中學生與大學一二三年紀的學生，以及部分白領，他們與喜歡閱讀故事的讀者群有所不同，對文字的要求更高，最好在短小的故事背後還有點寓意，有點啟迪。這就逼著微型小說作家不斷出新招。有研究者說，新一代的閱讀者要求微型小說在讀到兩三百字是就有「速率刺激」，否則就難以吸引讀者。這是對微型小說作家的編故事能力，駕馭文字功夫，思想性、文學性的雙種挑戰。

蘇：寫微型小說的人也不少，微型小說發的也不少，也出了不少的集子，但到目前為止在微型小說界的地位還不怎麼高？是這樣嗎？為什麼？是因為沒有很有影響力的一批作品，還是沒有影響力的大家群，還是微型小說本身的體量決定了他們的分量，或是傳統的觀念的局限性？微型小說創作現在面臨的最主要的問題是什麼？

凌：中國歷來有論資排輩的傳統，微型小說作為一種新文體，它還年輕，而這個文體的骨幹力量比起文壇的前輩、大腕來說，總體來說還不夠資歷。據我調查，三十多年來，國內有兩百多篇微型小說作品進入小學、初中、高中、技校、大專、大學、研究生的教科書，國外也有兩百多篇華人的微型小說進入教科書（以大學的外國文學讀本為主），這無論如何都是微型小說的巨大成績，只是大部分領導、媒體、讀者不瞭解而已，而微型小說作家沒有多少話語權，其實績也就沒有得到有效的宣傳。

微型小說面臨的問題與中短篇小說、長篇小說是一樣的，就是如何出精品。

蘇：現在有了微博，也有了一百四十字的微小說，您對這種形式的小說怎麼看？前景如何？

凌：微博與微博小說都是近幾年出現的文學新品種，這種更短更精的文學樣式，能使更多的人參與，與卡拉ＯＫ的自娛自樂有某種相似之處，所以受到很多線民的青睞，但實事求是地說，要在一百四十字的篇幅裏，寫出故事，寫活人物，那是對創作者的苛求。我因為做編輯做評委的關係，讀過不少微博小說，其中不乏精品，那種睿智，那種幽默，那種言有盡，意無窮的韻味給我留下極為深刻的印象。不過評心而論，大部分微博小說還只能說是段子，還不能說是文學作品。

作為一種線民喜聞樂見的文學樣式，它的存在有其基礎，但能不能進入文學的範疇，還要看它有無代表性的作品、代表性的作家，有無理論支撐等等，趁其自然吧。

蘇：您是因詩歌而步入文壇的，詩也寫得不錯，出版過詩集，還被翻譯成法文，並得過獎。詩歌與微型小說有相通的地方，精緻、凝練、意蘊豐富，為什麼後來改微型小說創作了，並把此作當作事業來追求？

凌：一九八〇年時，我在《新華日報》發表詩歌處女作，那時我還在微山湖畔的煤礦打工，我業餘先寫詩，再雜文、再散文、再小說，各類文體我都試過，後來我發現自己寫小說更得心應手。一九九〇年調回家鄉太倉後，就很少再寫詩。但寫詩的經歷，錘煉了我的語言，對我後來創作微型小說不無幫助。剛開始寫微型小說，與工作忙，沒有大塊時間寫長的有一定關係，但在八十年代中期，我已敏銳地發現微型小說作為一種新文體有著令人鼓舞的前景，我也清楚，一種新文體的發展、繁榮需要拓荒者、倡導者、實踐者，於是，我自覺地投身到微型小說的創作中，並把這作為一種事業來追求，付出多少，都無怨無悔。

蘇：到現在為止，您已經發表了多少字的作品了？在您發表的作品中，微型小說佔到多少？

凌：到現在為止，我發表了三千多篇作品，八百萬字，出版了二十六本集子，其中一半是微型小說集子。還有兩本新的微型小說集子《天使兒》、《那片竹林那棵樹》近期將在四川文藝出版社與花城文藝出版社出版。二〇一一年我創作了三十八篇微型小說，佔我全年創作量的三分之一不到。

蘇：為什麼別人在介紹您的時候總是冠以「微型小說作家」的頭銜？

凌：可能我參加的活動大多與微型小說有關，發的微型小說作品又比較多，我外出講課多數講微型小說，我的知名度更多的是微型小說帶來的，所以別人總稱我為「微型小說作家」「小小說作家」。

蘇：對這個稱謂，您介意嗎？

凌：我從不介意。因為我還出版過中篇小說集、短篇小說集、散文集、隨筆集、詩歌集、評論家、文史集，我發表的微型小說以外的作品可能比一般作家還多。我一九九四年就加入了中國作家協會，也算有點資歷了，稱微型小說作家，稱小小說作家真的都無所謂。

蘇：您不僅高產，質量也不錯，多次獲獎，去年一年出了微型小說集《天下第一樁》（十九萬五千字）、小說集《同是高材生》（二十萬字），隨筆集《弇山雜俎》（二十八萬字），您怎麼會有那麼多的創作源泉呢？

凌：我曾在多種場合說過：作家以作品說話。所以我活動再多，創作不鬆。我除開外出參加活動，只要在家，所有的雙休日、節假日幾乎都在爬格子。自一九九〇年我調回太倉後，二十二個年頭的春節、國慶長假，我哪兒都不去，一個人關門創作。

我的創作素材得益於「讀萬卷書，行萬里路」，我已走遍了全國所有的省市，去了海外二十多個國家與地區，走的多了，見識廣了，素材自然多了。在中國的微型小說作家中，我應該算是讀書最多的一個，而且我讀得很雜，以知識性為主，讀得多，也會帶來不少間接的素材。

我在電腦裏有一個素材庫，平時外出也好，讀書也好，只要一發現有用的材料，我就記錄在素材庫裏備用，至少有兩百個以上，所以我寫作時，從不臨時想題材，打開素材庫，流覽一下，撿最有感覺的那素材，拿出來寫就是。

中國有句老話「吃什麼飯，當什麼心」，愛好了微型小說，心思在那上面了，任何素材一到我手裏，首先會想能不能寫成微型小說，這樣，題材就寫不完。

蘇：從一九九四年開始，您每年都要寫一篇〈中國微型小說大事記〉，為什麼？

凌：一九九四年，我應邀去新加坡參加首屆世界華文微型小說研討會，有十來個國家與地區的作家參加，那些海外作家與研究學者迫切想瞭解中國大陸微型小說的狀況，為此，我回國後寫了一篇兩萬五千字的〈中國當代小小說文壇掃描〉的文章，這篇文章被日本的渡邊晴夫教授翻譯後，發表在日本《長崎大學》的學報上，馬來西亞的《蕉風》雜誌與國內《天津文學》也發表了，反應非常好，多位文友鼓勵我寫下去。從那後，我每年寫一篇，算是立此存照。

因為微型小說有其特殊性，它不像長篇小說，一年多少篇一查就知道，微型小說參與者多，很多活動與相關情況如果當年不記錄，過了若干年再查就難了，就很難正確，我寫〈大事記〉，就是藉此保留點原始資料，為有心研究微型小說的學者提供點可靠的資料，也為以後寫微型小說史積累史料。

蘇：好多作家，都是從微型小說開始起步，寫出了成績後再寫短篇，再到中篇再到長篇的，像您這樣堅守著小的，可不多見了。但您說您不是堅守小，而是選擇小，為什麼這麼說？

凌：我在寫微型小說前，寫過中篇小說、短篇小說，我不是不會寫中短篇，或寫不出中短篇才寫微型小說的。一九八二年我就在上海《文匯月刊》發短篇小說，這刊物當年發的全是名家大腕的作品，唯一的一篇處女作是我的〈風乍起〉。所以，我寫微型小說是我的自覺選擇，我是認準後，放棄中短篇小說創作，以微型小說創作為主的。

蘇：您不僅是個小小說家，您還是個小小說活動家，據我們瞭解，一九九一年在蘇州蘇鋼廠召開的「首屆江蘇省小小說理論研討會」，是你策劃的；一九九二年中國微型小說學會在上海成立，成立大會的費用是你去贊助的；一九九三年，在南京召開的第二屆中國微型小說年會，是你與南師大凌煥新教授一起操辦的；同年在連雲港召開的「金秋筆會」，是你與凌煥新教授、郭迅、徐習軍等一起操辦的；一九九六年你策劃成立了全國第一家縣級市微型小說學會「太倉市微型小說學會；九十年代中期，你應邀擔任河北省文聯主辦的《小小說月刊》顧問、小小說函授班高級版指導老師，還為《小小說月刊》主持「八面來風」專欄，介紹各國的微型小說作品與作家；九十年代還負責編輯過《金陵微型文學報》與《中國微型小說報》，一九九九年在泰國召開第三屆世界華文微型小說研討會前，你在泰國的《新中原報》、《中華日報》、《亞洲日報》等開出多個專欄，推介、評點中國的微型小說作品上百篇，連載過你的微型小說理論文章；一九九九年在馬來西亞召開第三屆世界華文微型小說研討會時，你又策劃成立世界華文微型小說研究會，在你的努力下，在馬來西亞召開第一次籌委會，二〇〇〇年在福州召開第二次籌委會，二〇〇一年研究會在新加坡註冊成功，二〇〇二年在菲律賓召開成立大會；二〇〇六年你被聘為《微型小說鑑賞辭典》特約編輯，並賞析了六十多篇作品；二〇〇六年起，你與香港彙知教育機構等策劃了兩屆「世界華文中學生微型小說大獎賽」，出任總顧問、終評委；二〇〇七年去香港、澳門主講微型小說創作；二〇〇七年江蘇省作協在太倉召開「江蘇省微型小說工作會議」，太倉市作協承辦；二〇〇八年，你被聘為《中國新文學大系・微型小說卷》的特約編輯；二〇〇九年與凌煥新教授、徐習軍、何開文策劃成立了江蘇省微型小說研究會；二〇〇九年，參與《文學報・手機小說報》的創辦，並受聘出任執行主編；二〇一〇年去澳洲墨爾本、悉尼分別作微型小說主題演講；主編《世界華文微型小說一百強》叢書，主編《世界華文微型小說文庫》；聯繫、策劃、推薦了不少中國微型小說作家的作品給美國、加拿大、日本、韓國、土耳其、香港等編教科書；推薦多位海外華文作家的微型小說集子在大陸出版；為海內外一百位以上作家的微型小說集子寫序，還出任了《世界華文微型小說》、《微篇小說》、《小小說大世界》、《精短文學》、《小小說作家》等十多家報刊的名譽主編、顧問、編委等……

凌：喜歡這文體，為它做些實事，應該的。當然，多年來所做的遠不止這些。

蘇：范小青對您的作品有過這樣的比喻，她說蘇州是小蘇州，蘇州園林也是小的，街巷也是小的，您的小說正好傳承了這些小的文化內涵？您對此怎麼看？

凌：范小青是寫小說的行家裏手，她的說法值得我咀嚼、玩味。但微型小說如果也能寫出大氣，那是一種誘人的境界，也是我試圖追求的。

蘇：其實蘇州也好，蘇州的園林街巷也好，最大的特點不是小而是精緻。微型小說是不是與蘇州的園林有異曲同工之妙？或者說小小說也要達到這種意境？

凌：蘇州的園林講究「園要隔，水要曲」，講究曲徑通幽，講究以小見大，講究象徵意味，講究借景，這些美學觀點，微型小說正好可以借鑒。微型小說因其篇幅短小，不允許有任何敗筆，甚至不允許有閒筆，必然要求精緻。假如微型小說能夠達到蘇州園林的意境，無疑是一種成功。

蘇：有一位教授對您作品評價為「文化意蘊小說」，這是您對微型小說獨特的發現、獨特的思考？

凌：關於「文化意蘊小說」是評論家與研究者為我總結出來的，我並沒用刻意為之。每個作家都自覺不自覺地在寫他熟悉的人與事。我平時接觸文化人比較多，瞭解他們、熟悉他們，他們的生活就成了我筆下常常寫到的，寫的多了，就形成了我獨特的風格。文化意蘊，我的理解，一是指題材的文化性，即寫文化人文化事，二指作品中滲透著對文化的思考、分析、批判。這需要積累。

蘇：很多作家的作品中，或多或少會以家鄉作為背景，這是因為這是作家創作的基礎，所謂的「一畝三分地」，這一畝三分地需要堅守嗎？

凌：在九十年代初期，我的小說作品以「古廟鎮風情系列」為主，之後又擴展寫了婁城系列。我不可能放棄婁城系列，因為這是生我養我的地方，我熟悉它，眷戀它，當然還會繼續寫它。當然，守得住還得走得出，可以拓展其他題材，但重要的是思想要走出婁城，要把婁城置於中國改革開放的大背景之下來思考來描寫，置於整個地球村的背景下來尋找到它的座標，來挖掘它的底蘊。

蘇：有人把您寫創作、經營的「婁城風情系例」與賈平凹筆下的商洛地區、莫言筆下的高密、蘇童筆下的「楓楊樹林」、王安憶筆下的上海，陸文夫和范小青筆下的蘇州歸於一類，您自己覺得呢？

凌：他們都是我尊重的作家，他們的創作路子對整個微型小說作家都有啟迪借鑒作用。我對自己的要求是認認真真寫好我的每一篇作品，把婁城風情系列寫好寫活寫精彩，寫到讀者喜歡，評論家關注，就對得起讀者，對得起自己了。日本國學院大學的渡邊晴夫教授曾兩次來太倉，考察太倉的風土人情，以比照我筆下的婁城風情。目前，大約有十來個國家的作家來過太倉，其原因之一，可能與讀了我的婁城微型小說系列不無關係。

蘇：您的作品在海外華人圈裏有著很大的影響，但在國內卻沒有達以相應的熱度，這是為什麼呢？

凌：國內沒有達到相應的熱度，這在某種程度上也反映了微型小說在整個中國文壇的地位還不能與寫大小說的相比，這與微型小說作家幾乎都是業餘的、基層的，沒有話語權也有相當關係，但比之前幾年，情況已大大好轉，我抱樂觀態度。從另一意義上說，我追求的不是熱度，我更看重作品的生命力。九十年代中期，我寫過

《小小說，三十年後再論》，作為一套叢書的代序，我今天還是這觀點：微型小說，再過三十年後去看去論。我相信，我的微型小說作品會傳下去。

平心而論，在國內，讀者與文學界也算很厚愛我了，大大小小的獎我獲了兩百多項，在百度上，我有超過十萬條的資訊，在GG上有近四十三萬條資訊，還沒有同名同姓的。在中國的微型小說作家中，我參加的活動最多，見報率也算最高的，光今年就先後去四川樂山參加「全國小小說12＋3徵文大獎賽頒獎會」；去杭州參加首屆國際金瓶梅研討會；去北京參加「全國高校文學作品徵文頒獎儀式」；去江西宜春參加「全國微型小說筆會」；去海寧參加「二〇一一華夏閱讀論壇」；去上海市參加「品味上海•海外華文作家筆會暨采風活動」；去山西呂梁山參加「走進生態山西」活動；去廣州暨南大學參加「共用文學時空──世界華文文學研討會」。還兩次出國參加活動，去了德國、奧地利、義大利、瑞士、法國與美國，中國新聞社、新華社、人民網、中國作家網、作家網、中國社會科學網、中國經濟網、中國臺灣網、《人民日報海外版》、《文藝報》、《作家報》、《海南專刊》等中國的一二百家媒體做了報導，美國的《星島日報》、《僑報》、美國中文網視頻、美國名人網、精品網、文心網、澳華網、巴西僑網、加拿大《中華時報》、《澳門日報》，還有日本、新西蘭、荷蘭等國家的媒體都做了報導，美國《伊利華報》做了兩個整版的報導，刊登了十八幅照片，《海週刊》還發了介紹我的專版，圈內已有人羨慕妒忌恨呢。

蘇：您下一步還有什麼創作計畫？

凌：創作，我不願有束縛自己的計畫，隨性而寫，隨興而寫，微型小說依然是我的興趣所在，寫多少，寫下來看。

如果說計畫，我曾戲稱我也有「五個一」，即每年寫一百篇作品；出版一本集子；主編一本集子；出一次國，去一個沒有去過的國家；去國內一個沒有去過的地方。

另外，一部長篇小說《婁城物語》已作了初步構思，有空就開筆。

手頭，正在主編《非洲華文微型小說選》與《亞洲華文微型小說選》。與已主編、出版的《美洲華文微型小說選》、《歐洲華文微型小說選》、《大洋洲華文微型小說選》，正好構成一套完整的《世界華文微型小說文庫》。

目前，有兩家出版社希望我把《凌鼎年微型小說文集》交給他們出版，其中一家準備給我出十卷本，這當然是好事，但我早期的作品都沒用電子版，要列印、整理出十卷本得花不少時間，不知明年是否有時間整理。

二〇一一年十二月
於太倉先飛齋

後記

這本集子從二〇〇七年底編到了二〇〇八年初，又從豬年年底編到了鼠年年初，前後編了兩年，這既是不虛不假的，又是大有水分，不無誇張成分的。

我是在二〇〇七年十二月下旬開始著手選編的，因歲末年初，辭舊迎新之際，諸事繁雜，也就拿起、放下，再拿起，再放下。拖到了二〇〇八年元月下旬也即農曆丁亥年年底，本想在春節過年前編好，不料突逢兩場大雪，而且是半個世紀少見的大雪，因這雪，三次上街掃雪，兩次結伴去拍雪景照，編書在雪災背景裏，充其量是個人小事，按輕重緩急，也就輕掉了、緩掉了，剩下的唯有忙裏偷閒擠時間編輯、校對。這樣，斷斷續續地編校，年前就沒來得及編好。大年三十下午，有文友從北京打來電話給我提前拜年，我正在校對呢。大概也只有我們這種傻乎乎的爬格子一族，才會在大年三十這日子還在自得其樂於爬格子的事。被家屬批評也就活該了。

在編排目錄小輯時，也頗費腦筋，因為我已出版過多本微型小說集子，小輯名至少要有所區別，不能雷同吧，可以說是想了又想，改了又改。我寫得比較多，要想不斷題材新、立意新、手法新、結構新、語言新，何其難矣，為了不重複自己，不重複別人，逼得自己進行文體探索、題材嘗試。譬如我寫過微型武俠小說、微型科幻小說、微型推理偵破小說、荒誕微型小說、故事新編、百字小說等等，因為是自選集，當然要盡可能展示自己微型小說創作的整體，以便窺一斑而知全貌，但所選篇目僅自己微型小說作品的十分之一都不到，割愛是必須的，而有些作品難免有「癩痢頭兒子自己的好」之偏愛，選擇時也就頗費躊躇，俗話說「醜媳婦早晚要見公婆」，那就交給讀者評頭論足吧。

這次的央視春晚，我注意到馮鞏、閻學晶、王寶強一起演出的表演相聲劇《公交協奏曲》，是改編自網路上的一篇微型小說作品《多投了四塊錢》，甚是令人欣喜。近年，微型小說走近中考、走近高考，走進小學教科書、初中教科書、高中教科書、大學教科書，走進海外教科書，還走近舞臺，走進影視，現在又走進央視春晚節目，這無不說明微型小說這種新興文體有著強大的生命力，是一種適合時代文化需求的文體。讓我們一起為這文體的繁榮推波助瀾吧。

二〇〇八年二月七日（大年初一）
寫於江蘇太倉先飛齋

以上是我二〇〇八年時寫的，按原計劃這集子二〇〇八年在上海文藝出版社出版，但不久涉及到出版社的人事變動，出版自選集的事就拖了下來。後來因為接連有好幾個出版社來約稿出版我微型小說集子，這自選集出不出就無所謂了，我也就放在了一邊。

這次有機會在臺灣出版我的微型小說自選集，當然是令我高興的事，因為這是我在臺灣出版的第一本微型小說集子，也是大陸作家在臺灣出版的第一本微型小說個人集子。這是我出版的第三十本集子，也是我的第一本微型小說自選集子。

二〇〇八年，我以江蘇省太倉市文化交流代表團團長的身份訪問臺灣，在臺灣逗留了十天，接觸了臺灣文學界、藝術界、新聞界、教育界、出版界、企業界等多個層面，回去後寫了三十多篇有關臺灣的遊記，這次訪問，也豐富了我的閱歷，對我以後創作微型小說不無裨益。

我在訪問臺灣期間，還留意了臺灣的書店，收集了臺灣出版的極短篇小說，以豐富我的藏書。臺北師範學院張春榮教授一九九九年出版的《極短篇的理論與創作》一書裏，對海峽兩岸的微型小說的創作與理論有專門的比較研究，此前我與他素昧平生，他卻給了我有很高的評介，可惜後來一直沒有機會再見面。

我的這本微型小說集子在臺灣出版後，希望得到臺灣讀者的品頭論足，也希望得到臺灣評論家的批評指繆，藉此加強交流，一起攜手把華文微型小說推向世界。

二〇一二年元月八日
於江蘇太倉市先飛齋

釀文學93　PG0773

魔椅
──凌鼎年微型小說自選集

作　　者　凌鼎年
責任編輯　林泰宏
圖文排版　楊尚蓁
封面設計　陳佩蓉

出版策劃　釀出版
製作發行　秀威資訊科技股份有限公司
114 台北市內湖區瑞光路76巷65號1樓
電話：+886-2-2796-3638　傳真：+886-2-2796-1377
服務信箱：service@showwe.com.tw
http://www.showwe.com.tw
郵政劃撥　19563868　戶名：秀威資訊科技股份有限公司
展售門市　國家書店【松江門市】
104 台北市中山區松江路209號1樓
電話：+886-2-2518-0207　傳真：+886-2-2518-0778
網路訂購　秀威網路書店：http://www.bodbooks.com.tw
國家網路書店：http://www.govbooks.com.tw
法律顧問　毛國樑　律師
總 經 銷　聯合發行股份有限公司
231新北市新店區寶橋路235巷6弄6號4F
電話：+886-2-2917-8022　傳真：+886-2-2915-6275

出版日期　2012年6月　BOD一版
定　　價　460元

Printed in Taiwan

國家圖書館出版品預行編目

魔椅：凌鼎年微型小説自選集 / 凌鼎年著. -- 一版. -- 臺
北市：釀出版, 2012.06
面； 公分. --（釀文學；PG0773）
BOD版
ISBN 978-986-5976-35-4（平裝）

857.63 101008661

讀者回函卡

感謝您購買本書，為提升服務品質，請填妥以下資料，將讀者回函卡直接寄回或傳真本公司，收到您的寶貴意見後，我們會收藏記錄及檢討，謝謝！

如您需要了解本公司最新出版書目、購書優惠或企劃活動，歡迎您上網查詢或下載相關資料：http:// www.showwe.com.tw

您購買的書名：＿＿＿＿＿＿＿＿＿＿＿＿＿＿＿＿＿＿＿＿＿＿＿

出生日期：＿＿＿＿＿年＿＿＿＿＿月＿＿＿＿＿日

學歷：□高中（含）以下　□大專　□研究所（含）以上

職業：□製造業　□金融業　□資訊業　□軍警　□傳播業　□自由業

□服務業　□公務員　□教職　□學生　□家管　□其它＿＿＿

購書地點：□網路書店　□實體書店　□書展　□郵購　□贈閱　□其他

您從何得知本書的消息？

□網路書店　□實體書店　□網路搜尋　□電子報　□書訊　□雜誌

□傳播媒體　□親友推薦　□網站推薦　□部落格　□其他＿＿＿＿＿

您對本書的評價：（請填代號　1.非常滿意　2.滿意　3.尚可　4.再改進）

封面設計＿＿　版面編排＿＿　內容＿＿　文／譯筆＿＿　價格＿＿

讀完書後您覺得：

□很有收穫　□有收穫　□收穫不多　□沒收穫

對我們的建議：＿＿＿＿＿＿＿＿＿＿＿＿＿＿＿＿＿＿＿＿＿＿＿

＿＿＿＿＿＿＿＿＿＿＿＿＿＿＿＿＿＿＿＿＿＿＿＿＿＿＿＿＿

＿＿＿＿＿＿＿＿＿＿＿＿＿＿＿＿＿＿＿＿＿＿＿＿＿＿＿＿＿

＿＿＿＿＿＿＿＿＿＿＿＿＿＿＿＿＿＿＿＿＿＿＿＿＿＿＿＿＿

請貼
郵票

11466
台北市內湖區瑞光路 76 巷 65 號 1 樓
秀威資訊科技股份有限公司 收
BOD 數位出版事業部

（請沿線對折寄回，謝謝！）

姓　名：________________　年齡：________　性別：□女　□男

郵遞區號：□□□□□

地　址：________________________________

聯絡電話：（日）________________（夜）________________

E-mail：________________________________